레인보우 피시

레인보우 피시

ⓒ송수경, 2005

초판 1쇄 인쇄일 | 2005년 11월 09일
초판 1쇄 발행일 | 2005년 11월 15일

지은이 | 송수경
펴낸이 | 김현주
펴낸곳 | 이룸

편 집 | 김미정
디자인 | 김경미
제 작 | 김동영 · 조명구

출판등록 | 1997년 10월 30일 제10－1502호
주소 | 121－840 서울시 마포구 서교동 395－172 상록빌딩 2층
전화 | 편집부 (02)324－2347, 영업부 (02)2648－7224
팩스 | 편집부 (02)324－2348, 영업부 (02)2654－7696
e－mail | erum9@hanmail.net
Home page | http://www.erumbooks.com

ISBN 89－5707－180－6 (03810)

값 9,700원

레인보우 피시

송수경

이룸

희망은 독수리의 눈빛과도 같다고 했다. 언제나 가 닿을 수 없을 만큼 아득히 먼 곳을 향하기 때문이다. 그러나 희망의 동기는 고통이다. 고통이 없다면, 그 먼 곳을 향한 희망이라는 것도 없을 것이다.

나는 그 희망을 말하고 싶었다. 그러나 소설 속의 주인공들이 그것을 찾았는지는 알 수 없다. 세상 모두에게 골고루 내려진 신의 축복으로부터 불행히도 비켜서 있는 삶. 그들은 자신의 의지와는 상관없이 습하고 응달진 비탈에 버려졌다.

그리고 세상은 그들의 존재를 잊고 싶어 한다. 그들은 선택의 여지없이 자신 앞에 놓인 운명의 길을 참고 가야 하거나, 스스로 자신을 운명에 옭매어 놓고 단 한 걸음도 앞으로 나가지 못하고 있다. 그들은 모두 불행하다.

그럼에도 그들은 세상에서 가장 아름답고 눈부신 생의 한가운데에 서 있다.

'단 한번이라도, 자신의 생에서 가장 아름다운 상처와 고통을 가져 본 적이 있는가?'

글을 쓰는 내내 그들이 내게 던진 물음이다.

나는 먼지 긴 유리창을 닦아 내듯, 내 영혼의 얼룩과 시간의 흔적들을, 그 상처들을 닦는다. 고맙다. 내 미흡한 삶을, 그 초라한 자리들을 뒤돌아볼 수 있는 시간을 준 그들이 고맙다. 나는 이제야 겨우 그들에게 화해의 손을 내민다.

내 생애 첫 번째 소설집을 출간해 주신 이룸 출판사와 편집부 식구들에게 감사한 마음을 전하고 싶다. 또한 사랑하는 가족과 나를 기억해 주는 모든 분들에게도.

2005년 가을에,
송 수 경

차례

만월

만월

"목욕관리사가 되기로 했어."

정희가 마치 잠꼬대라도 하는 것처럼 낮은 목소리로 말했다.

"이번엔 때밀이니?"

막 잠 속으로 빠져 들고 있던 명수는 짜증스러운 듯 콧김이 새는 소리를 내뱉으며 이불을 낚아챘다.

"때밀이가 아니라 목욕관리사라구."

정희는 목이 잠긴 소리로 웅얼거리며 명수가 낚아챈 이불 속으로 벌레처럼 파고들었다. 그녀의 작은 몸뚱이가 애벌레처럼 꼬물거렸다.

"이제 그 장의산지 뭔지 되겠다는 결심 포기해. 내가 먹여 살릴 테니까. 그러면 매일 밤 악몽에 시달리느라 잠드는 것을 두려워하지 않아도 되고."

정희의 말에 명수는 어디 아픈 사람처럼 끙 소리를 내며 몸을 뒤척였다. 그러고도 여전히 편치 않은지 등을 돌려 벽 쪽으로 고개를 쑤셔 박았다. 날 먹여 살리겠다고? 가소로운 듯 명수는 차가운 벽에다 대고 한번 콧방귀를 뀌었다. 손톱관리사가 되겠다고 학원 문턱을 뻔질나게 드나들던 것이 바로 지난 여름이었다. 그 전에 정희는 애견미용사였다. 그런 식이라면 앞으로도 몇 번이나 더 그녀의 직업이 바뀔지 모를 일이었다. 순간 골목을 빠져나가는 자동차 불빛이 조망대의 서치라이트처럼 그녀의 몸을 하얗게 훑고 지나갔다. 아무렇게나 흐트러진 머리카락과 동전처럼 부피감이 느껴지지 않을 정도로 납작한 그녀의 얼굴이 얼핏 불빛 속으로 떠올랐다 사라졌다. 정희는 길게 하품을 내뱉으며 명수의 겨드랑이에 손을 넣어 부드럽게 끌어안았다. 명수는 귀찮은 듯 자신의 몸에 감긴 여자의 팔을 풀고 벽 쪽으로 몸을 붙이는 시늉을 했다. 그녀가 다시 명수의 어깨를 감싸 안았다.

"언제까지 그렇게 살래? 좀 더 진지하게 네 미래를 생각해 봐."

명수가 다시 정희의 팔을 가볍게 끌어내리며 말했다.

"죽으나 사나 대를 이어 장의사가 되겠다는 그 일념으로 사는 너처럼?"

정희는 이죽거리며 명수의 귓불에다 바짝 입을 붙이고 속삭였다.

"난 너처럼은 안 살 거야. 죽음의 세계는 죽은 자들의 영혼에게 맡겨라, 그런 말 몰라? 널 보면 거대한 물푸레나무가 떠올라. 우주를 떠받들고 있다는 물푸레나무. 이그드라실이라는 물푸레나무말야."

언젠가도 그녀는 그런 말을 했었다.

신화 속에서 물푸레나무는 뿌리 하나가 산 자의 세계인 미드가르드에, 다른 하나는 신들의 세계인 아스가르드에, 그리고 또 하나는 죽은 자들의 영혼이 거주하는 니플헤임에 뻗어 있었다. 명수를 볼 때마다 정희는 그 물푸레나무의 고뇌가 떠오른다고 했다. 산 자와 죽은 자, 그리고 그들의 신까지 모두를 끌어안고 있는 물푸레나무의 고통. 명수는 미드가르드와 니플헤임에 양 발을 디딘 채 아스가르드에 매달리고 있었다. 밤마다 죽은 자의 영혼에 가위눌리며 산 자의 아침을 맞는 그의 일상은 언제나 고통스러웠다. 그가 맹목적일 만큼 종교에 깊이 빠져있다는 것은 산 자와 죽은 자의 갈림길에서 그 어느 곳에도 속하지 못한 이방인으로 떠돌고 있는 자신에 대한 연민인지도 몰랐다.

건너 편 택시 회사에서 교대 근무를 나서는 택시들이 골목을 빠져나가고 있었다. 명수의 뒤통수로 온 지구가 흔들리는 진동이 느껴졌다. 두개골 전체가 하나의 진동판이 되어 흔들리는 것 같았다. 그 흔들림은 이내 두통으로 바뀌었다.

명수는 낮에 있었던 영안실에서의 아르바이트 작업을 떠올렸다. 살갗을 뚫고 치솟아 오른 뼈와 그 주위로 검붉게 엉겨 붙은 핏덩이들. 형체를 알아볼 수 없이 뭉그러진 얼굴. 교통사고를 당한 시신의 모습은 너무도 처참했다. 부서져 살갗을 뚫고 솟아오른 뼈마디를 추스르고 염습을 하는 일은 쉬운 일이 아니었다. 일을 다 끝냈을 때 명수의 몸은 식은땀으로 흠뻑 젖어 있었다.

오늘처럼 영안실 아르바이트를 하고 온 날은 잠을 이룰 수 없었다. 눈을 감으면 두통과 함께 썩은 육체 위에서 꿈틀거리고 있는 구더기처럼 자신의 영혼을 뜯어먹고 있는 검은 영혼들이 보였다. 그것들은 꿈속까지 찾아왔다.

두려움 속에서 시작된 두통은 곧 불면의 밤으로 이어졌고 어느 순간 잠들었다 해도 극심한 가위에 눌려 잠을 깨야 했다. 불면증에 시달리면서도 막상 잠드는 일이 두려웠다. 뚜렷한 형체도 없는 공포가 밀려들면서 방 안엔 십자가가 쌓여 갔다. 마치 그의 영혼을 관통한 두려움의 뼛조각처럼. 명수는 이제 영안실 아르바이트를 그만두어야겠다고 생각했다

골목 하나를 사이에 두고 택시 회사와 마주하고 있는 이 작은 원룸 오피스텔이 다른 곳보다 싼 이유는 이사 오던 날 밤에 알게 되었다. 이후로 명수는 불면증에서 벗어나기 위해 애썼던 모든 노력들을, 일테면 따뜻한 우유를 마시거나 가벼운 체조를 한다든지, 구마경을 외우는 일 등을 아예 포기해 버렸다. 오늘 밤도 명수는 쉽게 잠이 들 것 같지 않았다. 정희도 쉽게 잠이 들지 않는 듯 연방 몸을 뒤척였다. 명수는 바로 옆에 누워 있는 그녀가 유리창 너머로 산자락을 밀며 흘러가는 구름처럼 멀게만 느껴졌다. 그녀가

얼마나 진지하게 자신의 고통을 이해하고 있는지 알 수 없었다.

대학생 아들이 졸업도 하기 전에 여자와 동거까지 하고 있으리라고는 꿈에도 생각해 보지 않았을 아버지가 하루도 늦지 않고 매달 말일에 통장에 넣어 주는 생활비는 그러나 둘이 생활하기엔 언제나 턱없이 모자랐다. 악몽의 두려움에도 불구하고 아르바이트를 뛰어야 했던 이유였다. 그걸 알면서도 한자리에 마음을 붙이지 못하고 떠돌기만 하는 정희에게서 명수는 점점 마음이 멀어지고 있음을 깨달았다.

드라잉할 때 완전히 물기를 닦아 내면 털에 굴곡이 생기기 쉽고 반면 물기가 너무 많이 남아 있으면 드라잉 시간이 길어져 털이 손상될 수 있지. 그러니까 어느 정도까지 물기를 남겨 두고 닦아 내는 것이 좋은가 하는 문제는 글루머 각자의 경험에 의존한다 이거야. 즉, 경험 말고는 해답이 없다는 말씀.

욕실에서 나온 명수를 끌고 와 낡은 앉은뱅이 화장대 앞에 앉혀 놓고 드라이기를 뒷주머니에 찔러 넣은 채 타월로 머리털을 꾹꾹 눌러 대며 거울 속의 그를 바라보는 정희의 눈빛은 한 마리 푸들을 바라보고 있는 것처럼 싱싱하게 빛나곤 했다. 그런 그녀의 눈빛이 너무도 결의에 차 있어 명수는 그럴 때마다 꼬리를 흔들며 짖기라도 해야 할 것 같은 착각에 빠질 지경이었다. 그렇게 한동안 그 일에 열심이었던 그녀가 견습생 딱지도 떼지 못하고 그만둔 것은 뜻밖에도 고약한 냄새의 개새끼 항문 때문이었다. 항문낭에서 분비되는 악취를 없애기 위해 강아지 항문을 까고 손가락 끝으로 분비물이 나오지 않을 때까지 항문선을 짜내는 작업이 있는데 죽어도 그 일만은 참아 낼 수가 없다는 것이었다. 생각해 보면 사람도 아닌 개새끼의 항문을 까고 더러운 분비물을 짜내는 일이란 보통 비위가 아니면 그리 쉬운 것은 아닐 터였다. 개새끼 항문을 짜내야 하는 애견관리사보다는 뭔가 그녀에게 어울리는 다른 직업이 있을 거라는 희망을 그때까지만 해도 명수는 버리지 않았었다. 그 후 한 달 내내 온갖 학원을 뛰어다니며 정보를 수집한 결과 그녀가 택한 것은 손톱관리사였다. 미국의 한 분교인 손톱관리 전문학교에서 200여 명의 취업희망자를 모집한다는 것이었다. 손톱관리과정을 이수한 사람은 미국 주 정부로부터 우선 6개월간 시한부 임시 면허증을 교부 받을 수 있고 그 기간 동안 현지 손톱관리실에서 인턴사원으로 일할 경우 40~50 달러의 일당도 받을 수 있다고 했다.

손톱관리사 자격증 따면 둘이 미국으로 날라 버리자. 자식까지 장의사를 만들지 못해 안달하는 아버지로부터 영원히 도망칠 수 있는 좋은 기회잖아.

정희는 금방이라도 눈에 보이지 않는 그 먼 이국 땅으로 단숨에 날아갈 수 있을 것처럼 말했다. 명수는 그런 정희가 야속했다. 명수가 원하는 바는 그게 아니었다. 하지만 일단 그녀가 손톱관리사가 되겠다는 것엔 반대할 마음은 없었다. 꼭 미국까지 가지 않더라도 취업 자리는 한국에도 있을 테니까 적당한 기회에 그녀를 붙잡을 수 있을 것이었다.

그날 이후 명수는 좁은 방에 어지럽게 널린 인조 네일과 에나멜이 담긴 색색의 유리병을 넘어 다니느라 엉덩이를 붙이고 밥상 앞에 편히 앉아 밥을 먹는 일조차 어려워졌다. 혹시 찌개 속이나 콩나물 무침 같은 것에서 그 인조 네일이 색색의 꽃무늬를 드러내며 나타나지 않을까 걱정이 될 정도였다. 워낙 정리 정돈과는 거리가 먼 그녀라 그럴 가능성은 충분했기 때문이었다. 그러던 어느 날이었다.

"아무래도 이건 내게 안 맞아. 난 손재주가 없잖아. 그리고 가장 나쁜 점은 너무 집중을 요한다는 거야. 그 작은 손톱 위에다 동양화라니? 매화 꽃잎에 꽃술까지, 생각해 봐. 그게 인간이 할 일인지. 그러니 왜 눈은 안 아프고 손도 안 떨리겠어? 차라리 개새끼 발톱에 클리핑하던 때가 속 편했지. 다시 다른 일을 찾아봐야겠어."

등록한 지 꼭 석 달만에 정희는 입술이 하얗게 탄 얼굴로 명수에게 말했다. 다양한 컬러의 에나멜이나 큐빅 등의 소재를 이용해 손톱에 그림을 그려 주는 핸드 페인팅은 분명 정교함과 섬세함을 요하는 일이었다. 손재주까지는 아니지만 얇은 실크 소재의 천을 손톱에 덧붙이거나 리퀴드 아크릴릭과 파우더 아크릴릭을 이용하여 인조 네일을 더욱 더 강하게 보강하는 것 등 모든 작업이 손의 움직임 하나하나에 미세한 집중력을 필요로 했다. 명수도 그런 집중력을 필요로 하는 일이 정희에게 얼마나 고통스러운 일인가는 짐작할 수 있었다. 하지만 조금만 노력을 한다면 그 정도는 충분히 참아 낼 법한 단순한 일이기도 했다. 그러므로 명수는 그녀를 동정할 마음은 한치도 없었다. 이제 그녀에 대한 어떤 기대도 남아 있지 않았다.

"넌 손톱관리사가 더 어울려, 때밀이보다. 그러니까 다니던 그 학원이나 마치라구."

명수가 퉁명스럽게 벽을 향해 쏘아붙였다. 사실 그녀가 내뱉은 장의사라는 그 말이 참고 있었던 명수의 짜증스런 심기에 확 성냥불을 그어 붙였던 것이다. 명수는 스물여섯의 나이에도 불구하고 전문적인 장례지도사가 되겠다는 결심으로 전문대 장례지도과를 진학했다. 그의 꿈은 평생 장인 정신으로 장례지도사라는 그 길을 걸어가는 것이었다. 그러므로 아버지의 대를 잇는 일에 조금의 망설임도 없었다. 그러나 그런 명수의 꿈이 흔들리고 있었다. 죽어도 장의사 마누라는 되고 싶지 않다는 정희 때문만은 아니었다. 문제는 더 근본적인 것에 있었다. 자신도 미처 생각해 보지 않았던 일이었다.

노후한 엔진에서나 날 법한 가래 끓는 소음을 울리며 멀어지는 자동차의 불빛이 어두운 방 안을 훅 긁고 지나갔다. 명수는 잠을 청하느라 애쓰고 있었다. 그러다 벽 쪽으로 처박았던 머리를 돌려 우울한 눈으로 천장을 응시했다. 쉴 새 없이 택시들이 엔진 소리를 내며 골목을 느리게 빠져나가고 들어오는 동안 창가에 놓인 파키라 나뭇잎 그림자가 불빛과 함께 거대한 짐승의 혓바닥처럼 천장을 훑어 내고 사라지기를 반복하고 있었다. 그의 입에서 낮은

한숨이 흘러나왔다. 정희가 그런 명수의 어두운 얼굴에서 시선을
거두며 가만히 눈을 감았다.

"너, 내가 떠나길 바라고 있지? 알아, 너한테 아무 도움도 못 되
는 거. 내가 떠나면 넌 아무 탈 없이 졸업도 하고, 아버지의 뜻대
로 전문 장의사가 될 수 있을 테니까."

정희는 마치 남의 말을 하듯 감정 섞이지 않은 어투로 나직이
내뱉었다. 네가 떠난다고 해서 내가 아버지가 바라는 대로 전문
장례지도사가 될 수 있을까. 명수는 그 말을 삼키며 정희의 동그
랗고 납작한 얼굴을 바라보았다. 어둠 속에서 정희의 얼굴은 그녀
를 처음 보았을 때처럼 낯설어 보였다. 해외 연수를 떠난 친구의
애견을 맡아 돌보면서 단골이라고 일러 주었던 애견 숍을 찾아갔
을 때 그녀는 그곳에서 갓 스물을 넘긴 나이 어린 견습미용사로
일하고 있었다. 결코 예쁜 얼굴은 아니었지만 그녀는 특유의 붙임
성으로 쉽게 명수에게 다가왔다. 그리고 만난 지 한 달만에 그녀
는 새엄마와 더 이상 한 집에 살기 싫다며 어느 날 명수의 원룸에
찾아와 자신의 옷가방을 풀어놓았다. 당돌했지만 그런 그녀가 명
수도 싫지는 않았다. 무엇보다 매일 밤 시달리는 악몽으로부터 누
군가 자신을 깨워줄 수 있다는 것만으로도 위로가 되었다. 그러나
그녀와 함께 하는 시간이 지날수록 명수는 점차 혼란에 빠지기 시
작했다. 한눈에 그녀를 다 알아버렸다고 생각한 것은 그의 착각이
었다. 리키 마틴을 좋아한다고 말했던 그녀의 짐 속엔 리키 마틴
CD 한 장 없었고, 스코틀랜드의 병사처럼 붉은 체크무늬의 치마

를 좋아한다는 그녀의 옷장 속엔 사계절을 유니폼처럼 입어 낸 낡은 청바지뿐 그 흔한 미니스커트 하나 걸려 있지 않았다. 섹스에 전혀 흥미를 보이지 않다가도 어떤 날은 느닷없이 어디서 보았는지 당혹스런 체위를 명수에게 요구하며 끈질기게 그 자세에 탐닉하기도 했다. 그는 자꾸만 낯설어지고 있는 그녀를 어둠 속에서 가만히 들여다보았다. 그녀는 숨소리도 내지 않은 채 죽은 듯 눈을 감고 있었다. 나는 이 여자를 사랑하고 있는 걸까. 아니면 정말 여자가 떠나길 바라고 있는 걸까. 그는 아무 것도 확신할 수 없었다. 복잡한 심경을 털어 내려는 듯 그는 자리에서 일어나 책상 위의 스탠드를 켜고 담배를 찾았다. 담배를 한 대 물고 나면 기분이 좋아질지도 모른다는 생각이 들었다. 불면증에 니코틴이 어떤 영향을 주는지는 모르겠지만 한밤중 혼자 일어나 피우는 담배 맛에 그는 이미 익숙해져 있었다.

볼펜과 사인펜들로 어지럽게 흩어진 책상 위에 텅 빈 담뱃갑이 아무렇게나 구겨진 채 나뒹굴고 있었다. 여러 가지 모양의 십자가들이 그것들을 에워싸듯 서 있는 가운데로 그의 손때가 묻은 작은 십자가가 넘어져 있는 게 눈에 띄었다. 양 모서리가 닳아 반들거리는 나무 십자가였다. 그것을 보는 명수의 얼굴이 무섭게 일그러졌다. 앙다문 입술 사이로 거품 같은 흰 침이 고여 들었다. 울분을 누르듯 그는 천천히 입 안의 침을 삼키며 그녀를 노려보았다.

"내 담배 손대지 말라고 했지?"

명수는 빈 담뱃갑을 거칠게 움켜쥐고 누워 있는 정희를 향해 소리쳤다.

"쪼잔한 놈! 그래, 내가 가지막 남은 거 한 개 피웠다, 어쩔래?"

정희가 이불을 걷어차고 발딱 몸을 세우며 일어나 앉았다. 어둠 아래로 희미하게 녹아든 스탠드 불빛의 잔광 속에서 그녀의 동그란 얼굴에 박힌 두 눈동자가 하얗게 빛나고 있었다.

"담배가 없는 줄 알았으면 사다 놔야 할 거 아냐! 밥은 굶어도 담배 고픈 건 못 참는다는 거 알잖아."

"이젠 담배 하나도 내가 쓰는 게 아깝다 이거지? 솔직히 말해 봐. 니네 아버지가 보내 주는 돈으로 나까지 밥 먹여 주는 게 점점 속이 쓰린 거지? 안 그래?"

잔뜩 힘이 들어간 정희의 눈에 조금씩 물기가 번지기 시작했다. 그녀는 눈물을 보이지 않기 위해 고개를 숙인 채 작은 입술에 힘을 주었다. 바짝 오므라든 입술이 끝내 눈물에 젖어 번들거렸다. 명수는 그런 그녀의 얼굴을 외면한 채 손에 든 담뱃갑을 방바닥에 힘껏 내동댕이쳤다.

"아니라구, 그게 아니야. 넌 항상 네 멋대로 생각하고 마음대로 행동해. 내가 참을 수 없는 것은 바로 그거야. 그래, 나도 지친 건 사실이야. 언제까지 널 받아줄 수 있을지 자신도 없어."

명수는 끝내 십자가에 개해서는 말하지 않았다. 그녀는 절대로 이해할 수 없는 일일 터이므로. 이승과 저승을 넘나들며 살아야 하는 자의 고통을 자신밖에 모르는 그녀가 이해할 수 없을 테니까. 고함으로 시작한 명수의 목소리에 푸념 같은 한숨이 섞이면서 점차 말꼬리가 흐려졌다. 그와 함께 다부지고 견고해 보이던 명수의 어깨도 젖은 솜처럼 무겁게 내려앉았다. 순간 그녀가 자리에서 뛰어 일어나 명수의 커다란 등에 가 매달렸다.

"사랑해, 날 버리지 마. 돈 때문이라면 걱정 마. 내일이 무슨 날인 줄 알아? 돌아가신 아버지 자리굿하는 날이야. 굿이 끝나고 나면 식구들이 모여 재산상속 문제를 의논한다고 했어. 아무리 새어머니라 해도 하나뿐인 전처 자식을 몰라라 하진 못해. 내 몫도 꽤 될 걸. 그러니까 더 이상 이렇게 디스 담배 한 개비 따위로 싸우는 일은 없을 거란 말이야. 알겠지?"

그녀가 명수의 등을 깊이 껴안은 채 속삭이듯 말했다. 여자에게서 흐리게 디스 냄새가 났다. 명수는 분노와 불신의 감정을 삭이며 자신의 몸에서 정희의 손을 천천히 뜯어내었다. 그는 그녀의 말을 믿지 않았다. 고향인 구례에서 제법 큰 상가를 가지고 있는 아버지가 얼마 전 교통사고로 갑작스레 돌아가셨고, 그래서 십 원 한 푼도 생활비에 보탠 적 없던 그녀가 느닷없이 거액의 재산을 상속받게 되었다는 말에 명수는 오히려 서글픔과 연민이 느껴지면서 마음이 무거워져 왔다. 그러나 만에 하나 그것이 사실이라면 그녀는 그의 곁을 미련 없이 떠날 것이었다. 그가 알고 있는 그녀는 그런 여자였다.

"우리가 사랑한다면 그건 서로에 대한 연민일 거야."

명수는 스탠드 불을 끄고 자리에 누우며 중얼거렸다. 정희는 못 들었는지 아무 말 없이 그에게서 등을 돌리고 누웠다.

"어쩌면 그건 내 자신에 대한 연민인지도 모르지."

명수는 천장의 벽지를 물들이고 사라지는 파키라의 검은 그림
자를 노려보며 다시 중얼거렸다. 골목을 빠져나오는 택시의 숨찬
엔진 소리가 명수의 목소리를 삼키며 사라졌다. 그녀의 어깨가 아
까부터 계속 숨죽여 흔들리고 있는 것 같았다.

"옛날부터 염을 할 때는 집안의 가축을 모두 우리에 가두었죠.
특히 고양이는 광에 가두고 나오지 못하게 하는데 이것은 고양이
가 송장이 놓인 방의 굴뚝이나 용마루를 넘으면 송장이 일어선다
고 믿기 때문이었습니다. 가위 같은 쇠붙이도 절대로 송장 우로
건네서는 안 되는데 이는 죽은 사람을 다루는 것이 소나 돼지와
같은 가축을 다루는 것처럼 보여서는 안 되기 때문입니다. 그러니
까 염하는 데 쓰는 도구는 항상 죽은 사람 밑으로 건네주어야 한
다는 뜻입니다. 그건 일종의 죽은 사람에 대한 예의라 할 수 있죠.
그리고 염습이 끝나면 시신을 칠성판에 모시는데 북두칠성의 별
자리 모양으로 구멍이 나 있는 이유는 바로 몸이 썩을 때 흘러나
오는 숙물이 밑으로 빠지게 하여 뼈를 잘 보존하려는 의미라 할
수 있습니다."

50대의 강사는 30년의 경력을 가진 베테랑 염습사였다. 그가
겪어 온 시신들의 사연만큼 세월의 풍상이 느껴지는 얼굴이었다.
깊은 주름살을 감싸고 있는 두꺼운 피부는 가슴에 묻어 둔 지난
세월의 인고가 밖으로 드러나지 않게 그의 얼굴을 단단하게 누르

고 있는 것 같이 보였다. 학생들을 지긋이 바라보고 있고 있는 무표정함엔 죽은 자에 대한 모든 두려움과 금기의 세계를 초월한 여유가 느껴졌다.

"수의는 이렇게 언제나 오른쪽으로 여미며 죽은 이의 입에 불린 생쌀을 버드나무 숟가락으로 좌, 우, 중앙에 각각 한 숟가락씩 넣고 구멍이 뚫리지 않은 구슬을 넣어주는데 이는 망자가 먼 저승길을 갈 때 쓸 식량과 노비라는 뜻이 있습니다. 하지만 요즘은 생략하고 있는 추세입니다."

명수는 강사의 빠르지도 느리지도 그렇다고 함부로 놀리지도 않는 노련한 손놀림을 보며 아버지를 떠올렸다. 그리고 어쩌면 전혀 이루어질 수 없을지도 모를 아버지의 꿈을 생각했다. 시골 읍내에서 대대로 물려받은 장의업을 하고 있는 아버지의 소원은 서울 한복판에 장례에 관한 모든 것을 해결할 수 있는 장례 예식장을 세우는 것이었다. 도로가 들어서면 제법 값이 나갈 거라며 손아귀에 움켜쥐고 있던 논마지기까지 팔아 서울에 13평짜리 원룸까지 마련하고 자식을 장례지도과가 있는 전문대에 입학시킨 것도 당신의 꿈에 한 발짝 다가서기 위한 노력이었다. 물론 그런 꿈은 처음부터 불가능한 것이었다. 유일하게 남아 있던 논마지기를 원룸 사는데 다 써버렸으므로 남아 있는 재산이라야 달랑 낡아 빠진 장의사 가게 하나뿐이었다. 물론 읍내 우체국이며 새마을 금고 같은 곳에 약간의 돈이 예금되어 있겠지만 아버지의 꿈을 실현시킬 만한 액수는 아니었다. 결국 자신도 아버지와 별반 다르지 않

은 삶을 살다가 그럭저럭 늙어갈지도 모른다는 생각이 들자 명수
는 우울해졌다.

'썩을 개잡놈덜이 낼로 일자무식 염쟁이라고 하찮게 씨부리고
다니지만서두 그랑께 네가 대학까지 나와 전문 장의관리산지 뭔
지 그것만 되어쁘면 그 어떤 아가리가 함부로 개처럼 짖을랑가잉.
거기다 장례식장인지 고것만 차려쁐졌다 허믄, 깝데기 한입에 털
어넣을 그 개잡놈덜이 똥구멍 벌렁이며 부러버 죽고잡을기제잉.'

언제부턴가 아버지가 살아온 삶이 저승사자처럼 명수의 숨통을
조이고 있었다. 정확히 말하자면 염습을 하면서 시작된 불면증과
밤마다 죽은 자들의 영혼에 가위눌림 당하며 깨어나는 일이 반복
되면서였다. 명수는 식은땀으로 흠뻑 젖어 있는 이부자리를 박차
고 일어나 욕실 세면대에 얼굴을 처박고 흘러내리는 차가운 수돗
물에 뜨거운 눈물을 쏟아 내며, 한없이 아버지를 불러 대곤 했다.
아버지, 두려워요. 차라리 저들처럼 나도 두려움 없는 영혼으로
이 세상을 자유롭게 떠도는 게 낫겠어요. 이렇게 사느니 죽는 게
낫다구요.

정희가 그의 삶 속으로 들어오면서부터 그 모든 것들이 더 심하
게 흔들리기 시작했다. 정희를 통해 자신의 삶을 위로 받을 수 있
을 것이라고 생각했던 것이 얼마나 우스운 자기기만이었는지 명
수는 똑똑히 깨달았던 것이다. 힘겹게나마 실마리를 찾아내려던
그의 노력들이 정희에 의해 짓뭉개져 쓰레기통에 처박혀 버린 격
이 되고 말았다. 어쩌면 정희에게 자신도 그런 존재 이상은 아니

었는지 알 수 없는 일이었다. 새엄마와 함께 새롭게 시작한 그들의 가족에 섞이지 못하고 기름처럼 겉돌고 있는 정희의 아픔에 명수는 한 발도 다가갈 수 없었다. 그녀는 자신의 상처를 그 누구도 볼 수 없는 가장 깊은 곳에 꽁꽁 숨긴 채 명수에게조차 드러내지 않았다. 아예 상처 같은 것은 없어 보였다. 그가 그녀 앞에서 자신의 아픔을 내놓지 않고 그녀를 방관하고 있는 것과 같은 것이었다. 그렇지만 명수는 정희와 함께 서로의 꺾인 날개를 부여잡고 함께 바다로 추락하고 있는 느낌이었다. 그럴 때마다 그녀의 두 눈은 막 씻어 건져 낸 미역처럼 반들거리며 그에게 말하고 있었다. 바다에 빠지기 전에 난 떠날 거야. 너와 끝까지 바다 속으로 뛰어들지는 않을 거야, 절대로.

빈 속인 탓인지 실습실 가득 진동하는 쑥향에 자꾸 속이 뒤집혀 왔다. 명수는 목으로 치받고 오르는 구토를 참느라 아랫입술을 힘껏 깨물었다. 순간 동그랗고 납작한 그녀의 작은 얼굴이 떠올랐다. 간밤의 일이 맘에 걸렸다. 명수는 주머니 속의 십자가를 만지작거리며 그녀가 받았을 마음의 상처를 생각하곤 조금은 씁쓸한 기분에 빠져들었다. 그렇게까지 화낼 일도 아니었는데. 명수는 담배를 빨고 싶은 생각이 간절하게 치밀었지만 참았다.

"염습의 기본은 첫째도 구멍 막기, 둘째도 구멍 막기입니다. 꼼꼼히 막아주는 것도 중요하지만 지난 시간에 배운 것처럼 성별에 차이가 있다는 것을 염두에 두기 바랍니다."

늙은 강사는 흰 가운에 흰 장갑을 끼고 조별로 모여 실습을 하고 있는 학생들 사이를 느린 걸음으로 옮겨 다니며 미흡한 곳을 한마디씩 예리하게 지적했다.

"명수야, 내일 아르바이트 한 건 안 뛸래?"

쑥물로 마네킹의 발가락 사이사이를 이리저리 닦아 내던 경식이 어깨 너머로 흘깃 명수를 넘겨브며 말했다.

"약 먹고 죽은 처녀란다. 해볼 만하지? 아이 씨벌, 어제는 어땠는지 아냐? 불에 타 죽은 여자였는데 이건 형체도 알아볼 수 없더라구. 수의도 못 입힐 지경이라서 대충 알코올로 닦아 내고 창호지로 꾸려 입관했다는 거 아냐. 그 바람에 나 점심 굶고 계집애 존나 졸라 대는데도 볼일도 못 보고 그냥 보냈잖아. 종일 기분이 더럽더라니까. 내일은 싱싱한 처녀란다. 그러니까 탄력도 빵빵할 거구. 같이 갈래?"

"나 이제 아르바이트 안 한다. 혼자 가."

명수는 굳은 표정으로 마네킹을 일곱 매끼로 천천히 동여맨 뒤 홑이불인 소렴금을 덮고는 먼저 실습실을 빠져나왔다.

"대를 이은 장인의 이 놀라운 솜씨 좀 봐라. 우리 조는 뭐 단연 에이 뿔이지."

그의 뒤통수를 향해 낄낄대는 경식의 목소리를 자르며 실습실의 철재 유리문이 닫혔다. 명수는 어둡고 습한 지하 복도를 걸어 나오며 허겁지겁 담배를 피워 물었다. 쓴 담배 연기는 빠르게 구토증을 눌러 앉히고 복도의 헐거운 유리창 문틈으로 사라졌다.

"굿 구경 안 갈래? 내일 아버지 지노귀굿이 있어, 지금 밤차로 같이 내려가자."

언제부터 기다리고 있었는지 계단에 쪼그리고 앉아 있던 정희가 공처럼 명수 앞으로 뛰어내렸다.

"미안하지만 싫어."

뜻밖에 나타난 정희를 보고 놀랐지만 명수는 무표정한 얼굴로 담배 연기를 들이마시며 짧게 대답했다.

"등신, 그깟 담배 하나로 아직 화 안 풀린 거야? 야, 이젠 됐지? 디스보다 비싼 골드다."

정희가 빈정거리며 명수 앞으로 담배를 내밀었다. 그의 말에 상처를 받았을 거라고 자책한 게 무색할 만큼 정희의 얼굴은 밝았다. 그래, 넌 그런 여자야. 결코 상처 따위를 받을 여자가 아니지. 아니, 그걸 내보일 여자가 아니란 걸 잊었어. 명수는 그녀의 손에 들린 담배를 쳐다보지도 않은 채 앞서 계단을 걸어 올라 일 층 로비로 향했다.

"내가 화난 건 담배 때문이 아니라고 했잖아. 남 생각은 전혀 안하고 너 하고 싶은 대로 하고 사는 거, 그걸 못 참겠다구 했어."

명수는 다시 화가 치밀었다. 정희의 뻔뻔하고 질긴 그 잡초 근성을 잠시 잊고 자책감에 빠져 있었던 자신에 대해서였다. 그는 양미간을 두껍게 접어 올린 채 창가를 따라 일렬로 늘어선 간이 소파에 풀썩 주저앉았다. 유리벽으로 쏟아지는 석양 속에 서 있는 그녀의 긴 그림자가 명수 발밑을 지나 로비 깊숙이 드리워져 있었다. 그녀의 그림자는 끝없이 긴 모래밭에 서 있는 한 그루 메마른 선인장처럼 보였다. 자신 안에 여린 수액을 감추고 있는 그 두꺼운 표피와 강인한 가시. 그가 보고 있는 것은 뜨거운 태양을 겨냥한 그 두꺼운 표피와 날카로운 가시뿐인지도 몰랐다.

노을은 그녀의 동그란 얼굴과 각진 어깨를 감싼 흰색 티셔츠와 낡은 청바지 위에서, 수면에 떠 있는 붉은 꽃잎처럼 젖어 있었다. 그녀가 긴 그림자를 끌며 명수 앞의 소파에 힘없이 앉았다. 로비는 텅 비어 있었다. 다른 학과의 강의는 거의 금요일 오전이면 끝이 나기 때문이었다. 정희는 그에게 주려던 담뱃갑을 꺼내 천천히 껍질을 벗기고 그 안에서 한 개비를 꺼내 입에 물었다. 손톱관리사가 되겠다던 그녀의 손톱은 전혀 손질이 되어 있지 않았다. 끝이 갸름하게 빠진 손가락들은 살점 없이 말라 단단한 뼈마디를 그대로 내보이고 있었다. 그 손가락 사이로 입에 문 담배를 뽑아들고는 허공으로 긴 연기를 날려 보냈다.

"손톱관리사 학원 그만둔 것은 사실 내 뜻이 아니었어. 미국 주정부 요청으로 직업훈련을 대행한다던 그 놈들이 6개월치 수강료를 떼먹고 날라버렸거든. 등신처럼 사기 당했다는 말 못하겠더라. 애견미용사를 그만 둔 진짜 이유도 말 안 했어. 주인 남자가 손님만 없으면 샴푸실로 끌고 가 날 더듬더라구. 지 마누라 앞에선 똥 마려운 강아지처럼 안절부절 못 하는 놈이 날 밥으로 알고 거저 먹을라구 했어. 개새끼 똥구멍을 짜내는 일보다 더 역겹고 더러웠어."

그녀가 피워 낸 담배 연기가 석양 속으로 스며드는 것을 보며 명수는 반쯤 타들어간 담배 끝을 소파 옆의 모래가 담긴 재떨이에

비벼 껐다. 까맣게 탄 담배 끝에서 가늘고 긴 연기가 허공을 수직
으로 가르며 피어오르다 사라졌다. 명수는 그녀에게 헤어지자는
말을 하려던 참이었다. 마치 그 속내를 읽은 듯 자신을 변명하고
있는 그녀 앞에서 그는 당황하고 있었다. 노을 속 멀리 흐트러지
고 있는 그녀의 눈빛을 그는 의혹과 연민이 교차하는 혼동의 눈으
로 바라보았다. 그 눈빛에서 무엇인가를 건져 내려고 애썼지만 명
수는 아무 것도 찾아낼 수 없었다. 여전히 그녀에 대해 아무 것도
아는 것이 없다는 절망감만 노을 속으로 밀려드는 어둠처럼 그의
가슴으로 번져왔다.

"어서 가 봐. 기차 시간 놓치기 전에……."
명수는 헤어지자는 말 대신 그렇게 말했다.
"혹시 내가 이 길로 그냥 떠나버리길 바라고 있는 건 아니겠지?"
윤기 없이 말라붙은 가늘고 긴 입술 사이로 드문드문 담배 연기
를 뱉어 내며 정희가 말했다.
"안 돌아오면 네게 큰돈이 생긴 줄 알면 되겠군."
명수는 자리에서 일어나 씁쓸한 표정으로 그녀를 바라보았다.
이제 우리가 함께 바다 한가운데에 빠져 허우적거리고 있을 일은
없겠다는 뜻이야. 그의 냉소적인 눈빛이 그녀에게 말하고 있었다.
"함께 가 줘. 같이 가고 싶어."
그녀답지 않게 무겁게 가라앉은 눈빛이 명수의 눈 속으로 돌덩
이처럼 굴러 떨어졌다.
"내가 진정으로 원하는 건 돌아가신 아버지의 돈 따위가 아니

야. 나도 당연히 재산상속을 받을 수 있는 그들의 가족이라는 사실을 인정받고 싶다는 것뿐이지. 나도 그들의 가족이라는 것을 확인시켜 주고 싶은 거야. 내 맘 알겠니?"

명수는 단단하게 와 박힌 정희의 눈빛을 힘겹게 뿌리치듯 걸어내곤 어둠이 내려앉기 시작하는 로비를 뚜벅거리며 걸어갔다. 유리벽 너머로, 석양이 사라진 하늘이 두꺼운 구름을 삼키며 어두워져 오고 있는 것이 보였다. 정말 그녀가 원하는 것은 돈이 아니라 그들의 가족일 수도 있었다. 또한 그녀가 갈 곳 없는 피난처로 명수 곁에 머물러 있었던 것이 아니라 진심으로 자신을 사랑했을지도 모른다고 믿고 싶었다. 그녀를 믿어야 한다고 생각했다. 그러나 그녀의 진심을 알려고 하면 할수록 언제나 문 밖의 어둠 속을 응시하고 있는 것처럼 명수는 막막한 기분에 휩싸였다. 정말 우리는 사랑했을까? 사랑이라는 것을 알기나 했을까?

한 걸음 뒤에서 걸어오던 정희가 명수의 손에 기차표를 쥐어 주었다. 그의 손목을 잡고 손아귀에 그것을 천천히 쥐어주는 그녀의 손은 따뜻했다. 처음으로 그녀의 체온을 느낀 것처럼 명수는 그 낯선 느낌에 놀랐다. 명수를 바라보는 그녀의 작은 두 눈은 검은 눈동자로 가득 차 있었다. 짧은 속눈썹이 아이라인을 따라 희미하게 쌍꺼풀을 만들며 촘촘히 박혀 있었다. 그 모든 것이 다 낯설게 느껴졌다. 그건 평소의 그녀답지 않은 무겁고 진지한 분위기 때문일 거라고 그는 생각했다. 이것도 그녀의 진심일까? 순간 이것이 그녀와의 마지막 여행이 될지도 모른다는 생각이 어둠 속에 떠오

르는 불빛처럼 명수의 머릿속을 스치고 지나갔다. 그리고 그녀가
원하는 것이 무엇인지 어슴푸레 깨닫기 시작했다. 그녀는 뭔가 그
들의 이별에 하나의 의식이 필요했을지도 몰랐다. 죽은 자의 넋을
위로하고 이승의 한을 씻어 낸다는 지노귀굿을 통해 자신의 감정
을 남김 없이 다 씻어 내고 그에게서 떠나고 싶은 것인지도. 그는
정희가 내민 기차표를 받아 주머니 속으로 깊이 밀어 넣었다. 그
를 보는 정희의 눈동자가 사그라지는 석양빛에 홍시처럼 붉어져
있었다. 가늘고 긴 그녀의 입술이 떨리고 있었다. 명수의 어깨 위
로 그녀가 천천히 머리를 기대 오며 한쪽 팔을 끼웠다.

"넌 날 사랑하지 않았지? 다만 힘들게 끌어안고만 있었던 거야.
네가 택한 길도 마찬가지야. 결국 벗어 던지지도 못하고 평생 그
렇게 살다 죽겠지. 한마디로 넌 불쌍한 인간이야."

정희가 작은 소리로 웅얼거렸다.

"불쌍한 인간이라? 그건 맞는 말 같군. 하지만 넌 평생 무엇이
라도 한번 끌어안고 살아 봤니? 네 안에 뭐가 들어 있는지 난 항
상 그게 궁금했어. 텅 빈 공터. 사람 하나 없는 쓸쓸한 빈 집. 오랫
동안 방치된 공원의 낡은 벤치, 그게 너야."

명수 말에 그녀는 어깨에 기대었던 얼굴을 들어 그를 빤히 바라
보다 맥이 빠진 듯 힘없이 웃어 보였다.

명수는 느린 걸음으로 로비의 회전 유리문을 밀고 밖으로 나왔
다. 뒤따라 나온 정희는 나트륨 불빛이 가로수 사이로 흘러내리는
아스팔트 길을 말없이 걸어갔다. 어둠이 쏟아진 교정의 나무들은

바람에 몸을 흔들며 마른 낙엽을 떨어트리고 있었다. 낙엽이 차가운 아스팔트 바닥에 쓸리며 허공으로 다시 날아오르는 소리에 그들의 발자국 소리가 묻혔다. 멀리 한 패거리의 학생들이 왁작거리며 도서관 쪽으로 난 마른 잔디를 밟고 뛰어 갔다. 그들의 모습은 광대의 우스꽝스런 몸동작처럼 과장되어 보였다. 아니 동물적 본능만 남은 야성의 짐승들이 한바탕 먹이를 습격하고 피비린내를 풍기며 달아나는 것 같았다. 어둠 속에서 모든 풍경들이 침묵을 깨고 다시 밤의 얼굴로 새롭게 깨어나고 있었다. 익숙함을 낯설음으로, 낯설음을 익숙함으로. 그렇게 어둠은 낮의 진실을 감추고 있었지만 마치 처음부터 어둠이었던 세상을 살아온 것처럼 사람들은 각자 준비한 거짓의 불을 밝히고 그 속으로 숨어들고 있었다. 죽은 자는 썩은 육신에서 잠자는 영혼을 깨우고, 살아 있는 자는 진실을 숨기고 거짓의 하루를 공모하는 시간이 다가오고 있는 것이었다. 공범자처럼 그들은 학생들이 사라져 간 어둠 속을 조심스레 응시하고 있었다. 어디선가 또 한 무리의 짐승들이 그 어둠을 뚫고 달려와 그들 곁을 휩쓸며 다시 어둠 속으로 사라졌다.

아스팔트 바닥을 울리며 뒤에서 따라오던 정희가 걸음을 멈추어 서서 하늘을 올려다보았다. 만월을 하루 앞둔 달이 잿빛 구름을 띠처럼 두르고 교정의 건물들 사이로 떠올라 있었다.

"내일 우리가 저 보름달을 보며 함께 밤차를 타고 돌아올 수 있을까?"

우울한 얼굴로 그녀가 물었다. 그녀는 지금 뭘 확인하고 싶은 것일까? 이제 정말 우리가 남이 될 거라는 사실을, 아니면 아직 다 비워 내지 못했을지도 모를 마음 한 구석의 미련일까? 명수는 아무 말 없이 무거운 걸음으로 앞서 걸어갔다.

"확실한 건 우리가 사랑하지 않고도 앞으로 또 그렇게 살아갈 거라는 사실이야."

명수가 걸음을 멈추고 정희를 향해 돌아서며 말했다. 아직까지 그 자리에 꼼짝도 하지 않은 채 달을 바라보던 그녀가 명수를 향해 돌아섰다. 어둠에 묻힌 그녀의 두 눈빛을 명수는 볼 수 없었다. 정희가 나무 그늘을 벗어나 그가 서 있는 가로등 불빛을 향해 천천히 발걸음을 옮겼다. 떨어진 낙엽이 그녀의 발밑에서 소리 없이 밟혀 부서져 내렸다. 그녀가 명수 앞으로 가까이 다가왔을 때 명수는 그녀의 젖은 두 눈을 보고 말았다. 명수와 그녀의 눈빛이 밤이슬처럼 축축하게 얽혀 들었다. 뭔가 말을 하려는 듯 입술을 달싹거렸으나 정희는 끝내 아무 말도 하지 않은 채 그의 어깨를 스치듯 지나 뚜벅뚜벅 구두 소리를 울리며 가로등 불빛이 사라진 어둠을 향해 걸어갔다. 명수가 그 뒤를 타인처럼 따라 걸었다.

노을 속으로 섬 같은 구름이 흘러갔다. 붉게 물든 구름과 구름 사이로 어둠이 스며들었다. 어둠은 바다처럼 밀려와 섬 같이 떠 있는 구름을 에워쌌다. 그 구름이 조금씩 어둠을 끌고 석양 속으로 묻혀 들었다.

지리산자락 물 맑고 산 좋은 곳 그 정기 받아 박씨 망제, 살아

생전 맺힌 한일랑 바람처럼 흘리고 이 고로 씻은 듯 풀으시오.

　한바탕 춤사위를 끝낸 무녀가 천막 기둥에 무명 끈을 묶었다. 그것에 일곱 개의 매듭을 만든 뒤 무녀는 날이 시퍼렇게 선 신장 칼을 흔들었다. 노을이 칼끝에서 핏물처럼 흘러내렸다. 신이 오른 무당이 춤을 추며 묶은 매듭을 하나씩 풀기 시작했다. 구비구비 포개 앉은 지리산자락을 타고 달려온 바람이 흰 무명 천을 흔들며 윙윙거렸다. 서늘한 바람 끝으로 진한 솔향기가 났다. 하루 종일 안개처럼 산속을 적셔 대던 가랑비에 솔향은 더 짙어 있었다. 잦아들던 징 소리와 장구 소리가 신 오른 무당의 어깨사위를 흔들며 미친 듯이 울어 댔다. 마지막 붉은 빛 한점이 무리지어 날아가는 철새의 날개를 물들이며 천천히 어둠 속으로 사그라지고 있었다. 몇 번인가 허공을 선회하던 그것들의 붉은 날개들이 조금씩 빛을 털어 내며 어둠 속으로 멀어져 갔다. 굿 구경을 나온 동네 사람들과 몇 안 되는 가족들 틈에 섞여 있던 정희가 마침내 참고 있던 울음을 터트렸다. 그 옆에 말없이 서 있던 명수가 정희의 어깨를 천천히 감싸 안았다.

　"그만 가자."

어깨를 감싸 안은 손에 힘을 주며 명수가 말했다.

　"싫어."

입술을 깨물며 그녀가 말했다.

　"그럼 나 먼저 갈게. 넌 나중에 와."

　"어쩌면 영원히 안 돌아갈 수도 있다구 했잖아. 그래도 꼭 지금 떠나야 하니?"

"넌, 다시 돌아올 거야. 아무도 널 받아 주지 않을 테니까."

명수의 말에 정희는 눈물 젖은 눈으로 그를 쏘아보았다.

"나도 돌아가신 아버지의 딸이야. 당신의 유일한 전처 자식이 나라구. 그래도 넌 날 못 믿니?"

명수는 마당 한편에 지펴 놓은 장작더미 위에서 망자의 넋처럼 일렁이는 불꽃 속으로 눈길을 던졌다. 불꽃은 차가워 보였다. 망자의 한이었다. 이승에 홀로 전처 자식을 남기고 떠나야 했던 아비의 설움이었다. 그 불꽃 너머로 그녀의 아버지가 평소에 입고 있던 옷을 넣어 만든 영돈에 씻김굿을 내리고 있는 무녀가 보였다. 쑥물과 향물, 청계수를 차례로 묻히어 빗자루로 쓸어내리며 죽은 자가 모든 한을 깨끗이 풀고 극락왕생하기를 축원하는 무녀의 한풀이 가락이 싸늘한 가을바람에 실려 망자의 영혼처럼 허공을 떠돌았다.

"그래, 돌아가."

눈물을 훔친 그녀가 말간 눈을 들어 어둠을 바라보며 짧고 단호한 목소리로 말했다.

"아무 일도 없었던 것처럼 넌 내일이면 다시 돌아올 거야. 그게 바로 너잖아."

명수는 그녀의 작은 어깨 너머의 깊은 어둠 속을 응시했다. 굿판이 벌어지는 곳의 반대편 어둠은 그 끝을 알 수 없는 미지의 동굴처럼 두려움으로 가득 차 있었다. 정희는 꼼짝도 하지 않은 채 끝내 돌아서는 명수의 얼굴을 외면했다. 굿판은 씻김굿의 절정인 길 닦음으로 접어들고 있었다. 무녀가 풀어내는 끊어질 듯 이어지는 애절한 삼장개비 곡조의 노랫가락이 어둠을 향해 성큼성큼 걸어가는 명수의 발목에 일곱 마디가 묶인 무명천처럼 휘감아 들었다. 명수의 발목이 휘청였다. 어느새 가파른 산자락 끝으로 솟아오른 보름달이 그를 무심히 내려다보고 있었다. 명수는 걸음을 멈추고 그 달을 올려다보았다. 한치도 부족함 없이 꽉 찬 만월이었다.

레인보우 피시

레인보우 피시

반쯤 열린 주방의 작은 창으로 바닷바람이 불어왔다. 아침 햇살을 흔들며 주방 가득 퍼져오는 바다 냄새가 흰 소금 알갱이처럼 피부 표면에서 서걱거리는 것 같았다. 파도 소리는 들리지 않았다. 지난 밤, 작은 아파트를 집어삼킬 듯 동물적인 울음을 어둠 속으로 쏟아 놓던 그 파도 소리는 들리지 않았다. 이 도시의 밤은 언제나 방파제를 때리며 흰 거품을 토해 내는 바다의 처절한 몸부림에서 시작되었다. 이제 시현은 밤의 적막 속으로 무너져 내리는 파도 소리에 익숙해져 가고 있었다. 햇빛에 흔적 없이 녹아 버리는 눈사람처럼 아침 햇살과 함께 어딘가 사라져 버리는 파도의 침묵에도.

갈색으로 브릿지를 넣은 시현의 머리카락이 눈가를 스치며 가볍게 날아올랐다. 햇빛에 반사된 바다 속 해초처럼 매끄러운 머리카락에서도 바다 냄새가 날 것 같았다. 얼굴 위로 흩어져 있던 머리카락이 날아오르자 그의 반듯하고 또렷한 콧날과 깊은 눈매가 확연히 드러났다. 그 눈빛은 한참 동안 병을 앓고 일어난 사람처럼 음울해 보였지만 모든 불순물을 다 헹궈낸 듯 맑았다.

"그것 좀 집어 줄래?"

식탁 위에 놓인 양송이를 턱으로 가리키며 율희가 말했다. 그녀의 손은 양념된 고기 반죽과 함께 붉은 라벤더 꽃잎을 섞어 치대느라 능숙하게 움직였다. 식탁 의자에 앉아 영화 잡지를 뒤적이던 시현이 양송이가 담긴 볼을 집어 그녀 앞으로 건넸다. 반죽이 엉겨 붙은 손가락으로 율희는 냉큼 볼 속의 양송이를 집어 들었다. 그리고는 꽃잎이 으깨진 고기 반죽에 넣고 야채와 함께 섞기 시작했다. 그녀의 손가락에 선홍빛 꽃물이 든다.

"라벤더 비프 로프라?"

시현은 여전히 잡지책에서 눈을 떼지 않고 중얼거리듯 말했다. 지난 토요일, 율희는 에플민트를 뿌린 청어 구이에 스위트 바질을 넣고 끓인 닭고기 스튜를 식탁에 내놓았었다. 민트는 신경 안정에 좋고 스위트 바질은 소화를 촉진시켜 준다고 했던가. 시현은 잡지책 속의 알레한드로 아메나바르 특집 기사에 눈을 둔 채, 지난 주 먹었던 청어의 고소하고 담백한 맛을 떠올렸다. 김이 하얗게 피어오르던 닭고기 스튜 속의 스위트 바질을 골라 그의 입에 넣어 주던 율희의 미소도.

"매주 허브 요리를 먹는 남자라……, 낭만적으로 들리지 않아? 무슨 영화 제목 같기도 하고."

시현이 책장을 넘기며 말했다.

"낭만적? 그건 아닌 것 같은데? 허브 요리로 사육 당하고 있는 한 남자가 떠오르는 걸."

그녀는 여전히 꽃물이 든 고기 반죽을 치대며, 동그란 두 눈에 가득 장난기를 담은 채 흘기듯 시현을 바라보며 웃었다. 반죽을 치대는 율희의 손놀림을 따라 작은 어깨 위로 탐스런 머리카락이 물결처럼 출렁였다. 햇살이 그 위에서 부서져 내렸다. 시현은 그런 율희를 잠시 아득한 눈빛으로 바라보았다. 언젠가 너를 위해 레인보우 피시를 만들겠어. 시현은 그런 생각을 하며, 공포에 질린 얼굴로 어딘가를 노려보고 있는 어둠 속의 니콜키드먼 사진 속으로 시선을 떨어트렸다. 사진 속 그녀의 눈빛이 처음 시현을 찾아왔던 때의 율희와 닮아 보였다.

'어머니가 자살했어. 눈을 뜬 채 날 보고 있었지. 바다가 보이는 작은 여관방이었어. 난 삼 일 동안 그런 어머니와 함께 있었어. 어머니는 끝내 깨어나지 않았어. 그때서야 정말 어머니가 자살했다는 것을 깨달았어. 순간 널 찾아야겠다는 생각을 했어. 꼭 해야 할 말이 있었으니까.'

그를 찾아왔을 때 율희가 처음 했던 말이다. 그러나 율희는 지금까지 아무 말도 하지 않았다. 꼭 해야 할 말이란 무엇일까. 시현은 햇빛 속에 은폐된 바다의 침묵을 보는 것처럼 막막한 기분에 휩싸였다.

"다음 주말엔 커리플랜트를 넣은 양송이 스프를 끓일 거야. 저기 봐, 너한테 매주 만들어 줄 요리 스케줄이 적혀 있을 걸."

율희는 반죽된 재료를 타원형으로 빚어 오븐 속에 넣으며 이번엔 턱으로 주방에 걸려 있는 작은 달력을 가리켰다. 그는 동그라미가 그려진 날짜 밑의 붉은 글씨에 눈길을 던졌다.

커리플랜트-우울증 치료

"커리플랜트?"

시현은 '커리플랜트' 밑에 흘려 쓴 글자에 눈을 둔 채 물었다.

"네가 우울증이라는 거 모르니? 당분간 커리플랜트를 계속 먹어야 할 걸?"

율희의 말에 그는 당혹스런 표정을 애써 웃음으로 수습했다. 우울증? 그가 오랜 습관처럼 불면증에 시달려 온 것은 사실이었다. 그렇다 해도 자신의 우울증을 은폐하기 위해 그를 우울증 환자로 만들고 있는 그녀가 오히려 측은해 보였다.

어느 날, 카페에서 돌아와 보니 온 집 안 가득 라벤더 꽃잎이 널려 있었다. 핏물 같은 꽃잎들이 열려진 창으로 넘어온 바닷바람에 이리저리 날아다녔다. 꽃잎은 집 안 구석구석 남아 있는 짠 바다 냄새를 지우고 대신 라벤더 향으로 채워 놓았다. 거실 가득 퍼진 햇빛을 징검다리처럼 건너뛰며 그녀는 잘 마른 꽃잎들을 골라 통풍이 잘 되는 대바구니에 흰 수건을 깔고 그것들을 조심스레 담았다. 바람이 한번 불 때마다 바닥에 널려진 꽃잎들이 뭉쳐져 다시 허공으로 날아올랐다.

그때였다. 그녀가 갑자기 공포에 질린 얼굴로 햇빛에 하얗게 반사된 꽃잎들을 올려다보았다. 그리곤 떨어져 내리는 꽃잎들을 손바닥으로 감싸 쥐고 힘껏 힘을 주었다. 하얗게 질린 그녀의 손아귀 안에서 으스러진 꽃잎들이 핏물처럼 떨어졌다. 그녀의 눈빛이 알 수 없는 광기 속에서 흔들리기 시작했다. 그 흔들림 속으로 감정의 소용돌이를 잠재우듯 차가운 물기가 고여 들었다. 그러나 그 물기는 이내 얼음 조각처럼 차갑게 굳어져 더욱 또렷한 빛을 뿜어냈다. 그녀는 그 눈빛으로, 떨어진 꽃잎들을 집어 바구니 속에 다시 넣기 시작했다. 한바탕 폭풍이 지나간 듯한 고요가 흘렀다.

며칠 후, 시현의 침대엔 라벤더 꽃잎을 말려 속을 가득 채운 베개가 놓여졌다. 불면증엔 라벤더 향이 최고야. 이젠 깊고 단 잠을 잘 수 있을 거야. 시현은 가만히 그녀의 눈동자를 들여다보았다. 슬픔이, 나비가 되지 못한 고치처럼 그 까만 눈동자 속 깊이 견고하게 몸을 틀고 있는 게 분명했다. 창 너머로 불어오는 바닷바람이 그녀의 눈동자 속에 갇힌 슬픔의 고치에서 끊임없이 흰 명주실 올을 뽑아 올리고 있는 것이라고 시현은 생각했다. 밤마다 그녀가 흘리는 눈물이 투명하고 긴 명주실 올이 되어 망자를 부르는 초혼가처럼 바다를 향해 나부끼고 있을 것만 같았다.

시현은 다시 새어머니를 떠올렸다. 그녀의 눈동자도 저랬을까? 기억나지 않았다. 시현에게 남아 있는 그녀에 대한 기억이란 기형적으로 가늘고 짧은 한쪽 다리뿐이었다. 걸을 때면 엇박자로 울리는 발자국 소리와 그 뒤를 따라 왁자하게 울려 퍼지는 아이들의 짓궂은 놀림 소리. 시현이네 새엄마는 절뚝발이.

시현은 다시 니콜키드먼의 공포에 질린 두 눈동자 속으로 시선을 꽂았다. 데칼코마니의 반대편 그림처럼 삶과 죽음의 자리가 바뀐 여자의 공포가 두 눈동자 속에서 차가운 불꽃처럼 타오르고 있었다.

처음 율희를 따라 무작정 이 도시로 들어왔을 때 그는 바다 냄새가 가시지 않는 이곳에서 결코 싸구려 바텐더로 썩지 않을 것이라고 결심했었다. 비굴하지만 한 2~3년쯤 돈을 모아 다시 서울로 돌아갈 생각이었다. 언젠가는 꼭 스즈키 세이준의 〈지고이네르바이젠〉 같은 작품을 만들겠다는 그 꿈을 위해 영화 공부를 더 해 볼 계획이었다. 그런데 지금은 모든 것들이 혼란스러워졌다. 그녀가 없는 곳에서의 내 꿈 따위가 무슨 의미가 있을까? 시현은 그런 생각만으로도 가슴이 무거워져 왔다.

'환상은 일반적으로 주체의 욕망을 실현시키는 시나리오이다. 환상이 상연하는 것은 우리의 욕망이 충족되는, 즉 충분히 만족되는 장면이 아니라 반대로 그러한 것으로서의 욕망을 드러내고 무대화하는 장면이기 때문이다. 욕망의 구성은 은폐이다. 그것은 환상 공간이 텅 빈 표면, 즉 욕망의 투사를 위한 일종의 스크린으로 기능하는 방식이다.'

시현은 천천히 눈으로 기사를 읽어 내렸다. 욕망의 구성은 은폐이다. 그는 다시 간밤에 들려오던 파도의 울부짖음을 떠올렸다.

그 파도 소리 속으로 녹아들듯 섞여 공기 중에 부유하던 율희의 흐느낌 소리도. 소금기가 버석거리는 이곳의 바다 냄새가 그녀의 우울에 더 깊은 골을 만들고 있음이 분명했다. 정작 이곳을 떠나야 할 사람은 율희인지도 몰랐다. 이 습한 바닷바람이 멈추지 않는 한 그녀 안에 갇힌 나비는 영원히 단단한 고치에서 깨어나지 못할 것이었다. 히말라야의 흰 모래언덕이 떠올랐다. 그곳에 가면 축축하고 우울한 그녀의 영혼이 한결 가벼워져 뜨거운 모래바람처럼 자유롭게 날아오를 수 있을까?

"그 우울증을 치료하려면 커리플랜트보다 영화에 대한 네 헛된 꿈부터 접어야 할 걸? 변두리 싸구려 카페의 바텐더 주제에 영화감독이 꿈이라니. 차라리 최고 바텐더가 되는 꿈을 갖는 게 더 현실적이지 않겠어, 강시현?"

율희는 어느 새 말끔히 씻은 손에 찻잔을 들고 시현 앞으로 식탁 의자를 빼내어 앉으며 말했다.

마조람 차보다는 그레나딘 시럽을 넣은 달콤하고 쌉쌀한 테킬라가 우울을 달래 주는 데는 적격일지도 모르지. 아니면 멕시코새의 이름을 딴 모킹버드?

시현은 그런 생각을 하며 식탁 앞의 율희를 쳐다보았다. 창으로 넘어온 아침 햇살이 그녀의 얼굴 윤곽에 짙은 음영을 만들어 놓았다. 빗살무늬처럼 아롱진 그녀의 속눈썹 그림자가 콧등 위에 얹혀 있었다. 밤마다 그녀의 방에서 들려오는 숨죽인 흐느낌 소리가 어쩌면 환청이었는지도 모른다는 생각이 들 정도로 아침을 맞은 그녀의 모습은 언제나 해맑고 밝았다.

"고기가 익을 동안 차나 마시자. 슬픔을 이기는 덴 허브 중에서 이 마조람 차가 으뜸이야."

율희는 콧등을 살짝 찡그리며 장난스레 말했다. 그 콧등 위의 속눈썹 그림자가 가늘게 흔들리는 동안 율희의 눈동자는 바닷바람에 말린 조개껍질처럼 빛을 내며 시현을 바라보았다. 미세한 진동이 느껴지는 그녀의 눈빛이 무얼 말하고 있는지 시현은 알 수 없었다. 때때로 그녀의 영혼을 얼음 조각처럼 굳게 만드는 그 우울이 무엇인지도.

햇살이 파동치듯 흔들리며 시현의 눈동자 속으로 파고들었다. 우린 어떤 사이지? 피 한 방울 섞이지 않은 남이면서도 한때 가족이었던 우린. 시현은 슬픔의 덩어리가 목구멍 깊이 걸려 오는 것을 느꼈다. 생각해 보면 이런 느낌이 처음은 아니었다. 십 년이라는 세월을 뛰어넘어 어느 날 갑자기 그의 앞에 나타난 율희를 처음 보았을 때도 그랬다. 이 작은 18평짜리 아파트에서 서로 마주 보는 각자의 방에 달팽이처럼 몸을 틀고 지내온 시간 내내 시현은 그런 슬픔의 덩어리를 목에 넣고 있었는지도 몰랐다.

다시 소금기가 느껴지는 바다 냄새가 풍겨왔다. 시현은 테킬라 대신 그녀가 만든 마조람 차를 한 모금 마셨다. 목구멍을 누르고 있는 그 슬픔의 덩어리를 녹이듯 천천히 다시 한 모금 입에 물었다. 럼에 말리부와 피치로 세이킹한 칵테일을 콜린스 글라스에 따라 그 달콤한 향을 그녀와 음미하며 함께 마실 수 있다면 더 좋았을 걸. 그녀에겐 미안한 일이지만 자극적인 맛에 단련된 그의 혀는 그녀가 그토록 좋아하는 허브엔 아무런 감흥도 느끼지 못했다. 시현은 율희만을 위한 칵테일 레시피를 생각 중이었다. 그녀의 우울증을 말끔히 씻어 낼 그런 칵테일. 스위트 베르무트에 캄파리를 넣어 차가운 소다로 채운 아페리티프의 걸작 같은, 그녀를 닮은 레인보우 피시를.

"세상에서 단 한 잔밖에 없는 그런 멋진 칵테일을 만들 거야. 너를 위해서."

"또 레인보우 피시라는 그 칵테일 타령이니? 난 살아 있는 레인보우 피시가 보고 싶다구. 자신의 아름다운 비늘을 다른 물고기에게 다 떼어 주고서야 비로소 세상에서 가장 행복한 물고기가 된 그 동화 속의 레인보우 피시 말야. 칵테일 한 잔보단, 그 물고기가 내겐 더 필요하다구."

율희는 시현의 어깨 위로 떨어지는 작은 먼지들이 사금파리처럼 빛나는 것을 바라보며 말했다. 그녀의 동그란 두 눈이 잠깐 반달처럼 작아졌다 커졌다.

"동화 속의 물고기를 기다릴 만큼 어린 나이는 아니잖아? 칵테일 한 모금으로 때론 인생의 쓴맛이 지워지기도 한다는 걸 몰라?"

시현은 그러면서도 그녀가 말하는 그 동화 속의 레인보우 피시를 생각했다. 자신의 모든 비늘을 떨어버린 후에야 행복해진 물고기라. 그럴 수만 있다면. 정말 그럴 수만 있다면 자신도 그 물고기처럼 행복해질 수 있을 것 같았다.

그녀가 나타나기 전까지 시현의 일상은 단조롭고 무의미하긴
해도 나름대로 질서가 있었고 꿈이 있었으므로 견딜 만한 것이었
다. 아르바이트로 시작한 바텐더 생활이 길어지면서 자신이 이뤄
야 할 꿈에서 점점 멀어져 가고 있다는 조바심이 일긴 했지만, 그
렇다고 그가 혼자 헤쳐 나가야 하는 각박한 현실이 항상 고통스러
운 것만은 아니었다. 그는 아직 젊었고 젊음을 책임질 만큼의 용
기와 신념도 있었기 때문이었다. 그런데 갑자기 그 모든 질서가
흔들리기 시작했다.

"십여 년이나 지난 지금에 와서, 왜 날 찾아야 했는지 언제나
그게 궁금했어. 날 찾아서 꼭 해야 할 말이란 무엇인지, 아직도 말
하지 않았다는 것 알고 있니?"

시현이 오랫동안 참고 있었던 속의 말을 꺼냈다.

"날 보고 차라리 플레이버리스트(향료 중에서 식향을 전문으로
하는 사람)나 퍼퓨머(향장향을 전문으로 하는 사람)가 되지 그랬냐
고 하는 사람도 있어. 내 후각은 선천적인 걸. 어머니 말이야. 어
머니도 특별한 후각을 가지고 있었던 거, 너 기억나? 엄마 몰래
붕어빵 사 먹고 온 날은 어김없이 들키곤 했잖아."

"내 말에 대답부터 해 봐."

시현의 목소리가 한 톤 낮아지며 양미간이 굳어졌다.

"글쎄. 어머니의 마지막 유언이 없었다면……, 그랬다면 널 찾
지 않았을지도 모르지. 어머닌 네게 용서를 구하고 싶어 하셨어."

그녀의 얼굴에 드리워져 있던 빗살무늬의 눈썹 그림자가 한결

가벼워졌다. 눈썹 그림자가 지워진 자리로 바람에 흐트러진 갈색 머리카락이 나부꼈다.

"용서?"

율희의 말에 시현은 새어머니에 대한 기억을 더듬어 나갔다. 새 어머니가 마지막 삶을 마무리하는 순간에 그에게 용서를 구해야 할 일이란 무엇인가. 아무리 생각해 봐도 그녀가 시현에게 용서를 구해야 할 그런 일은 떠오르지 않았다.

동네 건달로 직업도 없이 떠돌던 아버지가 어느 날 얼굴이 곱상한 새어머니와 그녀의 어린 딸을 데리고 집으로 들어왔다. 이른 봄이었지만 꽃샘추위를 이기기엔 너무 얇아 보이는 스웨터 차림의 모녀는 허기진 사슴처럼 지친 눈빛으로 시현을 바라보고 서 있었다. 어린 아이치곤 너무 음전해 보이는 율희의 눈빛이 달갑진 않았지만, 아버지와 어울리지 않게 말수가 적고 낯빛이 해사한 새 어머니의 모습에 시현은 안도감을 느꼈다. 한 달이 멀다하고 집을 나가고 들어오길 밥 먹듯이 하던 골목 다방 여자나 종일 담배를 입에 물고 살던 시장 안의 포장마차 여자와는 달라 보였다. 이제 따뜻한 아침밥을 먹게 될지도 모른다는 생각이 들었다.

처음 새어머니의 기형적인 가늘고 짧은 다리를 보고 놀랐지만 시현은 그런 것에 마음을 둘 처지가 아니었다. 그보다, 왠지 튼튼하고 아름다운 다리를 가진 포장마차 여자나 다방 여자와 달리 그녀는 자신에게 훨씬 좋은 새어머니가 되어 줄 것 같은 느낌이 들었다. 더욱이 새어머니의 어린 딸인 율희는 첫눈에 봐도 예쁜 얼굴을 갖고 있었다. 시현은 열세 살 동갑내기인 그녀가 자신과 한 가족이 된다는 사실이 기뻤다. 세상에 태어나 처음으로 덕수궁에 가서 남들처럼 행복한 웃음을 지으며 가족사진도 찍었다. 그렇게 율희는 시현의 가족이 되었다. 피 한 방울 섞이지 않은 남이 그 한 장의 사진으로 가족이 되었다는 사실이 너무 싱겁게 느껴졌다. 그러나, 싱겁게 느껴졌던 그 사실이 점차 하루하루의 삶에 새로운 의미를 가져다주기 시작했을 무렵, 뜻밖의 불행한 일이 터지고 말았다. 이듬해 봄, 갑작스레 찾아온 아버지의 죽음에 이어 함께 새어머니는 율희만 데리고 어디론가 떠나버렸던 것이다. 그리하여 새어머니와 율희는 덕수궁의 은행나무 벤치에 함께 앉아 있는 한 장의 가족사진으로만 남겨진 채 시현의 과거 속에 묻혀져야 했다.

그들은 동시에 잔을 들어 마조람 차를 마셨다. 생각에 잠긴 율희의 두 눈빛이 가늘게 흔들렸다. 그녀의 얼굴 위에서 사라진 그림자 때문에 이목구비의 선이 훨씬 부드럽게 드러났다. 그녀는 천천히 이마 위의 머리카락을 쓸어 올렸다.

"엄만, 운이 나쁜 여자였어."

그렇게 말하며 어두워지는 율희의 얼굴에서 시현은 지난 밤 들려오던 파도 소리를 떠올렸다. 단단하게 응집된 슬픔의 고치에서 뽑아 올리는 흰 명주실 같은 그녀의 눈물방울까지.

"다른 건 모르겠지만, 동네 날건달이었던 아버지를 만난 것을 보면 운이 없었던 게 분명하긴 하지."

시현은 아버지에 대한 얘기가 나오자 의식적으로 가볍게 농담처럼 말했다. 율희는 그런 시현의 얼굴을 보며 고통스러운 듯 무겁게 눈을 감았다. 불행하게 삶을 마감한 그들의 부모에 대한 얘기는 두 사람에게 결코 유쾌한 대화가 될 수는 없었다.

갑작스런 아버지의 죽음. 만취한 상태에서 아버지는 누군가에게 둔기를 맞고 사망했다. 범인은 잡히지 않았다. 시현이 어린 나이에 겪은 일이라 그 진상을 밝혀낼 수도 없었고 곧바로 어른들 손에 의해 고아원으로 보내져 버렸기 때문에, 그 후의 일도 더 이상 알지 못했다.

시현은 손에 들고 있던 찻잔을 천천히 내려놓았다. 그와 동시에 오븐에서 타이머가 울렸다. 오븐에선 라벤더 비프 로프의 잘 익은 고기 냄새가 바닷바람에 실려 주방 가득 퍼져 왔다. 맛있게 준비된 요리와 알맞게 따뜻한 아침 햇살. 그 속으로 간간이 떠도는 허브 향기. 그 풍경과는 어울리지 않게 온전히 자신의 삶을 마감하지 못한 사람들에 대해 얘기하고 있는 시현과 율희는 허허벌판에 던져져 있는 것처럼 마음이 쓸쓸했다.

"왜 그렇게 갑자기 어머니가 떠났는지 궁금하지 않았니?"

율희는 자리에서 일어나 오븐 앞으로 걸어가며 말했다. 쏟아지는 아침 햇살을 가득 받고 있는 그녀의 뒷모습은 바다 속을 뛰어오르는 레인보우 피시처럼 싱싱해 보였다. 그녀의 온몸이 물고기의 비늘처럼 색색의 빛을 산란시키며 반짝였다. 찬란한 빛의 입자 하나하나가 그녀의 몸에서 쏟아져 나오는 슬픔의 조각처럼 시현의 가슴속으로 가득 스며들었다.

"너와 함께 새어머니가 떠난 건 당연한 일이었어. 나도 그 정도
의 염치는 있는 놈이었으니까."

그 말은 진심이었다. 새어머니가 율희만 데리고 사라졌을 때,
시현은 잠시 섭섭한 마음이 들긴 했지만 그런 자신을 염치없는 놈
이라고 나무랐다. 건달로 떠돌던 아버지 덕분에 결코 만만치 않은
세상 이치를 다른 아이들보다 빨리 깨우쳐 버렸던 까닭이었는지
도 몰랐다.

"그랬니?"

율희는 뚝 끊듯 말을 멈추었다.

"아버지를 마지막으로 보았던 날의 일, 기억해? 어머니가 외할
머니가 위독하다는 전갈을 받고 시골로 내려가셨던 날."

율희는 여전히 등을 돌린 채 천천히 더듬듯 말을 이어나갔다.

"우린, 손수 조갯살을 넣은 된장찌개를 끓여 밥상에 올리고 아
버지와 함께 이른 저녁을 먹었지. 창문으로 붉은 노을이 지고 있
었어. 그 속으로 잿빛 구름이 새 떼처럼 지나가는 걸 보았어. 선홍
빛 노을이 긴 그림자를 끌며 초라한 저녁 밥상 위로 흘러 들어왔
지. 붉게 물든 아버지의 두 눈빛을 난 지금도 또렷이 기억하고 있
어. 그 알 수 없는 광채에 나는 조금씩 긴장하기 시작했어. 밥 먹
는 내내 나는 아버지와 눈을 마주치지 않기 위해 애썼어. 결국 밥은
반 공기도 못 먹고 그만 자리에서 일어나야 했지. 방문을 열고 밖
으로 나오는데 아버지가 네게 한 정류장이나 떨어져 있는 시장에
가서 내일 아침에 먹을 고등어 자반을 사오라고 시키셨어. 황망한

표정으로 들고 있던 밥숟갈을 내려놓고 네가 자리에서 일어났던 거 생각나니? 아버지가 내민 돈을 받아 주머니에 찔러 넣으며 너는 짜증난 듯 나를 쳐다보았어. 같이 갈까? 내가 그렇게 묻자 아버지가 말했지. 율희 너는 그냥 집에 있어. 아버지는 왠지 화가 난 얼굴로 날 가로막았어."

율희는 거기에서 말을 멈추었다. 시현은 율희가 기억하고 있는 그날의 일들을 떠올렸다.

바람이 많이 부는 날이었다. 붉은 노을마저 바람에 떠밀리듯 빠르게 그 색조를 바꿔 나갔다. 보랏빛이 도는 구름이 점점 짙어지며 붉은 하늘 속으로 흘러갔다. 노을은 왠지 어둠 속으로 섞이지 않고 더 붉어지고 있었다. 눈을 어디에 둘 수 없을 만큼 강렬한 석양빛에 등줄기가 자꾸 뻣뻣하게 굳어져 왔다. 왠지 그의 뒤통수까지 쫓아오던 율희의 눈빛이 맘에 걸렸다. 시장을 향해 걷는 발걸음이 점차 무거워졌다. 거리의 온갖 쓰레기를 날리며 앞서 가는 바람이 시현의 무거운 발걸음을 짓눌러 놓는 듯했다. 온몸 가득 차가운 한기가 느껴졌다.

한 정류장이나 되는 길을 걸어 시장에 가서 자반을 사 가지고 돌아왔을 때, 집 안은 빈집처럼 칠흑 같은 어둠에 휩싸여 있었다. 아버지는 보이지 않았다. 방문을 열어 보니 불도 켜지 않은 어둠 속에서 율희가 앙칼진 고양이처럼 잔뜩 독기를 품은 눈으로 시현을 노려보고 있었다. 달빛에 흥건히 젖은 그녀의 두 눈빛이 하얗게 번들거리고 있었다. 불을 켜려고 안으로 들어서는 순간 그녀가 시현을 향해 방바닥에 나뒹굴고 있던 밥공기를 집어 던졌다. 반쯤 남아 있던 밥덩이가 시현의 가슴팍으로 밥알을 굴리며 떨어졌다.

"나가! 들어오면 죽여 버릴 거야!"

시현은 주춤 발걸음을 뒤로 물렸다. 엎어진 밥상 다리가 발에 걸렸다. 순간 깨진 컵 조각이 발에 밟혔다. 본능적으로 발을 움켜쥔 손 안으로 뜨거운 피가 축축이 묻어났다. 시현은 숨을 죽인 채 그대로 방바닥에 쓰러지듯 주저앉았다. 집을 나선 순간부터 내내 등줄기를 굳혀 오던 그 불길한 느낌이 되살아났다. 시현에게서 쉽게 눈길을 걷어 내지 못하던 율희의 눈빛이 끝내 맘에 걸렸던 것도. 무슨 일이 일어난 것일까.

어둠 속에서 집 앞의 가문비 나뭇잎이 사그락거리며 바람에 흔들리는 소리가 났다. 그녀의 작은 숨소리가 가문비 나뭇잎을 흔드는 바람소리에 섞였다. 머리 속이 깜깜하게 어두워져 왔다. 발바닥의 통증 때문은 아니었다. 어둠 속에서 그를 향해 조여 오는 율희의 희미한 숨소리 때문이었다. 입 안 가득 침이 고여 왔다. 그러나 침은 쉽게 목구멍으로 넘어가지 않았다. 시현은 돌멩이라도 삼키듯 힘겹게 입 안의 침을 삼켰다.

발바닥으로 날카로운 통증이 몰려왔으나 시현은 여전히 숨을 죽이고 어둠을 향해 동공을 크게 벌린 채 그녀의 검은 실루엣만 응시했다. 침묵이 어둠보다 더 짙게 방 안 가득 고여 있었다. 얼마 후, 어둠 속에서 그녀가 무겁게 몸을 끌듯 천천히 움직여 시현을 향해 다가왔다. 그녀의 숨소리가 바로 시현의 귓전에서 뜨겁게 흩어졌다.

"오늘 있었던 일, 아무한테도 얘기하지 마. 알았지? 특히 우리 엄마한테는 절대로 말해선 안 돼. 엄마가 알면 우린 다시 못 만나게 될 거야. 너도 나하고 헤어지는 거 싫지?"

어둠 속에서도 시현을 향해 또렷이 빛나고 있는 그녀의 눈동자가 보였다. 무슨 의미인지 알 수 없었으나 그녀와의 약속은 꼭 지키리라 결심했다. 그때였다. 갑자기 형광등의 차가운 불빛이 방 안 가득 쏟아졌다. 새어머니였다. 친정에 갔던 그녀가 어느 새 돌아왔는지 하얗게 굳어진 얼굴에 주먹으로 입을 막은 채 서 있었다. 어둠이 걷힌 방안은 한바탕 난투극이 벌어진 범죄 현장처럼 끔찍했다. 엎어진 밥상 위로 깨진 접시며 그릇들이 음식물과 뒤엉켜 여기저기 파편처럼 나뒹굴었다. 더욱 놀라운 것은 벽이며 방바닥이 온통 붉은 핏자국이었다. 시현의 발바닥에 박힌 유리 조각을 타고 흘러내린 핏물이 율희의 흰 원피스자락까지 붉게 물들여 놓은 듯, 그녀의 아랫도리도 피로 범벅이 되어 있었다. 새어머니가 벽에 몸을 기댄 채 힘겹게 몸을 주저앉혔다. 가늘고 짧은 한쪽 다리가 치마 끝으로 덩그마니 삐져나왔다. 다른 때와는 달리 그녀는 그 다리를 감추지 않았다.

"엄마, 나 괜찮아. 아무 일도 없었어."

율희가 피로 얼룩진 치마 자락을 숨기며 동그란 눈에 힘을 주며 말했다. 입가의 푸른 피멍이 형광등 불빛 아래 선명하게 드러나 보였다. 새어머니는 더 이상 아무 것도 묻지 않았다. 어둠 속에서 그녀와 단둘이 앉아 있었을 때보다 더 큰 불안감이 밀려들었다. 아버지는 어딜 가셨을까. 다시 가문비 나뭇잎이 사각거리며 흔들렸다. 나뭇잎을 흔드는 바람 소리 속으로 새어머니가 불편한 다리를 절룩거리며 일어나 마당으로 급히 걸어가는 소리가 났다. 다른 때와는 달리 다리에 힘을 많이 주고 걷는 듯 둔탁한 발자국 소리가 빠른 엇박자로 울렸다. 이어 율희가 깨진 유리조각을 밟고 맨발로 마당으로 뛰어 내려갔다. 문 밖에서 모녀가 서로 부둥켜안고 우는 소리가 들려왔다.

그날 밤, 아버지는 돌아오지 않았다. 며칠 후 형사가 찾아와 아버지가 만취한 상태에서 누군가로부터 둔기를 맞고 살해되었다고 전했다. 시현을 버려둔 채 새어머니가 율희를 데리고 사라진 것도 그 무렵이었다. 그렇게 세 사람은 약속이라도 한 듯, 한꺼번에 시현의 어린 시절 속에서 증발해 버렸다.

그녀가 식탁에 흰 냅킨을 깔고 포크와 나이프를 놓는 소리가 달그락거리며 났다. 시현은 아침 햇살 속으로 경쾌하게 울려 퍼지는 그 소리를 말없이 듣고 있었다. 그녀가 다시 오븐에서 꺼낸 비프 로프를 오이 피클에 곁들여 시현 앞에 내놓았다. 조금도 흐트러짐 없는 모습으로 율희는 그 앞에 앉아 식사를 하기 시작했다. 시현은 그녀가 지금까지 그에게 했던 말들을 다시 곱씹으며 나이프로 비프 로프를 한 조각 썰어 입에 넣었다. 알맞게 숙성된 고기 맛은 부드러웠고 라벤더 꽃잎은 톡톡 터지듯 입 안에서 가볍게 씹혔다. 아침 햇살 속에서 차갑게 반짝이는 나이프와 포크가 코엘 접시에 부딪치는 맑은 소리가 조심스레 울려 왔다.

율희가 손에 들린 나이프를 내려놓고 먼저 자리에서 일어섰다. 시현은 아무 말도 하지 않은 채 입 안의 음식을 천천히 씹어 목으로 넘겼다. 그리곤 식은 마조람 차를 한 모금 입에 물었다.

"네 말이 맞아. 역시 마조람 차는 슬픔을 가라앉히는 데는 최고야."

시현은 자리에서 일어선 율희를 올려다보며 싱긋 웃었다. 그녀의 눈동자 가득 아침 햇살이 담겼다. 햇살이 그녀의 눈동자 속에 고인 눈물과 함께 출렁였다. 단단한 고치가 몸을 찢고 이제야 여린 날개 한쪽을 세상의 빛을 향해 내밀고 있었다. 진작 말하지 그랬어. 그렇게 털어 내고 훨훨 날아가지 그랬니. 너무 오랫동안 고치에 몸을 틀고 있던 나비가 막상 어떻게 날개를 펴고 날아야 하는지 몰라 계속 고치 주의만 맴돌듯 그녀의 혼란스런 눈빛이 시현의 눈동자 속을 힘겹게 파고들었다.

"떠날 거니?"

율희가 떨리는 목소리로 물었다. 시현이 가만히 자리에서 일어났다. 그리곤 햇살이 만들어 놓은 그녀의 그림자를 따라 앞으로 걸어갔다.

"정말 떠나야 할 사람은 네가 아닐까?"

시현은 자신의 방문 앞에 걸음을 멈춰 서며, 율희를 향해 말했다. 율희는 천천히 등을 돌려 시현과는 반대쪽 방을 향해 걸어갔다.

"아니, 너한테 해 주어야 할 허브 요리가 너무 많이 남았는 걸. 저 달력 봤지? 더 이상 네게 해 줄 허브 요리가 생각나지 않을 때, 그때 떠날 거야. 그때쯤이면 네 우울증도 다 나을지 모르니까."

율희가 방문 손잡이를 쥔 채 말했다. 짠 바닷바람이 그녀의 머리카락을 흔들며 지나갔다. 거실의 흰 망사 커튼이 날리고 베란다의 화분 속 스위트 바질이 몸을 떨었다. 아무 대꾸도 못하고 서 있는 그를 향해 그녀가 희미하게 웃음을 날렸다. 시현도 먼지를 털어내듯 그녀를 향해 가볍게 웃어 보였다.

그래, 이제 정말 너 대신 내가 그 우울증을 앓게 될지도 모르지.

문득 시현은 밤마다 울부짖던 파도 소리가 듣고 싶어졌다. 오늘은 처음으로 이 도시의 바닷가를 걸어 봐야겠다는 생각을 했다.

파도 소리에 섞여 소금기가 서걱거리는 바닷바람이 불어왔다. 눈을 들어 하늘을 보니 햇살이 부서져 내리는 파도가 물고기 떼의 비늘처럼 빛을 반짝이며 허공으로 튀어 오르고 있었다. 마치 하늘과 바다가 그 비늘을 사이에 두고 맞닿아 있는 것 같았다.

과거의 시간으로부터 떨어져 나온 비늘조각들이 빛의 무리가 되어 출렁이며 파도 위로 솟구쳐 올랐다. 그 빛의 물결을 헤치며 비늘을 떨어낸 물고기들이 투명한 맨살을 드러낸 채 수평선 너머로 멀어지고 있었다. 허물처럼 벗어 놓은 수많은 비늘조각들이 수평선의 경계를 덮은 물안개처럼 바람에 날리며 흩어졌다. 시현은 그 바다를 향해 천천히 걸음을 옮기기 시작했다.

그 겨울의 환각

그 겨울의 환각

햇살이 금방이라도 그의 어깨에서 미끄러져 내릴 듯 위태롭게 걸려 있다. 그 햇살 위로 손을 내밀려다 멈춘다. 그가 어깨를 숙여 바닥에 떨어진 서류 봉투를 집어 든다. 그의 어깨 위에 앉아 있던 빛줄기가 벗은 내 발등 위로 떨어져 내린다. 볼품없이 마르고 작은 발등이 목련 꽃처럼 희다.

"뭐하고 서 있어?"

남편이 추궁하듯 묻는다. 나는 화장대 위의 보라색 수정 알이 박힌 넥타이핀으로 눈길을 떨어트린다. 남편은 서류 봉투를 화장대 위에 올려놓고 그 옆의 넥타이핀을 집는다. 손 위로 햇살이 쏟아진다. 보라색 수정 알을 통과한 빛이 가볍게 흔들린다.

강가의 새벽은 얼음이 깨지는 소리와 함께 시작되었다. 산등성이를 밀며 쏟아져 내리던 새벽안개가 조금씩 햇빛 속으로 사라지기 시작했다. 우리는 햇빛 속으로 스며드는 그 안개에 따라 걸었다. 눈보라 속에서도 햇빛이 몸을 떨며 하얗게 끓어올랐다. 남자가 검정 털목도리를 벗어 내 목에 감아 주었다. 남자의 손이 떨리고 있었다. 남자의 눈을 바라보았다. 사막의 푸른 별이 떠올랐다.

보라색 수정 알이 박힌 남편의 넥타이핀을 본다. 그것은 갈색 인디안 무늬가 현란한 실크 넥타이 속에 얌전히 묻혀 있다. 남편은 거울 앞에서 옷매무새를 다듬는다. 두 손으로 앞머리를 정리하고 콘솔 거울 앞에 미리 챙겨 놓은 손수건을 바지 뒷주머니에 찔러 넣은 후 마지막으로 양복 깃 속으로 두 손을 넣어 훑어 내린다. 그때서야 남편은 만족스러운 듯 가볍게 거울 속의 자신을 향해 미소를 던진다. 나는 스탠드 탁자 위에서 자동차 키며 아파트 현관 키들이 뭉쳐 걸려 있는 열쇠고리를 집어 그에게 준다. 처음 보는 코뿔소 모양의 크리스털 열쇠고리. 막 선물 포장지 속에서 튀어나온 듯 눈부시게 빛나고 있는 코뿔소는 강해 보인다. 당장이라도 그 단단한 뿔을 내게 들이밀 듯이. 저런 것을 골라 주는 여자의 취향은 어떤 것일까. 잠시 마음이 흔들린다. 뭐죠? 이 열쇠고리는? 입술을 누르며 천천히 침을 삼킨다. 그러나 그는 벌써 열쇠 꾸러미를 받아 주머니 속으로 밀어 넣고는 아무 일도 없다는 듯 돌아선다. 콘솔 거울 속의 그가 빠르게 방을 빠져나간다.

강의 노트와 책이 담긴 가방을 메고 현관으로 나가는 그가 남긴 아라미스 골드 향을 맡으며 잠시 숨을 멈춘다. 그가 좋아했던 올드 스파이스는 뽀얗게 먼지를 뒤집어 쓴 채 서재 한구석에 처박혀 버렸다. 아마 그는 다시 그것을 찾지 않을 것이다.

"참, 강의 끝나는 대로 제주도로 갈 거야. 학회 세미나가 있어. 당신, 청담동 어머니한테 전화 좀 자주 드려. 형석이까지 맡겨 놓고 당신 일 하면서 너무 무관심한 거 아니야? 그리고 지난 주 내가 강릉에서 열린 학회 세미나 참석했을 때처럼 나 없다고 집에도 안 들어오고 하는 일은 없었으면 좋겠어. 당신은 꽃꽂이 강사보다 주부가 본업이라는 사실을 잊고 있는 것 같아서 하는 소리야."

그의 잔상을 지워 버리듯 그가 사라진 철문의 보조 키 자물쇠를 빠르게 걸어 잠근다. 가슴 밑으로 통증이 밀려온다. 하루의 시작이다. 이 집은 동향이다. 햇살은 언제나 달아날 준비가 되어 있는 도망자처럼 아침이면 거실 탁자 끝에 겨우 턱을 얹고 있다 빠르게 베란다 밖으로 사라져 버린다. 호시탐탐 자신의 몸을 번식시킬 가장 좋은 환경을 찾아 헤매고 있을 곰팡이 균들. 그것들은 지금도 끊임없이 홀씨를 날리며 집 안 구석구석을 떠돌고 있을 것이다. 햇빛이 그리운 것은 베란다의 화분만은 아니다. 햇빛이 베란다의 차가운 금속 난간을 넘어 남쪽으로 사라져 버린 그 순간부터 다시 조금 전 내 손끝에 남아 있던 햇살 한 자락 한 자락이 그립다. 우울증의 시작인지도 모른다.

"우리 이사 가요. 햇빛이 잘 드는 남향 집으로."

노트북의 글자판을 두드리던 남편은 그런 나를 흘긋 바라보았다. 너무도 뜬금없다는 듯.

"어머니한테 얘기 해."

무슨 일이 있을 때마다 그는 요술 방망이를 찾듯 그렇게 말한다. 삼십 대 중반을 넘어선 그가 부모님 도움 없이 혼자서 할 수 있는 일이란 아무 것도 없다. 대학 시간강사를 하며 박사과정을 밟고 있는 그가 집안에 들여놓는 돈은 한 푼도 없었다. 강사료가 얼마인지 알려고도 하지 않았다. 그 역시 내가 벌어들이는 문화센터 꽃꽂이 강사료가 얼마나 되는지에 대해 아무 관심도 갖지 않았다. 우리가 버는 한 달 강사료라는 것이 겨우 각자의 차량 유지비 이상 되지 않는다는 것을 너무나 잘 알고 있기 때문이었다. 한 달에 한 번 건물 임대업을 하는 그의 부모님을 찾아가 생활비를 타내는 일은 생각보다 훨씬 비참했다. 밀린 이불 빨래며 집 안 청소를 끝내고 근처 재래시장을 돌며 싱싱한 야채와 생선을 고르는 일 따위는 문제가 아니었다. 늙은 부모에게 생활비뿐만 아니라 수시로 자신의 용돈까지 타 내는 남편을 둔 여자에게 시부모란 존재가 얼마나 큰 압박감으로 다가오는 것인지 남편은 생각조차 해 본 적이 없을 것이다. 시집 대문을 나서는 순간까지 숨 한번 크게 쉴 수 없는 죄인 심정으로 견뎌야 하는 일이 얼마나 큰 고통인가를 남편은 결코 알지 못했다.

이러한 형편에 동향이라 햇빛이 잘 안 드니 집을 옮겨 달라는 말을 꺼낸다는 것은 생각도 할 수 없는 일이었다. 남편은 그까짓 햇빛이 무슨 문제냐는 듯 그 이후로 한번도 내가 한 말을 기억해 내지 못했다. 주로 밖에서 생활을 하고 있는 그가 잠만 자는 것 이외의 아무 용도도 되지 못하는 이 아파트에 대해 그런 사소한 채광 따위를 안중에 둘 리 없었다. 그보다 더 큰 문제가 있다고 해도 그는 생각하고 싶지 않았을 것이다. 자신과 관련되지 않은 문제에 마음을 쓸 사람이 아니었다. 그러므로 햇빛에 대한 집념은 오직 나만의 몫이었다.

사람들의 발길이 뜸한 아파트 정원의 구석진 그 자리를 찾아내기까지 나는 몇 달을 놀이터로, 화단 앞 벤치로 마치 무엇을 잃어버리고 찾아 헤매는 사람처럼 쏘다녔다. 집 안에서 햇빛이 사라지는 순간 나는 어미 잃은 어린 염소 새끼처럼 힘을 쓰지 못했다. 아무리 말려도 햇빛에 건조된 그 뽀송뽀송한 감촉을 느낄 수 없는 건조대 위의 눅눅한 빨래들. 언제나 가득 물기를 먹은 습한 공기. 습한 공기를 타고 끈질기게 자신의 생명력을 번식시키고 있는 푸른곰팡이. 그것들은 무슨 마약처럼 나를 중독시키고 있었다.

그건 우울증이 아니라 자신에 대한 환멸과 적의였다. 나를 숨막히게 하는 시집 식구들도, 끊임없이 다른 여자의 체취를 집 안에 흘리고 다니는 남편도 아닌 바로 나 자신에 대한.

그런 어느 날, 햇빛 속에서 나의 모든 적의와 분노와 의혹의 눅눅한 곰팡이를 빠득빠득 말려 낼 수 있을 것 같은 그 자리를 발견했다. 하늘에서 떨어져 내린 신의 선물처럼 그 자리는 단번에 내 맘에 쏙 들었다. 두 동이 기억자로 꺾어져 이어 있는 아파트의 정원이 끝나는 곳으로, 바로 동의 숫자가 써져 있는 벽면을 등에 두고 있기 때문에 사람들이 베란다나 창문으로 내려다본다는 것은 불가능했으며 드나드는 사람도 없었다. 키 작은 잣나무가 울타리처럼 쳐져 있음에도 정남향으로 난 그 자리만은 따가운 햇살이 경쾌한 음조의 음악처럼 발랄하게 종일 튀어 올랐다. 나는 공사 후 버려 둔 것으로 보이는 정원석에 앉아 책을 보거나 아니면 아무것도 하지 않은 채 그냥 햇볕을 쬐곤 했다.

하나하나 늘어나는 남편의 낯선 소지품들은 마치 묵인된 범죄처럼 당당하게 집 안 구석구석을 굴러다녔다. 다른 여자의 체취는 그렇게 또 다른 곰팡이 균처럼 습기 찬 벽 속으로 스며들었다. 갈라진 벽 틈으로는 끊임없이 물기가 배어 나왔다. 그곳에 손을 대면 축축한 물기가 심장까지 스며들어 왔다. 또 한 줄기 미세한 균열이 심장의 혈관을 지나가는 것이다. 갈라진 틈으로 푸른 꽃잎이 핀다. 꽃잎은 꽃잎답지 않게 강하다. 그것들은 지독한 생명력으로 끊임없이 새로운 잎과 가지와 잔뿌리를 내리고 집요하게 자라난다. 다시 명치 끝으로 깊숙한 통증이 몰려 온다. 통증은 내가 살아 있다는 신호이다. 신호를 바꾸기 위해 깜박이는 신호등 불빛처럼 나는 내가 살아 있다는 그 신호를 위태롭게 지켜본다. 신호가 바뀌기 전에 어서 뛰어가야만 한다. 그러나 어디로? 나는 길을 잃었다.

"이런 경우는 상층부 세대에서 누수가 진행되고 있다고 볼 수 있고 방수 시공이 부실해서라고도 볼 수 있는데, 제가 볼 땐 이거 수리가 쉬운 게 아닌데요. 벽 전체를 단열재를 다시 사용해야 하는데 안쪽에서 단열을 하는 것보다 결로가 생기는 바깥 부분을 해야 물방울이 더 이상 생기지 않고, 곰팡이도 피지 않을 겁니다. 방수 필름을 사용해야 하는 건 필수구요. 근데 차라리 다른 곳으로 이사를 가시는 게 상책이겠어요. 이 정도면 정말 심한 걸요.”

방수 공사 기술자는 난감한 듯 머리를 흔들었다. 그러나 나는 남편에게 더 이상 아무 말도 하지 않았다. 남편은 아무 일도 없는 듯 수요일이면 언제나 나와 함께 수영을 하고 바둑을 둔다. 역시 당신 몸매는 아직 쓸만해. 수영복을 입은 내게 남편은 제법 그럴싸한 눈빛으로 속삭여 준다. ‘그렇게까지 할 필요 없어요. 당신답게 당당하게 굴어요.’ 나는 입술을 가볍게 들어올리며 그의 탄력 잃은 뱃살을 바라본다. 나보다 다른 누군가의 손길에 더 길들여졌을 저 살덩어리가 오히려 가엾게 느껴졌다. 그렇게 나는 남편의 치졸한 가식과 눈에 보이는 허술한 거짓말들을 즐기기 시작했다.

햇빛이 베란다 밖으로 사라지는 시간은 계절마다 달랐다. 그러므로 그 남자는 집 안에서 햇빛이 사라지는 그 시간에 맞추어 그곳에 나타났다. 남자는 소년처럼 흰 얼굴에 우울한 눈빛으로 잠시 나를 바라보았다. 나는 그 깊은 우울감에 압도당한 듯, 내 자리를 차지하고 있는 남자에게 아무 내색도 하지 못하고 그 옆으로 조금 떨어져 있는 정원석으로 가 앉았다. 잣나무가 반쯤 그늘을 덮고 있었지만 해가 좀 더 남쪽으로 올라가면 이곳도 남자가 앉아 있는 그 자리처럼 햇빛이 찾아들 것이었다.

나는 어색한 모습으로 정원석에 앉아 하늘을 한번 올려다보았다. 햇살은 알맞은 높이에서 나를 향해 쏟아져 내리고 있었다. 옷

속으로 파고드는 바람은 차가웠으나 상쾌했다. 옆에서 책장을 넘기는 소리가 들려 왔다. 조심스러우면서도 경쾌한 소리였다. 규칙적으로 옷 속을 파고드는 바람처럼 책장은 같은 속도로 넘어갔다. 그만 일어나 버릴까. 자신의 일에 몰두하고 있는 남자가 오히려 부담스러워지기 시작했다. 그러니까 내 의지와는 상관없이 나는 남자에게 낯선 틈입자가 된 것인지도 몰랐다.

그때, 남자는 마치 속내를 읽기나 한 듯 자리에서 일어나 손에 들고 있던 잡지책을 앞으로 내밀었다. 잡지를 든 남자의 손이 문득 흰색의 글라디올러스 꽃잎을 닮았다는 생각이 들었다. 가지런하고 섬세한 손이었다.

"난 세상의 왕이라고 외쳤지만 모든 일이 뜻대로 되는 것은 아니었다. 이 말은 세계적으로 흥행을 거두었던 〈타이타닉〉의 감독 제임스 캐머런이 한 말이에요. 최근 영화 〈아바타〉를 너무 큰 제작 규모 때문에 포기하고 난 뒤에 한 말이죠. 혼자서 계속 이 말을 되뇌고 있었어요. 정말 가끔 살다 보면 나도 그렇게 외치고 싶을 때가 있어요."

남자는 마치 오랫동안 나를 알고 있었던 사람처럼 말했다. 나는 잠시 대답 대신 남자의 눈을 바라보았다. 사막에 떠 있는 별을 본 적이 있었던가. 왜 그때, 한번도 본 적 없었던 사막의 별을 떠올렸을까.

"어쩌면 우리는 매 순간 그런 절망감을 느끼며 살고 있는지도 모르죠."

그렇게 말한 뒤 나는 스스로 놀라 남자가 건넨 잡지를 황망히 펼쳐 들었다. 처음 만난 남자에게 내가 무슨 말을 하고 있단 말인가. 남편에게조차 해 본 적 없는 말이었다. 절망감. 그랬다. 그건 분명 절망감이었다. 햇빛에 대한 나의 병적인 집착. 남자는 다시 내 속내를 다 읽어 낸 듯한 눈빛으로 나를 바라보았다. 그리곤 아무 말 없이 자신의 자리로 돌아가 앉았다. 그렇게 햇빛을 받으며 남자는 가끔 내 쪽으로 얼굴을 돌려 자신의 얘기를 하거나 읽던 기사를 펼쳐 보여 주기도 했다. 시간은 느리지도 빠르지도 않게 지나갔다.

그는 내가 생각했던 것보다는 훨씬 나이가 많은 서른 세 살로 시내 한 대학의 연극영화과에서 영화 평론 강의를 하는 시간강사였다. 그리고 지금은 러시아로 유학을 떠나기 위해 잠시 쉬고 있다고 했다.

"1011호에 사시죠?"

"어떻게 그걸 아세요?"

나는 남자의 창백한 얼굴을 천천히 뜯어보며 되물었다.

"저희 집이 바로 위층 1111호이거든요."

아, 그가 바로 위층에 살고 있었다니. 나는 내가 알고 있는 1111호에 대한 모든 정보를 훑어 내렸다. 이웃과 그저 눈인사만 하며 지내는 처지라 위층에 대한 정보도 사실 있을 리 없었다. 단지 내가 알고 있는 거라고는 그곳에 살고 있는 부부의 모습뿐이었다. 나보다는 서너 살 정도 많아 보이는 여자는 키가 작고 뚱뚱했으며 곰처럼 무던한 인상을 남겼다. 그와는 달리 그녀의 남편은 키가 무척 크고 말랐으며 눈매가 서글서글했다. 그들을 볼 때마다 집 안의 곰팡이들이 위층의 누수에 원인이 있을 수도 있다는 기술자의 말을 전해 볼까 망설이곤 했으나 결국 나는 아무 말도 꺼내지 못했다. 사실 그 모든 일들이 귀찮았다. 여자를 불러내어 습기 찬 벽들을 찾아내어 보이고, 위아래 층으로 오르내리며 원인을 찾아 실랑이를 벌이는 일에 기운을 빼고 싶지 않았다.

"그럼, 1111호 아주머니와는 어떻게 되세요?"

"제 사촌 누나예요. 러시아로 떠날 동안만 신세를 지기로 했어요."

곰처럼 무던한 인상의 그녀가 사촌 누나라니. 사촌간이긴 하지만 조금도 닮지 않은 그들의 외모가 약간 의외로 느껴졌다. 뭔가 다른 기억들을 떠올려 보았지만, 엘리베이터 안에서 남편의 가슴쯤에 코를 대고 작은 소리로 다정하게 이야기를 주고받던 여자에 대한 기억이 1111호에 대한 정보의 전부였다. 아무리 기억을 더듬어 봐도 그 남자와 같은 엘리베이터에서조차 마주친 적이 없었다.

"수요일마다 가슴에 하나 가득 꽃을 안고 아파트 마당을 걸어오는 것을 봤어요. 꽃과 참 잘 어울린다는 생각을 했죠. 그리 흔한 일은 아니거든요. 그런데 언제부턴가 내 자리에 송이 씨가 와서, 사실은 우연히 우리 집 우편함에 송이 씨의 우편물이 함께 섞여 꽂혀 있는 걸 본 적이 있거든요. 여기서 책을 읽거나 아무 것도 하지 않은 채 그냥 앉아 있다 돌아가곤 하는 모습을 봤어요. 물론 제가 이 자리를 내 자리라고 주장하고 싶은 건 아니구요. 그러니까 걱정하지 않으셔도 되요. 다만 매일 그렇게 혼자 있다 돌아가는 송이 씨를 모습을 보면서 햇빛을 좋아하는 사람이 나 말고도 이 삭막한 아파트에 또 있구나 그렇게 생각했죠. 그래서 그 자리를 송이 씨에게 양보하기로 한거구요."

"그럼 이 자리가……."

그의 이름을 몰라 머뭇거리자,

"현석주입니다."

그가 왠지 정중하게 인사했다.

"아, 그런 줄은 몰랐어요. 오히려 내 자리를 빼앗겼다고 생각했었는데 그게 아니었군요"

나는 조금은 민망한 마음으로 그를 향해 웃었다. 남자는 희미하게 미소를 짓는 듯하다가 이내 입을 다물어 버렸다.

"내일 일기예보에서 눈이 온다는데, 내일은 어디에 가서 햇빛을 만나죠?"

나는 마치 오랜 친구에게 말하듯 그에게 말하고 있었다. 어쩌면 나는 전생에 아주 오랜 시간 사막을 건너온 낙타가 아니었을까. 내가 본 것은 오직 끝없이 펼쳐진 사막과 바람과 밤마다 내가 가야 할 길을 인도해 준 푸른 별뿐이었다. 나는 그때 그 사막의 바람에게, 별에게 이야기하고 있었는지도 몰랐다.

"햇빛이라는 이름의 찻집을 알고 있어요. 비나 눈이 오는 날이면 나는 항상 그곳으로 가죠. 그 찻집엔 언제나 커다란 태양이 외계에서 떨어진 운석 같은 붉은 산 너머로 솟아 있죠. 그곳엔 한 번도 해가 진 적이 없어요."

그는 내게 영원히 사라지지 않을 그 햇빛을 보여 주고 싶어 했다.

"햇빛이라는 이름의 찻집……."

나는 그가 말한 찻집 이름을 천천히 읊조렸다.

"우리 같이 가요."

남자가 말했다. 난 당신의 모든 것을 기억해요. 우린 함께 사막의 그 뜨거운 모래 바람과 불씨 하나 없는 어둠 속의 그 혹독한 추위를 견뎌 냈으니까. 남자의 눈빛이 그렇게 말하고 있었다.

다음 날, 그의 말처럼 새벽부터 눈이 아닌 비가 물뿌리개에서 뿜어져 나오는 물줄기처럼 같은 속도로 끊임없이 베란다 유리문을 적시고 있었다. 남편은 우산살이 다 나갔다며, 집에서 우산 하나 변변찮게 챙겨 놓지 못한 것에 짜증을 부리며 뒤도 돌아보지 않은 채 현관문을 밀고 밖으로 나가버렸다.

그가 사라진 집 안엔 아라미스 골드 향이 다시 낯선 여자의 체취를 흘리고 있었다. 나는 숨을 멈추었다. 그리고는 창가로 달려가 창문을 열어 젖혔다. 열린 창문으로는 찬 빗물이 커튼 자락을 적시며 날아들었다.

찬 공기를 깊이 들이쉬며 눈을 감았다. 빗물이 목덜미를 적시며 느리게 흘러내렸다. 여전히 집 안엔 남편이 흘리고 간 아라미스 골드 향이 마치 마녀의 숨소리처럼 떠돌고 있었다. 얼굴도 모르는 여자에 대한 처참한 분노. 온 집 안 구석구석 번져오는 푸른 곰팡이. 언젠가 이 습한 절망의 독은 뼈를 녹이고 살을 태우고 말

것이 분명했다.

　나는 미친 듯이 침실로 달려가 화장대 위의 아리미스 향수병을 집어 들었다. 그리고 다용도실 문을 열고 장도리를 찾아 그것을 향해 내리쳤다. 튀어 오르는 둔탁한 유리 조각들. 눈부신 욕망의 산란. 독한 향내는 그들이 함께 쏟아 놓은 질펀한 땀 냄새처럼 역했다. 그 다음에 뭐가 있을까. 아, 그 열쇠고리. 그리고 또…….

　나는 이 방, 저 방을 미친 사람처럼 그 흔적들을 찾아 뛰어다니기 시작했다. 그러나 어찌된 일인지 더 이상 아무 것도 보이지 않았다. 집 안 구석구석 발끝마다 채이며 굴러다니던 그 얼굴 없는 여자의 흔적들은 깨끗이 사라지고 아무 것도 보이지 않았다. 누군가 얌전히 빗자루로 쓸어가 버린 듯 깨끗했다. 나는 뭔가 홀린 듯한 기분이 되어 빗물이 듣는 창가로 다가섰다. 방바닥 가득 빗물이 고여 있었다. 어떻게 된 것일까.

　순간, 1111호 남자가 떠올랐다. 어제 남자가 했던 말, 햇빛이라는 이름의 찻집. 나는 장도리를 방바닥에 내던지고는 창가로 달려가 밖을 내려다보았다. 언제부터 그러고 있었을까. 남자가 우산을 높이 들어 올린 채 이쪽을 올려다보고 있었다. 남자의 얼굴 위로 빗물이 빠르게 떨어져 내렸다. 남자의 베이지 색 버버리 코트 자락이 납작하게 그의 다리에 감겨 젖고 있었다.

　남자와 적당한 거리를 둔 채, 간간이 그와 내 우산 끝이 부딪치기도 했지만, 그렇게 빗속을 걸어 아파트를 빠져 나오는 동안에도 나는 그 찻집이 춘천행 기차를 타야만 갈 수 있는 곳이라고는 생각하지 않았다. 가깝게는 동네 어디거나 아무리 멀어도 서울을 벗어나지 않을 것이라고 생각했다. 낯선 남자와 단 둘이 춘천행 기차를 타게 되리라곤 상상도 하지 못했던 것이다. 그러나 빗물이 사선으로 구슬처럼 떨어져 내리는 춘천행 열차의 유리창에 머리를 기댄 채 남자 옆에 앉았을 땐, 마치 오랫동안 함께 시간을 보낸 듯한 편안함을 느꼈다. 남자는 그가 좋아하는 게이코 마츠이와 앙드레 가뇽의 음악과 알레한드로 아메나바르와 제3세계 영화의 제안자 페르난도 솔라나스와 같은 내겐 생소한 영화 감독 이야기들을 끊임없이 들려주었다. 그 사이사이 남자는 호주머니에서 무엇인가를 뒤져 내 손에 쥐어 주곤 했다. 혓바닥이 잉크색으로 변하는 막대가 달린 사탕을 내 앞에 내밀었을 때 나는 그만 웃음을 터트리고 말았다. 그러면서도 남자의 표정이 너무 진지해 보여 아이처럼 껍질을 까고 그것을 한입 빨아먹어 보였다. 달짝지근한 단물이 입 안 가득 고여 왔다. 아, 이렇게 단맛을 입 안에서 느꼈던 순간이 언제였을까. 입 안을 흥건하게 적시는 단맛은 이내 알 수 없는 안도감과 행복감을 불러일으켰다. 행복과 불행은 언제나 사소하고 하찮은 것에서부터 시작되는 법이었다. 그걸 알면서도 세상은 언제나 불행한 자들의 한숨으로 넘쳐나고 있었다.

남자는 계속해서 조잡한 플라스틱 구슬 반지라든지 손으로 돌리면 여러 가지 모양의 필름들이 돌아가는 손톱보다 조금 큰 영사기 모양의 싸구려 장난감들을 커다란 외투 주머니 속에서 꺼내 놓았다. 그것들은 주말이면 집에 돌아온 아들이 동네 문방구 앞에 쪼그리고 앉아 뽑기 구슬 상자에서 뽑아 낸 500원짜리 장난감들과 다르지 않은 것이었다.

"심심할 때면 가서 뽑기를 하죠. 그 물방울 같은 구슬 속에서 나오는 장난감 종류가 얼마나 많은지 아세요? 그 잡다한 장난감들을 보면 또 다른 세상이 보여요. 거기엔 그것들만의 규칙과 원칙이 있죠. 절대로 고급이거나 견고하거나 비싸거나 해선 안 되죠. 그저 하루쯤 아이들을 즐겁게 하다가 부서지거나 쓰레기통으로 가차 없이 버려지는 조잡하고 하찮은 것들의 세상. 어느 것도 그보다 더 잘난 것은 없죠. 조금이라도 잘난 것은 그 작은 물방울 나라에 들어올 자격이 없는 거예요. 재미있지 않아요?"

아이처럼 신이 나서 설명하고 있는 남자의 천진한 얼굴을 보니, 그가 조금 전 게이코 마츠이와 앙드레 가뇽에 대해, 알레한드로 아메나바르와 페르난도 솔라나스의 영화에 대해 이야기를 한 서른세 살의 대학 강사라는 사실이 긴기지 않았다. 남자의 유아적인 취미가 남다르게 느껴졌지만 그렇다고 거부감이 들지는 않았다. 가끔 바지를 들어올리고 흘러내리지도 않은 양말을 끌어올리는 행동을 반복하는 것이 신경 쓰이긴 했지만.

남자는 대학 임용에 서른 번 이력서를 냈는데 모두 다 떨어졌다고 했다. 그는 자신이 대학에 연줄이 될 만한 아무런 인간관계를 갖고 있지 못한 탓이라고 여기고 있었다. 그러나 내가 보기에 결코 그것만이 원인은 아닌 듯했다. 근본적으로 남자는 이 세상 속으로 섞여 들어가 살지 못할 사람이었다. 그 누구라도 남자와 30

분만 같이 있어 본다면 그것을 깨닫게 될 것이었다.

"송이 씨는 정말 삶의 구원이 희망에 있다고 생각하세요? 하지만 희망이란 독수리의 눈빛과도 같죠. 항상 닿을 수 없을 만큼 아득히 먼 곳을 바라보니까."

"희망은 독수리의 눈빛과도 같다구요?"

"아, 제가 한 말이 아니라 쇼펜하우어가 한 말이죠. 그래서 자신에 대한 믿음이 있는 자만이 그 희망을 얻을 수가 있다는 겁니다. 엿 같은 소리죠. 결국 삶의 구원은 자신에 대한 믿음에서 온다는 건데, 희망이라는 것이 정말 자신에 대한 믿음 하나만으로 얻어지는 겁니까?"

남자는 역시 뽑기 구슬 속에서 나온 토끼 모양의 오뚝이를 꺼내 내 손바닥 위에 올려놓고는 퉁명스레 내뱉었다. 오뚝이는 흔들리는 기차의 진동 속에서 좌우로 뒤뚱거렸다. 남자는 지금 내게 희망에 대해 말하고 싶은 걸까? 아니면 절망에 대해서? 나는 대답대신 손바닥 위에서 위태롭게 뒤뚱거리는 오뚝이를 가만히 움켜쥐었다. 희망은 독수리의 눈빛과도 같은 것이다. 아니, 희망은 독수리의 날개와 같은 것이다. 잡기도 전에 너무 빨리 날아가버리니까.

차창 밖의 비는 서서히 가는 눈발로 변해 있었다. 눈은 어쩜 폭설로 변해 버릴지도 몰랐다. 일기예보에서는 꽤 많은 양의 눈이 내릴 거라고 했다.

캐나다 최북극권의 어느 에스키모인 마을을 둘러싼 바다는 일

년 내내 흰 얼음으로 덮여 있다고 했다. 바다가 열리는 시기는 일년에 단 한 번 8월의 며칠이 전부다. 그 8월의 며칠 간을 기다리며 그들은 얼음 바다에 둘러싸인 그 섬에 갇혀 살아야 한다. 8월의 단 며칠뿐인 그날과 만나기 위해 일년 내내 얼음으로 뒤덮인 바다를 바라보는 에스키모인들. 문득 남자와 나는 그 8월의 바다를 기다리고 있는 에스키모인들 같다는 생각이 들었다.

"제가 재미있는 영화 한편 얘기해 드릴 게요. 〈햇빛 쏟아지는 날들〉이란 중국 영화예요. 〈붉은 수수밭〉, 〈부용진〉에 출연했던 배우 강문이 영화감독으로 데뷔한 작품인데 중국의 문화혁명을 배경으로 한 내용입니다. 작품의 배경은 문화혁명이지만 역사적인 문제의식을 제기한 작품은 전혀 아니고 한 소년의 어린 시절의 첫사랑에 관한 기억을 햇빛 쏟아지는 거리로 상징한 거죠."

남자는 자신의 물음에 아무 대답도 하지 못하는 나의 우울한 얼굴을 보았을 것이다. 그런 나를 위로하고 싶었던 걸까. 나는 남자의 눈길을 피해 창 너머로 어른거리는 들판을 바라보았다. 차창에 붙은 작은 눈송이들이 더러는 물방울이 되어 녹아 흐르는 사이사이로 들판은 어디론가 흘러가는 강물처럼 출렁거렸다. 나는 지금 이 낯선 남자와 어디로 가고 있단 달인가.

"주인공인 마소군이라는 소년은 자물쇠를 여는 것에 묘한 흥미를 느끼고 있었습니다. 그래서 자물쇠가 걸린 집만 보면 그것을 열고는 남의 집으로 들어가선 그곳의 구석구석을 기웃거리곤 했습니다. 그러던 중 어느 한 집에서 아름다운 소녀의 사진을 보게 되었습니다. 그 순간 소년은 첫사랑의 열병에 빠져 버린 거죠. 그러다 운명처럼 거리에서 우연히 그녀와 마주칩니다. 그러나 소년의 운명은 그를 비켜 지나가고 그녀는 그의 동네 형뻘 되는 다른 남자와 사랑에 빠지게 되죠. 그렇게 가까워져 가는 그들을 보면서 소년은 새로운 갈등 속으로 빠져듭니다. 그런데 후반부에 가서 성장한 마소군의 나레이션을 통해 지금까지의 이야기가 어쩌면 자신의 상상이었거나 거짓말이었을 수도 있다고 고백합니다. 그저 소년 시절 한때 자신에게 그런 일이 일어나기를 바랐던 것처럼, 그랬었으면 얼마나 좋았을까 하는 생각을 해 본 것이었는지도 모른다며 영화는 끝을 맺습니다. 만약 우리의 인생도 이 영화처럼 끝을 맺는다면 어떨까요. 지금까지의 모든 일들은 다 상상에 불과한 것이었습니다. 지금부터가 현실입니다, 라고 누군가 그렇게 말해 준다면. 그래서 지난 과거는 햇빛 쏟아지는 시간 속에 간직한 채 정말 새로운 인생을 다시 살 수 있다면……"

갑자기 남자는 굳은 표정으로 차창 너머 멀리 시선을 날렸다. 남자에게 희망은 정말 독수리의 눈빛처럼 아득히 먼 곳에 있는 것처럼 보였다.

찻집은 역에서 그리 멀지 않은 강변에 서 있었다. 강은 적당히 넓었으며 강을 따라 늘어선 흰 나무들은 떨어져 내리는 눈을 뚫고 하늘 높이까지 솟아 있었다. 한여름의 그 무성했을 푸른 잎들을 모두 털어 낸 채 곧게 뻗은 가지는 그 흰 눈이 아니었다면 몹시도 추워 보였을 것이었다. 작고 낮은 너와 지붕의 찻집은 원시인의 움막처럼 초라했지만 햇빛이라는 그 이름답게 따뜻해 보였다. 통나무로 엮어 만든 작은 문을 밀자 문 위에 쌓였던 눈들이 발등으로 떨어져 내렸다. 눈을 털고 안으로 들어가니 그 남자가 말한 태양이 정말 그곳에 걸려 있었다. 운석이 떨어져 생긴 거대한 붉은 바위산 너머로 우주선처럼 떠 있는 커다란 태양.

"저게 뭔지 아세요? 오스트레일리아 대륙 중심부의 모래사막에 떨어진 거대한 운석이죠. 저 에어스록의 놀라움은 햇빛이 비추는 각도에 따라 바위 색깔이 달라진다는 겁니다. 그리고 바위 꼭대기 물 웅덩이에는 페어리슈프림프라는 생물이 살고 있는데 물이 있을 때만 살아 있다가 햇빛에 물이 다 말라 버리면 알을 낳고 자신은 죽어 버리죠. 그러면 그 알은 웅덩이에 물이 고일 때만을 기다리다가 물을 만나면 알에서 깨어나서 다시 햇빛에 물이 다 증발해 버리는 순간 그의 어미처럼 알을 낳고 죽는 거죠. 그러니까 페어리슈프림프라는 놈한테는 저 햇빛이 운명을 만드는 신과 같은 존재가 아닐까요. 삶과 죽음을 주관하는."

"그 생명체에겐 햇빛이 죽음을 의미하는군요."

"아니죠, 죽음이 아니라 새로운 생명의 탄생이죠. 자신은 비록 죽지만 그 알에서 새로운 생명이 태어납니다. 그것이 그들의 종족을 이어 나가는 법칙이죠. 소멸을 통해서 얻어지는 탄생의 의미는 너무 엄숙하지 않습니까?"

남자는 주문한 들깨 차를 마시며 벽에 걸린 그 커다란 사진에서 눈을 떼지 못한 채 말을 하고 있었다. 그도 나처럼 전생에 뜨거운 모래사막을 달려온 낙타이거나, 어느 아프리카 오지의 태양숭배족의 족장이었음이 분명했다. 나는 그와 같은 들깨 차를 마시며 혼자 웃음을 속으로 넘겼다.

"그렇다면 그들에게 희망은 언제나 절망에서 태어나는군요."

남자는 내 말에 조금 전까지의 얼굴과는 달리 조금은 맥이 빠진 얼굴로 반쯤 빈 찻잔 속으로 시선을 떨어트렸다.

"절망이 아니라 소멸이죠. 그러니까 희망은 완전한 소멸에서 다시 탄생되는 겁니다."

"그렇다면 당신에게 있어 햇빛은 소멸인가요? 새로운 희망을 탄생시키기 위한 완전한 소멸……."

"네, 소멸이죠. 그러니까, 인간에겐 바로 죽음이죠. 나는 바로 그 햇살에서 아버지의 죽음을 보죠. 완벽한 소멸……,"

그는 잠시 생각에 잠긴 듯 말을 끊었다. 그러다간 갑자기 머리를 테이블 밑으로 숙이곤 바지 자락을 걸어 올려 다시 양말을 끌어올렸다.

"아버지는 30년 동안 어두운 감옥에 갇혀 살다 얼마 전 돌아가셨어요. 어렸을 때부터 내겐 아버지가 없었어요. 돌아가셨는 줄 알았죠. 한번도 아버지에 대한 얘길 어머니는 하지 않으셨으니까요. 그런데 어머니가 돌아가시면서 제게 그러는 거예요. 네 아버지는 지금 살인죄로 30년째 감옥에 갇혀 있다고. 과일 도매업을 하다 빚을 많이 지게 되셨는데 어느 날 빚쟁이와 실랑이를 벌이다 옆에 있던 과도로 그 남자의 가슴을 단숨에 찍어 죽여 버렸다고 했어요. 그때부터 나는 살인자 아들이 된 거죠. 매일 밤 과도를 들고 내 방으로 뛰어드는 아버지의 꿈을 꾸었어요. 어머니가 돌아가신 후에도 나는 아버지를 찾지 않았어요. 차라리 끝까지 그 사실을 말하지 말았어야 했다고 돌아가신 어머니를 원망했죠. 처음부터 아버지라는 존재는 없었다. 이제 와서 살인자 아버지가 살아 있다니. 나는 그분이 하루라도 빨리 돌아가시기를 기원했어요. 살아 있는 살인자 아버지보다 옛날처럼 돌아가신 아버지로 남아 달라구요. 아버지는 끈질기게 자신의 목숨을 움켜쥐고 있었어요. 서른 번이나 교수 임용에서 떨어지면서 나는 아버지를 죽일 여러 가지 방법을 모색하기 시작했죠. 굴곡 많았던 내 삶의 모든 원인이 아버지 때문이라는 생각과 하루도 빠지지 않고 꿈속을 찾아오는 아버지 환상에서 벗어나기 위해서 말이죠. 나는 매일 악마와 그를 숭배하는 사교 집단을 내세운 새로운 경향의 오컬티즘 무비와 호러 무비를 찾아 다녔죠. 가령, 토브 후퍼의 〈텍사스 살인마〉, 로저 코먼의 〈죽음의 붉은 가면〉 같은 영화들 말예요. 뭔가 그 속에 내 삶의 해답이 있을 거라고 믿었죠. 그러던 어느 날 아버지는 내 맘을 읽기나 한 듯 그 작은 감옥 창살에 목을 매고 돌아가셨어요. 아버지라는 존재의 그 완벽한 소멸. 바로 내 희망은 그 곳에서 탄생되었으니까요. 그런데 나는 알게 되었죠. 아버지는 결코 완벽하게 소멸되지 않았다는 사실 말예요. 아버지는 이렇게 내 가슴속에서 오늘도 자신의 존재를 일깨우기 위해 끊임없이 꿈틀거리고 있어요. 그러면서 자꾸만 햇빛 속으로 나를 내모는 거예요."

남자는 더 이상 차를 마시지 않았다. 반쯤 남은 들깨 차가 흐린 김을 날리며 식어 갔다. 남자의 슬픔처럼 유리창 너머로 눈을 맞고 있는 회색 강물이 보였다. 우리는 그렇게 젖어드는 유리창 밖의 강물을 바라보았다. 남자의 아픔을 위로하기엔 그 어떤 말도 소용이 없었다. 어둠 속에서 30년이라는 세월 동안 햇빛을 그리워하며 살았을 아버지에 대한 남자의 자책에 대해서도.

어둠이 내리는 동안 남자는 아무 말도 하지 않았다. 페치카에서 장작이 타오르는 소리가 났고 남자는 창밖 강가에서 얼음이 깨지는 소리에 귀를 기울였다. 눈보라도 잠시 길을 잃은 듯 조용했다. 나는 어린 새처럼 몸을 웅크린 채 소파 깊숙이 몸을 묻고 눈을 감았다. 오랜만에 느껴보는 평화로운 시간이었다. 끊임없이 일어나고 있는 내 안의 균열. 그 틈을 집요하게 파고드는 절망의 푸른곰팡이 따위도 없었다. 사막의 뜨거운 태양 아래 소멸과 탄생의 과정을 반복하고 있는 에어스록의 생명체처럼 나는 자유로워졌다. 그렇게 창문이 흔들리는 소리를 들으며 조금씩 잠 속으로 빠져들었다.

꿈속에서 나는 푸른 안개를 만났다. 안개는 몸에 닿자마자 푸른 꽃으로 변했다. 떨어진 꽃들이 살 속을 파고들기 시작했다. 그건 바로 내 심장의 균열을 타고 피어오른 푸른곰팡이었다. 넝쿨처럼 몸을 휘감아 오는 푸른곰팡이. 그러나 더 이상 고통은 느껴지지 않았다. 고통이 사라진 자리는 평화로웠다. 거대한 폭풍이 지나가 버린 바다처럼 고요했다. 그때 어디선가 남자가 소리쳤다. 이건 완전한 소멸이죠. 새로운 탄생을 준비하는 소멸. 사막의 에어스록을 기억해 봐요. 당신은 지금부터 새로운 삶을 살아가는 겁니다. 자, 내 손을 잡아요. 독수리의 눈빛이 가 닿는 곳, 그곳으로 함께 떠나는 겁니다. 나는 두려움 속에서 천천히 남자를 향해 손을 내밀었다. 그 남자의 손을 잡는 순간 몸속의 푸른곰팡이들이 사라지며 나는 한마리 낙타로 변했다. 아, 이건 꿈이 아닐 거야. 절대로. 꿈이 아닐 거야.

눈을 떴을 때 남자의 모습은 어디에도 없었다. 손끝에서는 생생하게 남자의 체온이 느껴졌다. 남자는 어디로 가버린 것일까. 그날 이후 나는 다시는 남자를 만날 수 없었다.

"뭐하고 서 있어?"

남편이 보라색 수정 알이 박힌 넥타이핀을 집어 들며 내게 말한다. 나는 남편의 손에 들린 넥타이핀으로 눈길을 떨어트린다. 남편은 그것을 넥타이에 꽂고는 거울 속의 나를 본다.

"오늘, 어머니한테 가는 날이야, 잊지 않았지? 꼭 내가 챙기지 않아도 당신이 알아서 자주 가 보면 좀 안 돼?"

나는 대답 대신 남편의 어깨 위에 올려진 햇살을 바라본다. 햇살은 깃털처럼 가볍다. 남편은 가볍게 햇살을 털어 버리고 허리를 굽혀 화장대 위의 서류 봉투를 집어 든다. 그리고 아무 일 없었던 것처럼 방을 나선다. 철문 닫히는 소리를 들으며 베란다 끝에 위태롭게 걸려 있는 햇살을 바라본다. 깃털을 파닥거리며 금방 하늘로 날아오를 듯한 새 한 마리. 이제 그것들은 다시 돌아오지 않을지도 모른다. 벽을 타고 흘러내리는 물방울 위로 손을 얹어 본다. '뭔가 잘못 알고 계신 거 아닌가요? 우리 부부 말고는 다른 사람은 없는데요.'

며칠 전, 엘리베이터에서 만난 위층 여자는 남자의 안부를 묻는 내게 알 수 없다는 표정으로 그렇게 말했다. 처음부터 남자의 존재란 없었던 것은 아닐까. 손바닥 위로 묻어 난 물기를 가만히 내려다본다. 마두금(馬頭琴) 소리를 들으면 눈물을 흘린다는 낙타의 눈물 같다.

'한번도 그런 남자를 본 적이 없는 걸요.'

위층 여자가 엘리베이터에서 내리며 마지막으로 남긴 말이었다. 그러나 그때 나는 분명 위층에서 들려오는 앙드레 가뇽의 피아노 선율 소리를 들었다. 남자는 사라지지도 않았고 처음부터 존재하지 않았던 것도 아니었다. 나는 그렇게 믿고 있었다. 왜냐하면 그와 함께 찾아 나섰던 햇빛이라는 이름의 찻집은……, 그 곳에서 보았던 사막의 에어스록은 우리가 함께 한 시간 속에 머물러 있는 내 삶의 어느 한 부분이 분명하니까.

'만약 우리의 인생도 어느 영화처럼 끝을 맺는다면 어떨까요. 지금까지의 모든 일들은 다 상상에 불과한 것이었습니다. 지금부터가 현실입니다, 라고 누군가 그렇게 말해 준다면. 그래서 지난 과거는 햇빛 쏟아지는 시간 속에 간직한 채 정말 새로운 인생을 다시 살 수 있다면…….'

　나는 손에 쥐어진 장도리와 바닥에 흩어진 유리조각들을 내려다본다. 실체도 없는 여자의 존재처럼 습한 공기를 타고 떠도는 아라미스 골드 향. 숨을 멈춘다. 가슴으로 다시 밀려오는 통증. 가슴 어디쯤인가 또 그것들이 꿈틀거리기 시작한 모양이다. 푸른 안개처럼 느리게, 푸른 꽃처럼 깊이 뿌리를 박고 피어나는 고통의 군사들. 마두금(馬頭琴) 소리를 들으며 눈물을 흘리는 낙타의 울음소리. 어디서부터가 과거이고 어디서부터가 현재일까. 어디까지가 환상이고 어디서부터가 현실일까. 그래서 햇빛 쏟아지는 시간 속에서 새로운 인생을 시작할 수 있다면, 어디서부터 다시 시작해야 할까.

　나는 손에 든 장도리를 방바닥에 내던진 채 창가로 달려간다. 창문을 활짝 열고 좀 더 얼굴을 밖으로 내밀고 밖을 내다본다. 후두둑, 성긴 빗방울이 뺨 위로 달려든다. 낙타의 눈물처럼 비가 내린다. 그가 정말 올까?

6월의 이야기

6월의 이야기

그 기업체로부터 아까시나무에 대한 연구 프로젝트가 들어온 것은 우연이었을까. 그때 나는 매발톱나무의 주요 성분인 베르베린과 옥시칸틴의 성분이 암세포의 산소 공급을 차단하는 효과에 흥미를 느끼고 매발톱나무의 항균력 시험에 매달려 있었다. 만약 그 프로젝트 대신 매발톱나무를 택했다면, 그래서 아까시나무 개발 연구에 뛰어들지 않았다면, 내 생에 한 번이라도 그녀와 다시 만날 일이 있었을까.

몇 달 전, 그 기업체로부터 아까시나무에 대한 연구 프로젝트가 들어왔다. 재목으로 아까시나무가 어느 정도의 효율성을 갖고 있을지에 대한 연구였다. 물론 일부 아까시나무로 가구를 만들어 시판해 온 소규모의 가구 업체가 있기는 했지만 품질 향상을 통한 고급 원목 자재를 개발하는 것이 그들의 사업 목표였다.

처음부터 아까시나무를 고급 원목 자재로 개발한다는 것 자체에 회의를 갖고 있었던 쪽은 원로 교수들이었다. 그들은 아까시나무가 지금까지 주로 지장목이나 간벌재로 이용되어 왔기 때문에 지속적으로 우량목을 생산해 내기엔 어려움이 많다는 것을 간과하지 않았다. 그러나 나를 포함한 삼사십 대의 젊은 교수들 생각은 달랐다. 우선 새로운 육종 방법의 개발은 아까시나무에 대한 부가가치를 높일 수 있으며, 최신 유전공학 기법을 통한 우량 품종을 계속적으로 육종할 수 있다는 것이었다.

또한 목재로 이용 시에 치수 안전성과 밀접한 관계가 있는 수축률은 상수리나무보다 작고, 일본산과 비교해도 훨씬 작은 수치를 기록했다. 특히 비틀림 정도의 지표인 접선 방향과 방사 방향의 수축률 차이는 상수리나무나 일본산 아까시나무보다 훨씬 작은 값을 보였다.

무엇보다 우리는 아마존의 숲들이 매일매일 이 지구상에서 조금씩 사라지고 있다는 사실을 상기해 볼 필요가 있었다. 지금까지

불필요한 잡목으로 여겼던 아까시나무로 가구를 대량 생산해 낼 수만 있다면, 이 지구상에서 아름다운 숲들이 더 이상 사라지지 않아도 될 것이었다.

결국 나는 프로젝트의 성과와는 상관없이, 매발톱나무의 항균력 시험까지 내팽개친 채 아까시나무에 대한 연구에 매달리기 시작했다. 전국에 자생한 아까시나무 중 우수한 개체만을 골라 식재하여 연구하고 있는 어느 지방대학의 아까시나무 시범림을 비롯해 강화도의 아까시나무 군락 지역을 바쁘게 오갔다. 그 안에서 운영되고 있는 연구 단지 내의 연구팀과 미팅을 가지면서 나는 아까시나무 용재 연구에 대해서 더 강한 의지를 갖게 되었다. 이미 국내에서도 외래 유전자를 이용한 형질전환 아까시나무를 육성하고 있으며 앞으로 얼마든지 원하는 형질을 얻을 수 있는 아까시나무의 신품종 개발이 가능하다는 확신을 얻었기 때문이었다. 그러나 그 확신은 어쩌면 전혀 다른 것으로부터 온 것이었는지도 모른다. 그러니까 아까시나무가 물고기자리인 내게 보낸 기(氣)이거나 오라였는지도.

강화도에 있는 그곳 연구 단지를 돌아보고 난 뒤 나는 광릉 수목원 연구소로 전화를 넣었다. 좀 더 필요한 참고 자료를 얻기 위해서였다. 전화 속의 여자 목소리는 의외로 사무적이거나 기계적이지 않았다. 그렇다고 상대방의 기분을 유쾌하게 해 줄 만큼 친절한 것은 아니었다. 오히려 한 톤 낮은 목소리에서는 조심스레 피로감과 권태로움이 느껴졌다.

"네. 지금 오셔도 괜찮아요."

짧고 간단한 대답이었다.

"강화도에서 출발하느라 퇴근 시간 조금 넘어 도착할 것 같은데 괜찮겠습니까?"

내 말에 여자는 다시 짧게 "네."라고 응답했다.

"그럼, 도착해서 뵙겠습니다."

수화기 너머로 조용히 전화기가 내려지는 소리가 몇 초의 사이를 두고 들려왔다. 얼굴도 모르는 여자와의 짧은 대화였지만 권태롭다 못해 우울하게까지 느껴지는 목소리가 마음에 걸렸다.

자동차가 강화도를 벗어나면서부터 차창 너머로 검은 구름들이 빠르게 움직이기 시작했다. 광기에 찬 사내의 눈빛처럼 심상찮아 보이는 구름이었다. 결국 수목원 내에 있는 임업 연구소에 도착했을 때 비는 드러머의 손에 들린 북채처럼 사정없이 땅바닥을 두들겨 대기 시작했다. 푸른 숲은 뽀얀 물안개 속에서 마치 바다에 떠 있는 섬처럼 보였다. 각기 다른 수백여 종의 나무들이 뱉어 낸 수목의 향내가 쏟아지는 빗줄기 속에서 물안개를 따라 더욱 짙어지고 있었다.

자동차를 연구소 앞에 주차한 채 잠시 비에 젖고 있는 숲을 바라보았다. 도시의 차갑고 딱딱한 콘크리트 바닥을 두들기며 떨어져 내리는 빗소리와는 분명 달랐다. 각기 다른 모양의 나뭇잎을 타고 떨어져 내리는 서로 다른 빗방울 소리. 팽나무, 자작나무, 후

박나무, 아름드리 큰 소나무와 어린 소나무. 줄기의 껍질 두께나 그 골의 깊이에 따라 그것을 타고 떨어져 내리는 다양한 빗소리가 모두 들리는 것 같았다.

차창을 열자 신선한 공기와 함께 상쾌한 빗방울이 가볍게 날아 들었다. 어디선가 희미하게 아까시 꽃 향이 스쳐 지나갔다. 그때 한 여자가 연구실 문을 열고 밖으로 나오는 것이 보였다. 여자는 낯선 차를 한번 흘긋 쳐다보곤 몸을 옆으로 돌려세운 채 담배를 찾아 입에 물었다. 그리고 작고 동그란 어깨 끝을 벽에 붙이고 서서 빗속으로 담배 연기를 느리게 뱉었다. 마르고 작은 여자의 어깨는 바람개비 날개처럼 보였다. 바람에 옷자락이 날리는 것 같기도 했고 어깨가 떨리고 있는 것 같기도 했다. 비가 오지 않았다면 제법 화사하게 보였을 하늘색 실크 블라우스와 흰색 치맛자락이 조금씩 젖어 들었다.

나는 핸드브레이크를 올리고 자동차 열쇠를 빼어 주머니 속에 밀어 넣었다. 연구소 현관까지는 가까운 거리였으므로 뒷좌석 어딘가에 있을 우산을 놔둔 채 차에서 내렸다. 그러나 차 안에서 보고 있을 때보다 빗줄기는 제법 거셌다. 팔뚝으로 머리를 감싼 채 온몸을 동그랗게 말고 연구소 처마 밑을 향해 달려갔다.

여자는 그런 내게 눈길 한번 주지 않은 채 반대쪽 숲을 바라보며 담배를 빨아들였다. 내게 전혀 관심을 보이지 않는 것으로 보아 전화를 받았던 그 여자는 아닐 거라는 생각을 했다. 옆에 서서 젖은 옷자락을 털어 내며 흘금 바라본 여자의 옆모습은 정적이었고 차가움이 느껴졌다. 비에 젖은 숲의 배경 때문이었는지도 몰랐다. 아니면 그 푸른 숲을 배경으로 날아가는 담배 연기 때문인지도.

여자의 작은 입을 통해 피어오르는 담배 연기는 빠르게 빗속으로 사라졌다간 다시 그녀의 입을 열고 조금씩 퍼져 나왔다. 옆모습이 왠지 낯이 익다는 생각을 하며 그녀 앞을 지나치려는 순간이었다.

"K대에서 온 박연우교수님이시죠?"

여자는 지금까지 내게 눈길 한번 주지 않았던 모습과는 달리 처음부터 날 알고 있었던 사람처럼 물었다. 여자의 목소리는 차가우면서도 탄력감이 느껴졌고 가벼웠다. 전화로 들었던 목소리와는 사뭇 달랐다. 이마 위로 흩어져 내린 머리카락을 손가락으로 걷어 올리며 여자가 앞으로 한 걸음 다가왔다.

"저 때문에 퇴근도 못 하시고 죄송합니다."

나는 여자의 굳은 표정에 마음이 쓰였다.

"생각했던 대로 한눈에 절 알아보지 못 하시는군요. 저 윤주예요. 강윤주……."

여자는 마치 선전포고를 하듯 조금 전과는 달리 단호하고도 힘이 들어간 목소리로 말했다. 누가 보면 여자가 내게 화를 내고 있다고 여길 만큼 여자의 목소리엔 감정이 실려 있었다. 조금은 황망한 느낌으로 여자를 똑바로 바라보았다. 순간 어느 화랑에선가 보았던 그림 속의 여자가 떠올랐다. 정면을 향해 공허하게 벌어진 커다란 눈동자. 그 눈동자 속에 그려진 사막의 낙타 한 마리. 나는 마치 사막의 낙타가 되어 그녀 앞에 서 있는 기분이었다.

그때, 빗물이 번들거리는 그녀의 흰색 샌들이 눈에 들어왔다. 가지런히 묶어 놓은 나뭇단같이 마르고 가는 여자의 발가락들이 꼬물거리고 있었다. 그것들은 스무 살이 되던 해, 내가 품었던 신선한 욕망들을 상기시켰다. 볼품없이 마르고 가는 그녀의 발가락 하나하나를 혀끝으로 핥으며 물고 풍선껌처럼 잘근잘근 씹어 입 안 가득 그 뜨거운 살덩이를 느끼고 싶었던 지난 기억들을.

그녀는 내 시선을 의식한 듯 꼬물거리는 발가락을 모아 붙이곤 그때까지 혼자 타들어 가며 손가락 사이에 끼여 있던 담배를 바닥에 던지고 발로 비벼 껐다. 아주 천천히 그러면서도 뭔가 생각을 정리한 듯 홀가분하게.

"아까시나무 프로젝트 건에 대한 연구 자료 협조 공문서를 받았을 때 당신이라는 것을 알았어요. 당신이 그 대학에 있다는 소식은 몇 년 전에 알고 있었지만 막상 당신 이름이 적인 그 공문서를 보니 기분이 묘하더군요. 결국은 이렇게 다시 만나게 되는구나, 이런 식으로 얼굴을 볼 수도 있는 것이구나, 빗속에서 담배를 피우며 내내 그 생각했어요. 정말 이건 누구의 탓도 아니잖아요."

그녀의 말은 내 마음을 무겁게 가라앉혔다. 아직까지 지난 세월을 털어 내지 못했단 말일 거였다. 강화도에서 연구소로 가겠다는 전화를 했을 때, 퇴근 시간이 지나도 기다려 주겠다며 쉽게 수화기를 놓지 못했던 여자의 목소리를 다시 떠올렸다. 전화를 받고 내가 도착하는 순간까지 그녀는 무슨 생각을 했단 말인가.

천장이 낮은 그녀의 지하 단칸방 창문으로 흘러갔던 구름과 나른한 햇살. 봄과, 여름, 그리고 가을과 겨울이 각기 다른 모습으로 지나갔던 마당의 작은 텃밭. 햇살이 수도꼭지에서 떨어져 내린 물줄기처럼 어두운 방 안을 채워 오던 날을 함께 했던 그 순간들. 그런 기억들이 막 물에서 건져 올린 물고기의 싱싱한 비늘처럼 빛나고 있었다. 그건 기억이 아니라 일종의 풍경이었다. 우리의 등 뒤에 무심히 서 있었던 나무와 그 나무가 기대어 서 있던 오래된 담장과 머리 위로 흘러가던 여러 모양의 구름들. 그런 풍경과도 같았다.

직원들이 모두 퇴근한 연구소는 마치 깨끗이 씻어 말려 놓은 흰 조개껍질 속처럼 정갈했다. 유리창마다 걸린 하늘색의 블라인드 사이로는 조금 전 비를 맞으며 그녀가 보고 있었던 숲이 보였다. 숲은 끝이 보이지 않는 우물처럼 깊었다.

사무실 한 가운데엔 흰 테이블보가 깔린 긴 사각의 탁자가 놓여 있고, 그 뒤로 줄을 맞추어 사무용 책상들이 늘어서 있었다. 벽마다 코팅된 금연이란 스티커가 주는 사무적인 딱딱한 이미지 외에도 일반적인 연구소와 그리 다른 분위기는 아니었다. 창가 쪽에 놓인 잎새란들이 누군가의 보살핌 속에서 잘 자라 푸른 잎사귀를 우아한 자태로 뻗어 내리고 있는 것이 눈에 들어왔다. 그리고 나는 한눈에 그녀의 자리를 찾아냈다.

책상 가득 펼쳐진 서류철과 그 위로 굴러다니는 색색의 볼펜들, 그리고 결정적으로 여러 의자 밑에 놓인 슬리퍼들 중에서 유일하게 남아 있는 그녀의 자주색 하이힐을 보았던 것이다. 그녀의 취

향이 한눈에 느껴지는 단순하고 세련된 디자인의 구두는 정갈하
게 잘 닦여져 있었다.

그녀는 나를 입구 쪽에 놓인 손님 접대용 유리 탁자 앞의 의자
를 빼내어 앉게 했다.

"강화도에서 여기까지 빗속을 달려오느라 힘들었겠군요. 그래
도 빗속을 달려오기엔 꽤 먼 거리잖아요."

그녀는 향이 짙은 중국차를 끓여 내 앞으로 밀어 놓으며 말했
다. 커피가 아닌 중국차를 내민 것은 의외였다.

"강화도에서부터 비를 만난 건 아니고 거의 이곳에 와서야 비
를 만났어."

아무도 먼저 찻잔을 들어 올리지 않았다. 그녀도 나도 어디서부
터 어떻게 얘기를 풀어야 할지 난감해 하고 있었다.

"아침에 전화를 받았던 사람이 윤주일 거라고는 생각도 못했
지. 왜 얘기 안 했어. 알았다면……."

알았다면, 그랬다면 어떻게 했었을까. 그랬다면 어쩌면 나는 그
녀를 만나지 않았을지도 모를 일이었다. 나는 쉽게 뒷말을 잇지
못했다.

"그땐 사무실에서 다른 얘기를 할 분위기가 아니었거든요. 어
차피 만나면 알게 될 테고 해서……."

"윤주가 이곳에서 일하고 있었다는 것이 실감이 나질 않는군.
오랫동안 윤주가 산림자원학과를 나왔다는 사실조차 까마득히 잊
고 있었으니까."

그녀는 그런 상황을 이해할 수 있다는 듯 천천히 고개를 끄덕여 보였다. 정말 그녀는 나를 이해했다는 뜻일까. 아니면 자신이 무슨 과를 나왔는지조차 잊게 한 그 세월을?

그녀는 한 손으로 찻잔을 감싸 쥔 채 말이 없었다. 그동안 잘 지냈니? 아무도 그렇게 묻지 않았다. 그렇다고 달리 무슨 말을 해야 할지도 떠오르지 않았다. 우리는 동시에 유리 탁자 위 어딘가에 시선을 고정한 채 침묵했다. 해야 할 말들을 찾지 못해서가 아니라 각자의 무게로 다르게 흘러가 버렸을 지난 세월을 먼저 끄집어 내고 싶지 않았던 것이다. 그리고 그 모든 말들은 무의미했다. 우리는 그걸 알고 있었다.

유리 탁자 속으로는 로즈베라늄, 메리골드, 바질, 세이지 같은 관엽식물들이 작은 화분에 심어져 있었다. 마치 어항 속의 물고기처럼 그것들은 두꺼운 유리 탁자 속으로 깊이 가라앉은 채 우리를 올려다보았다. 그녀의 찻잔은 로즈베라늄 위로 작은 배처럼 떠 있었다.

"아까시에 대한 프로젝트라고 했죠?"

그녀는 꿈에서 깨어난 사람처럼 그리고 낯선 사람을 바라보듯 말했다. 헝클어진 감정들을 차분히 정리하고 배열해서 간결하게 서론, 본론, 결론까지 마친 표정이었다. 그녀다운 모습이었다. 군더더기 없이 정갈하고 조금도 서툰 감정 따위는 남기지 않는. 아직 반도 맞추어 지지 않은 내 감정의 조각들이 서로 뒤엉켜 덜거덩거리고 있는 것에 비한다면 그녀는 자신의 감정을 재단하는데 있어 노련한 수석 재단사의 솜씨보다 나았다. 당신은 아이를 몇 낳았으며 아내는 어떤 사람인지 등등의 상식적인 질문을 뛰어 넘고 있는 그녀의 모습에 나는 쓸쓸한 기분이 들었다.

"이 프로젝트를 맡으면서 사람들의 선입관이 얼마나 무서운 것인가를 다시 깨달았어. 아까시나무라 하면 무조건 쓸모없는 잡목으로만 알고 있으니 아직까지 이쪽에 대한 연구가 시원찮은 거구. 또 아까시와 아카시아는 전혀 다른 수종이라는 것도 일반 사람들은 잘 모르고 있을 정도니까."

나는 천천히 찻잔을 들어 올렸다. 찻잔이 놓인 자리로 메리골드가 눈에 들어왔다.

"고급 가구로 잘 팔리는 등가구도 사실은 일반인들이 알고 있는 등나무와는 전혀 다르잖아요. 공원이나 놀이터에서 쉽게 볼 수 있는 등나무의 학명은 위스테리아 플로리분다인데 그 나무를 찾아낸 위스터라는 미국인 학자를 기념하여 붙인 이름이고, 가구재로 쓰이는 등나무는 사실 '라땅'이라는 다른 수종이란 걸 사람들은 잘 모르죠."

연구원들 앞에서 자신의 연구 과제를 브리핑하듯 그녀는 필요 이상의 진지함을 보였다.

"사실, 아까시나무의 브가가치에 대한 연구는 해 볼만한 가치가 충분히 있다고 봐요. 이 나무는 우선 인공적이거나 천연적으로 황폐화된 지역에 식재할 수 있는 개척수로서 좋은 조건을 갖추고 있으니까. 또 빠른 생장과 질소 고정 능력은 큰 장점이 아닐까요?

뿌리혹박테리아와의 공생으로 얻어진 질소 성분은 잎과 가지 등
에 축적된 상태로 토양에 떨어져 부식되면서 토양을 양토로 개량
할 수 있으니 환경 친화적인 수종으로서 더할 나위가 없다고 봐야
죠. 이것 보세요. 아까시나무림의 생육 단계별 적성 밀도에 대한
보고서예요."

그녀는 미리 찾아 놓은 자료들을 펼쳐 보이며, 차를 다시 한 모
금 입에 물었다. 그녀의 작고 동그란 입술에 난 입술주름이 말을
할 때마다 살이 오른 누에처럼 좌우로 퍼졌다 오므려졌다를 반복
했다. 입술에 유난히 힘을 주고 있는 그녀의 입 모양새를 나는 말
없이 바라보았다.

10년 만에 만난 과거의 남자 앞에서 아까시나무에 대한 보고서
에 열중하고 있는 모습은 분명 그녀답지 않았다. 직선적이고 우회
적이지 못한 그녀와는 어울리지 않았다. 적어도 내가 알고 있는
윤주는 그랬다.

지금까지 서로의 시선을 피하던 그녀가 갑자기 나를 빤히 바라
보았다. 짙은 습기 때문인지 그녀의 눈빛은 무겁게 젖어 있었다.
말하는 사람과 그 실제 주인공의 육성이 다른 외화 더빙을 보고
있는 느낌이랄까. 입만 벙긋거릴 뿐 사실 그녀의 두 눈은 내게 또
다른 이야기를 하고 있었다. 나는 그녀가 내게 눈으로 하고 있는
그 얘기에 열중하려고 애썼다.

"우리나라에 조림되어 있는 아까시나무림은 대부분이 흉고직
경 20센티미터 이하의 소경재로서 생산되고 있을 뿐이지만 1992

년도의 경우 참나무, 포플러류 및 오리나무에 이어 네 번째로 많은 생산량을 보이기 시작했어요. 헝가리에서 벌기령 30년 된 육종을 생산하는 것을 감안해 볼 때 우리나라에서도 관리를 잘 하면 유용한 용재로서 충분히 그 가능성이 높다고 봐요. 우리나라와 같이 목재 자원이 빈약한 곳에서는 포플러처럼 속성수이면서, 참나무처럼 재질이 좋은 아까시나무림을 집중 관리할 필요가 있어요. 그리고 여기 이 도표 좀 보세요. 아까시나무의 알렐로파시(다른 수종 생육에 영향을 미치는 물질) 효과에 대해 조사한 거예요. 생엽 10그램, 뿌리 10그램, 그리고 낙엽 4그램을 각각 증류수 100밀리리터에 36시간 추출한 추출물을 가지고 소나무, 해송, 리기다, 리기테다, 아까시나무, 산오리나무, 사방오리나무, 싸리, 새, 수크령 등 10개 수종의 종자 발아 시험을 실시했는데, 아까시나무의 추출물이 사방오리나무 이외의 다른 시험 수종의 발아에 특별한 영향을 미치지 않는 걸로 분석되었어요. 보통 아까시나무가 다른 수종의 번식을 방해한다고 알고 있는데 잘못된 상식이죠."

　내게 전혀 그 의도도 짐작할 수 없는 표정으로 말하고 있는 그녀가 조금씩 안타까워졌다. 이럴 필요가 있을까. 그녀는 지금 무엇을 말하고 싶은 것일까. 아니, 두엇을 숨기고 싶은 것일까.

　"아, 그리고 보니 생각나는 게 있어요. 오랫동안 나무와 인간 사이의 기 영역을 연구해 온 보고서를 보면 자신이 태어난 별자리마다 영향을 미치는 나무가 존재한다는 거예요. 그런데 우연히도 당신은 물고기자리군요. 물고기자리의 사람에게 아까시나무는 특

별한 힘을 주죠. 아까시나무의 진동파는 그들에게 사랑할 수 있는
힘과 관용을 베풀 수 있는 힘을 준다는 거예요. 특히 슬플 때는 마
음을 부드럽게 해 주고 과거의 어두운 기억들을 버림으로써 새로
운 힘을 얻게 해 주죠. 이 나무의 진동파는 막혀 버린 마음과 두려
움을 해소시켜 줌으로써 새로운 경험이 자리할 수 있는 공간을 만
들어 준다고 해요. 참, 신기하네요. 아까시나무는 물고기자리뿐
아니라 게자리의 운명도 지배하거든요. 우리가 함께 아까시나무
를 통해 이렇게 마주 앉아 있는 걸 보면……."
　"그럼, 게자리인 당신에게는 어떤 힘을 주지?"
　"오래 묵은 죄책감이나 체념으로부터 벗어날 수 있는 힘을
주죠."
　나는 탁자 속의 메리골드로 눈길을 떨어트렸다. 순간 그녀가 말
을 멈추고 쫓기듯 창밖 너머로 얼굴을 돌렸다. 침묵 속에서 쏟아
지는 빗소리만 더욱 크게 들렸다. 이제 그녀 안에 감추고 있었던
그 모든 것을 다 털어 내 버릴 모양이라고 생각했다. 나는 두 눈에
가득 고여 있을 눈물을 상상했다. 지난 기억 어느 곳을 찾아보아
도 그녀가 우는 모습을 본 적이 없었다. 나는 당황하기 시작했다.
그녀가 내 앞에서 울고 있구나.
　그러나 다행히도 그런 일은 벌어지지 않았다. 그녀는 울지 않았
고, 오히려 지금까지의 불안정한 모습과는 달리 편안해 보였다.
나는 그녀를 외면하고 담배를 찾아 입에 물었다. 쓰고 독한 니코
틴으로라도 가슴 속 공허감을 채워야 할 것 같았다.

라이터 불을 켜 내 앞으로 내민 건 그녀의 작은 손이었다. 라이터 불이 창백한 그녀의 얼굴에 생기를 불러 일으켰다. 얼굴을 숙이자 희고 푸른 실핏줄이 도는 그녀의 마른 팔뚝이 보였다. 적당히 탄력감을 상실하고 희기보단 창백한 피부가 솜털 하나하나까지 가까이 보였다. 이십 대에 볼품없이 마르고 작은 그녀의 발가락들을 보면서 느꼈던, 벌레처럼 온몸을 스멀거리며 기어오르던 그 성욕이 다시 떠올랐다 그리고 헤어지는 마지막 순간까지 단 한 번도 그녀의 육체를 소유한 적이 없었다는 사실도.

연거푸 두 개비의 담배를 태운 후에야 나는 그녀의 얼굴을 똑바로 쳐다보았다. 항상 대나무 부러지는 소리가 날 것 같이 차갑고 총기 있었던 그녀의 눈빛은 이제 끝이 닳아지고 무뎌진 송곳나나 날이 빠진 커터 날처럼 그 예리함을 잃어 버렸다.

"이 프로젝트가 확실히 결정이 난 사항은 아니냐. 별 타산이 없다는 이유로 반대하는 교수가 있어서 몇 번 더 미팅을 가져 봐야 알겠지."

"제가 생각하기에는 이 나무에 대한 연구가 좀 더 체계적으로 활발히 이루어진다면 경계성에서 환경문제에까지 폭넓게 이득을 추구할 수 있을 것 같아요. 앞으로는 기업들이 현실적인 이득또다는 이런 환경문제에까지도 신경을 써야하지 않을까요? 참, 이거."

그녀는 책상 위의 보고서와 CD롬이 함께 든 서류 봉투를 내 앞으로 내밀었다.

"찾아볼 수 있는 자료는 다 찾아 본 셈이에요. 헝가리에 있는

아까시나무 재단과도 연락을 해 보는 게 좋지 않을까요? 그곳에
서는 국가적인 차원에서 이 사업을 하고 있으니까 도움을 많이 받
을 수 있을 거예요."

그녀가 건네주는 봉투를 받아 들고 그만 자리에서 일어섰다.

"학교 근처에 볼일이 있으면 한번 들러. 밥이라도 같이 먹게."

그녀는 잠시 망설이듯 나를 바라보며 무겁게 고개를 끄덕여
보였다.

"그럼, 나중에 한번 보자."

그녀를 향해 작게 손을 들어 보였다. 분명 웃으려고 애썼는데
그녀의 얼굴을 보니 정말 내가 웃고 있는 것인지 혼란스러워졌다.
그녀는 웃지 않았고, 하얗게 마른 입술은 굳어 있었다. 그 입꼬리
끝으로 괄호 무늬 같은 가는 주름이 희미하게 보였다. 그 주름이
조금씩 선명해지면서 그녀의 입꼬리가 양끝으로 올라가 붙었다.
그녀가 마지막으로 내게 웃어 보이고 있었다. 나는 차마 그녀를
바라보지 못한 채 먼저 등을 돌렸다. 어느새 비가 그친 창 너머로
검은 숲이 보였다.

"그래요. 시간 나면 들를게요."

등 뒤로 그녀의 작은 목소리가 들렸다. 의례적인 말에 의례적인
대답. 그녀가 가장 싫어했던 대화를 우린 남처럼 하고 있었다. 순
간 그녀가 자리에서 일어나 빠르게 현관 쪽으로 걸어갔다. 이런 의
례적인 인사법 말고 우리가 할 수 있는 작별 인사는 무엇일까.

나는 그녀의 뒷모습을 바라보며 밖으로 걸어 나와 차에 올랐다.

시동을 걸고 주차장에서 차를 뺄 동안 그녀는 연구소 처마 밑에 서서 조금 전처럼 한쪽 어깨를 벽에 붙인 채 담배를 피웠다. 푸른 담배 연기가 그녀의 어두운 얼굴을 가리며 허공 속으로 녹아들었다. 달라진 것은 이제 더 이상 비가 오지 않는다는 것과 그녀가 바라보던 숲이 조금씩 어둠 속에 잠겨 가고 있다는 것뿐이었는데도 그녀는 더욱 낯설어 보였다. 몇 번이나 그녀와 눈을 맞추려던 내 의도는 빗나갔다. 그녀는 어둠이 달려오는 숲을 향해 희뿌연 담배 연기를 날리며 그 연기가 사라지는 허공만 눈으로 느리게 쫓았다. 찢어질 듯한 강한 엔진의 소음과 함께 차는 연구소의 낮은 철문을 통과했다.

철문을 지나 핸들을 우측으로 꺾는 순간, 문득 눈길을 던진 백미러로 담배가 꽂힌 손에 얼굴을 묻고 벽에 기대어 울고 있는 그녀의 모습이 보였다. 꽃잎처럼 가벼워 보이는 그녀의 어깨가 쉴 사이 없이 파득거렸다. 바람에 날리는 블라우스 자락은 금방이라도 그녀를 끌고 곧 하늘로 날아오를 것 같았다. 흰색 치맛자락은 동사무소 옥상에 걸린 깃발처럼 그녀의 마른 종아리에 감겨 어느 방향으로 날아갈지 갈피를 못 잡고 허우적거렸다. 그 뒤로, 그녀의 슬픔과는 아랑곳없이, 보이지 않는 생명체들이 자신의 보금자리를 향해 빠르고 날렵한 걸음으로 달려가고 있을 숲이 조금씩 어두워지고 있었다.

2

눈을 떴을 때, 나와는 반대 방향으로 활처럼 구부러져 있는 그녀의 작은 등이 보였다. 척추의 마디마디가 작은 돌멩이를 얹어 놓은 듯 돌출되어 있는 모습이 이른 새벽의 푸르스름한 여명 속에서 동물적인 야성을 흘리고 있었다. 뜨거운 사바나에서 먹이를 쫓다 지쳐 쓰러진 사자의 마르고 단단한 그 등골이 떠올랐다. 입 안 가득 뜨거운 타액이 고여 왔다. 타액이 껌처럼 질컥거리며 혀 주위로 흘러들었다. 가장 위쪽 목뼈부터 핥으며 미끄러지듯 하나씩 입을 맞추어 나갔다. 그녀의 겨드랑이 사이로 천천히 손을 집어넣자 손아귀에 겨우 잡힐 만큼 작은 가슴이 들어왔다. 그녀는 내가 생각하고 있었던 것보다 많이 말라 있었다. 부드럽고 말랑거리는 살의 감촉보다 그녀의 지난 삶이 더 강하게 말초신경을 자극하고 있었다.

"아직도 비가 오나요?"

그녀는 이미 잠에서 깬 듯 내게 물었다.

"밤새도록 비가 내렸었는데 그 소리 들었어요?"

그녀는 여전히 내게 등을 돌린 채 물었다. 그녀도 나처럼 상대방의 얼굴을 마주보고 그 표정을 읽어 내야 할 일이 두려웠을 것이다. 간밤 우리가 이곳으로 들어선 순간부터 일어난 모든 일들은 이제 다시는 돌이킬 수 없는 일이 되고 말았다. 어떤 변명으로도 설명되어 질 수 없는 그런 일이 내게 일어났다.

"나도 빗소리에 잠을 좀 설쳤어. 낯선 곳에서 듣는 빗소리는 언제나 사람을 우울하게 만들지."

손만 뻗치면 금방 닿을 수 있는 곳에 담뱃갑이 놓였다면 한 개비 뽑아 물고 싶었다. 담뱃갑은 TV가 놓인 낮은 장식장 위에 놓여 있었다.

"낯선 곳에서 듣는 빗소리가 우울한 게 아니라 당신 마음이 그런 거겠죠."

그녀는 가슴을 잡고 있는 내 손가락들을 하나하나 뜯어내며 자리에서 일어나 바닥에 널려 있는 속옷들을 주워 입기 시작했다. 그녀의 가는 입술이 손톱이라도 씹는 사람처럼 특이하게 양 꼬리를 미세하게 떨며 일자로 다물어졌다. 마네킹에 옷을 끼우듯 기계적으로 속옷을 몸에 걸치기 시작했다. 나는 그녀의 모습을 보며 알 수 없는 허탈감에 빠져 들었다.

"왜 남편에 대해선 아무 것도 안 묻죠? 당신 어머니가 얘기 안 하던가요. 손수 내 손목을 끌고 맞선 장소까지 나가 시킨 결혼인데. 그럼 그 집안 막내아들이 어떤 위인인지에 대해서도 말 안 했겠군요?"

그녀는 스타킹을 반쯤 무릎 위로 끌어올리다 말고 알 수 없는 미소를 흘렸다.

"일년 365일 중에서 360일을 해외 골프 나들이로, 라스베이거스 카지노 판으로 바쁘게 쫓아다니며 각 인종의 여자들에게 아낌없이 인정을 베푸는 세계화 속의 국제적인 백수라는 얘기도?"

그녀는 마치 해부학실의 실험대 위에 놓인 실험용 침팬지를 향해, 수술 칼로 어느 부위를 먼저 열어 볼까 탐색하며 달려들 듯 내 표정을 살폈다. 내가 받을 상처와 고통을 상상하며 그 희열감을 잔인하게 곱씹고 있는 듯했다. 나는 그만 자리에서 튕기듯 일어나 TV 장식장 위에 놓여진 담뱃갑을 집었다. 담배 한 개비를 뽑아 물고 라이터 불을 켰다. 순간 어머니가 그녀의 남편에 대해서 한 마디도 내게 해 준 적이 없었다는 사실을 깨달았다.

"이혼하지 그랬어. 부당한 것을 참고 살 네가 아닌데."

순간 그녀에 대한 분노가 끓어올랐다. 무지한 시골 여자처럼, 그녀답지 않게 참고 살아 왔다는 사실을 잔인하게 내 앞에 까발리고 있는 그녀의 위선이 역겨워졌다. 나는 창문 쪽으로 걸어가 반쯤 내려 있는 커튼을 젖히고, 밖으로 담배 연기를 멀리 뿜어 냈다. 생각해 보면 내가 화를 낼 이유는 없었다. 그녀가 무슨 이유로 불행한 결혼생활을 견디고 있든 관여할 일도 아니었다.

창밖으로 그녀가 근무하는 수목원의 푸른 숲이 보였다. 차로 무작정 달리다 모텔 간판을 보고 차를 세웠었는데 지금 보니 우리는 그곳에서 아주 가까운 곳에 있는 것이었다.

그녀의 몸에 하나하나씩 제자리를 찾아가 걸쳐지는 외제 고급 브랜드의 브래지어와 팬티. 저것들이 그녀의 불행한 결혼생활을 지탱해 주는 힘이란 말인가. 순간 현관에 벗어 놓은 두 켤레의 구두 쪽으로 눈을 던졌다. 한 공간에 나란히 놓여 있는 두 짝의 구두는 너무도 동떨어진 모습으로 어색한 그림을 만들고 있었다.

생크림과 키위, 체리 등으로 장식된 제과점 유리 진열장 안의 화려한 데커레이션 케이크와 이리저리 사람들 손에서 굴러다니다 말라비틀어진 볼품없는 인절미 조각처럼. 일 년이 넘게 집과 연구실로 바쁘게 누비고 다녔던 내 구두는 엄살 많은 노인처럼 한쪽에 초라한 모습으로 쭈그러져 있었다. 맨발로 뛰어다니며 소죽을 끓이는 시골 농가의 사내아이 얼굴처럼 윤기 없이 버석버석한 그 신발을 더욱 초라하게 만드는 것은 신발창이 훤히 들여다보이는 그녀의 샌들 속 구찌 상표였다. 물론 지금의 내가 유명 메이커의 구두 하나 장만하지 못할 만큼 어려운 처지도 아니지만 시간 강사를 하던 시절 몸에 배어 버린 취향은 아내가 큰 맘 먹고 사다 주는 국내 브랜드가 전부였다. 경제적인 사정이 나아졌다고 해서 구태여 수입 유명 브랜드로 자신을 장식하고 싶은 치졸한 욕구도 가져 보지 않았다.

십 년 전 윤주는 한 계절 동안 거의 같은 옷만 입었으므로 그것은 마치 계절마다 바뀌는 은행 여직원의 유니폼과 다를 바 없었다. 사실 유니폼이라고 하기에도 너무 검소하고 유행과는 거리가 먼 면 티셔츠나 청바지 정도였지만 언제나 그녀는 자신의 스타일에 당당했다. 그 또래의 여자 아이들에게선 느낄 수 없는 오만함과 자신감으로 가득 찬 그녀는 낡은 청바지 하나로도 충분히 아름다웠다.

그녀와 헤어져 돌아온 날은 혼자 어두운 방에 누워 온 전신이 땀으로 젖어 버리는 강렬한 수음에 빠져들었다. 상상의 스크린 속 그녀는 난생 처음으로 혀끝에 올려놓고 씹은 광어회의 그 신선한 육질이 하나하나 터질 때마다 느꼈던 야릇한 탄력감처럼 내 혈관 구석구석을 팽창시켰다.

그런데 단 한번도 현실 속의 그녀를 경험해 보지 않았던 내가 간밤 거짓말처럼 그녀의 뜨거운 육체를 안고 있었다. 그러나 불행히도 그녀의 작은 몸 구석구석을 꿈틀거리는 혀로, 뜨거운 입술로 확인해 나가는 동안에 나는 전혀 그녀를 느낄 수가 없었다. 그녀의 따뜻한 살에 내 몸을 섞으면서도 버릇처럼 상상 속의 그녀에게로 굴러 떨어져 허우적거리고 있는 나 자신을 발견했을 뿐이었다. 그녀의 가쁜 숨소리, 끈끈하게 달라붙는 땀과 젖은 살갗의 감촉이 오히려 그런 상상력을 방해하고 있다는 사실에 내 몸은 오히려 경직되었다.

몇 번 그런 순간이 반복되었다. 그렇게 현실과 상상 속을 파도처럼 오르내리며 어렵게 치른 그 행위에 나는 참을 수 없는 허탈감과 쓸쓸함을 느꼈다. 오랜 시간을 안간힘을 다해 싸웠지만 내가 무엇을 위해 싸웠는지 알 수 없었을 때처럼. 간밤을 그녀와 함께 있었지만 실제 그녀의 육체를 알게 되었다는 희열이나 감동, 그 어느 쪽도 없었다.

"혹시 내가 이 일로 상처를 받았을 거라는 생각하고 있는 건 아니겠죠? 생각해 보면 이런 일이란 요즘 세상에 흔해 빠진 농담처럼 진부한 일이 되어 버렸잖아요. 처음부터 당신도 여기까지 생각을 하고 있었던 게 아닌가요?"

그녀는 이마 위로 아무렇게나 흘러내린 머리카락을 두 손으로 쓸어 넘기며 나를 바라본 채 웃음을 흘렸다. 우리가 원했던 것은 단지 서로의 육체였다고. 그러니까 만에 하나라도 옛날의 잡다한 기억 따위 때문에 평생 가슴을 아리면서, 애틋한 사랑을 간직하면서 살아왔을 거라고 생각한다면 그것은 나의 지나친 착각이라는 뜻이었다.

윤주는 아무 일도 없었다는 듯 옷을 입고 일어나 화장실 문을 밀고 안으로 들어가 문을 닫았다. 곧 샤워기에서 쏟아져 내리는 강한 물소리가 났다. 내 벗은 몸뚱이를 끌어안고 동물적인 울음을 울던 그녀의 진심을 나는 분명 알고 있었다. 그렇다고 해도 오랫동안 숫사자에 굶주린 암컷의 몸뚱이 위에다 모든 힘을 다 쏟아내 버리고 만 것처럼 나는 점차 초라해지고 비굴해지는 느낌이었다.

아주 오랫동안 샤워기에서 떨어지는 물소리를 들으며 담배를 두 개비 피웠고 그 사이 옷을 입었다. 창 너머로 보이는 수목원의 푸른 숲은 아직도 젖어 있었다. 두 손아귀에 쥐고 잡아 흔들면 초록색 물방울이 금방이라도 쏟아져 내릴 듯 짙은 숲을 보고 있자니 눈이 시렸다. 하늘의 구름은 손에 닿을 듯 가깝게 토였다. 진한 크레용으로 사물의 테두리를 덧칠해 놓은 것처럼 선명한 풍경들은 이른 아침의 청명함 속에서 밝게 빛났다. 창문 너머로, 낮은 지붕들 사이로 난 좁은 골목길을 따라 출근을 서두르는 사람들의 모습이 보였다. 종종 걸음으로 바쁘게 길을 나서는 사람들의 움직임은 초라하고 남루한 풍경 속에서 오히려 경쾌해 보였다.

　그런 풍경과 달리 내 기분은 엉망이었다. 불투명한 감정의 잔해들이 구더기처럼 오래된 상처를 갉아 대고 있었다. 누구나 남을 배반을 할 때는 자신을 상대방보다 더 큰 연민으로 방어하고 합리화시키는 법이다. 나는 그녀보다 나 자신에게서 더 큰 연민을 느끼며 어떤 타당성을 찾아내고 있었다. 그런 자신을 바라보고 있자니 무심히 감기약을 삼킨 것처럼 입 안이 씁쓸해졌다.

　다시 담배를 한 개비를 꺼내 무는 순간, 이 방을 나가기 전까지는 그녀가 나오지 않으리라는 생각이 들었다. 담배에 불을 붙여 깊게 연기를 빨아올렸다. 깔깔한 혓바닥의 돌기들이 소름처럼 솟아올라 입 안은 남의 살처럼 감각이 없었다. 이렇게 헤어졌어야 할 줄 알았다면 연구소 벽에 어깨를 기댄 채 울고 있었던 그녀를 뒤로하고 돌아섰어야 옳았다.

　짧은 메모라도 남길까. 나중에 연락하겠다는.

　하지만 그런 의례적인 인사말을 남긴다고 해서 달라질 일은 아무 것도 없었다. 그게 아니라고, 너의 진심은 그리고 나의 마음도 그게 아닐 거라고 수십 번 되뇌어 보았지만 마음은 조금도 가벼워지지 않았다.

　나는 끝내 비겁했고, 그 비겁함을 그녀에 대한 마지막 배려라고 믿고 싶었다. 세월은 강물처럼 흘러가지만 때로 역류하기도 한다. 그걸 사람들은 운명이라고도 하고 우연이라고도 한다. 그곳에 그녀가 있었다. 나를 그 길로 이끌었던 것은 운명이었을까. 그러나 이런 질문은 우문일 것이다. 운명은 필연적으로 다가오지만 그 다음 순간부터는 우연의 선택이라는 것을 알고 있으므로.

　나는 그녀가 남겨진 방의 문을 열고 천천히 밖으로 걸어 나왔다. 어디선가 아까시 꽃 냄새가 났다. 6월이었다.

나팔꽃

나팔꽃

1

"엄마, 제발 그만 좀 해요."

선희가 형석의 멱살을 틀어쥔 어머니의 손을 뿌리치며 소리쳤다. 그와 동시에 방 한쪽 구석에 세워져 있던 비닐 포대에서 붉은 색의 벨벳 머리띠들이 쏟아져 나뒹굴었다. 형석은 어머니에게 낚아채였던 목을 겁에 질린 얼굴로 쓸어내리며, 생쥐처럼 서랍장 모서리에 붙어 몸을 떨기 시작했다. 끊임없이 일그러지고 뒤틀어지는 그의 얼굴. 볼수록 아버지를 빼닮았다. 짙은 눈썹에 넓은 양미간, 눈 그늘이 깊은 눈동자와 유난히 검은 머리카락. 선희는 형석을 바라보며 전율하듯 낮게 숨을 몰아쉬었다. 피할 수 없는 것, 은 폐할 수 없는 것, 형석은 그것을 그렇게 증명해 보이고 있었다.

창문으로 넘어온 아침 햇살이 방바닥에 흩어진 머리띠 위의 조 잡한 유리알 속에서 잘려진 칼끝처럼 무디게 번뜩였다. 또 우리의 아침이 시작되었구나. 그렇다고 더 이상 심장을 긋고 지나가는 듯 한 예리한 아픔은 없었다.

"어떤 년의 밑구멍으로 나왔기래 저런 놈이 다 나왔노, 아무리 병신자슥이라 캐도 그래, 뽄드로 리본 하나 똑바로 못 붙이나. 멀 쩡한 거 다 망쳐 놨으니 오늘 일한 것 다 헛지랄 한 기라."

분노를 삭이며 가쁜 숨을 몰아쉬는 어머니의 어깨가 연방 위아 래로 들썩거렸다. 저 싸가지 없는 종자들. 인정머리 없는 씨알머 리들. 어머니의 두 눈빛이 그렇게 소리치고 있었다. 선희는 천천 히 몸을 굽혀 발밑의 머리띠를 주워 올렸다. 형석도 서랍장 모서 리에서 몸을 떼고는 어눌한 손놀림으로 그것들을 집어 포대에 담 는 시늉을 했다. 머리띠는 매번 그의 손아귀에서 떨어져 낡은 TV 장식장 앞으로 굴러가 엎어졌다. 그중 하나가 선희의 발등을 밟고 굴러가다 문지방 턱에 부딪히며 빙그르르 한바퀴 돌고는 멈췄다. 세 사람의 시선이 모두 그것에 가 엉겼다. 코딱지처럼 말라붙은 본드가 벨벳 머리띠의 봉재 선을 따라 흉하게 뭉개져 있었다. 어 머니는 열심히 리본을 붙이고, 한쪽에선 형석이가 온 얼굴을 일그 러트리며 뒤틀린 손으로 그것을 망쳐버리는 일에 몰두했을 그 웃 지 못할 광경이 떠올랐다. 혹시라도 부업에 보탬이 될까 하던 어

120

머니의 욕심은 그렇게 매번 배반당하고 있었다.

　스물둘이라고 했던가. 짧게 깎은 머리와 꽃무늬 면 티셔츠 때문이 아니더라도 그는 십 대로밖에 보이지 않았다. 신이 그에게 준 모자람만큼이나 그는 세속의 나이를 거부하고 있는 것처럼 느껴졌다. 형석은 금방이라도 다시 목덜미를 움켜 쥘 기세로 그를 노려보는 어머니의 핏발 선 눈동자에 쫓기듯 재빨리 서랍장 모서리에 붙었다. 도움을 청하는 간절한 눈빛으로 선희를 바라보는 그의 두 눈 속에서 그녀는 우물에 갇혀 윙윙거리는 바람 소리를 들었다. 언제나 아버지의 깊은 눈동자 속에서 들려오던 그 소리. 어머니의 오장육부에 얼음처럼 차가운 쇠꼬챙이를 찔러 넣게 했던 그 눈빛.

　"엄마, 형석이한테 뭐하러 이런 일을 시키는 거야. 일 거들 능력이 되는 애 같았으면 그 여자가 쟬 놓고 도망갔겠어? 좀 그만해, 하루 이틀도 아니고……."

　"내가 저 병신 자슥 그날로 갔다 버릴라 칼 때 못하게 말린 게 누고? 바로 니년 아이가?

　성한 첩년의 새끼도 눈뜨고 못 볼 꼴인데, 병신 첩 새끼 아랫목에 신주처럼 앉혀 놓고 화초 보듯 보기만 하라고 날 말렸나? 니년도 그 잘난 애비 씨알머리라고 한통속인 거 다 안다. 내 속이야 우예 되든 상관없다 이거제. 니도 내중에 시집가서 한번 사내한테 이런 꼴 당해 보그라. 그라믄, 그때야 내 맘이 어찌 썩어 문드러졌는지 알 끼다."

백내장이 끼기 시작한 어머니의 한쪽 눈이 초점 없이 흔들렸다. 어쩌면 그 눈은 벌써 시력을 잃어버렸는지도 모른다. 제때에 수술을 하지 않으면 시력을 잃어버릴 것이라는 의사의 진단을 받은 지가 벌써 일 년이 지났다. 눈 하나 병신 된다고 죽나, 한쪽 눈 성한데 수술은 무신 수술이고. 니 애비가 어디 돈 쌓아 놓고 저 병신 자슥 떠맡기고 간 줄 아나? 오십 대 초반인 어머니는 육순 노인처럼 늙어버렸다. 그 육체는 바로 당신이 살아온 삶이 아버지로 인해 얼마나 고달팠으며 힘들었는가를 대변해 주는 더 없는 증거물이 되었다. 그 증거물로 해서 어머니는 언제나 당당했고 남루하고 초라한 옷가지를 걸치고도 금방 모래알로 닦아 놓은 양은그릇처럼 눈부셨다. 어머니를 강하게 만드는 것은 정신과 육신을 끊임없이 담금질해 대는 뜨거운 고통의 열기였다. 그러므로 백태가 긴 한쪽 눈마저도 어머니에게는 명장의 가슴에서 빛나고 있는 훈장처럼 보였다. 선희는 그것 때문에 어머니가 더 불편하거나 불행해졌다는 생각은 하고 싶지 않았다.

선희는 어머니 옆에 무릎을 세우고 앉아 흩어진 머리띠들을 하나씩 집어 자루에 찔러 넣기 시작했다. 니년도 그 잘난 애비 씨알머리라고 한통속인 거 다 안다. 어머니의 말은 옳았다. 그녀는 언제나 상처투성이의 어머니보다 오히려 상처를 준 아버지 편이었다. 한평생 소처럼 일만 하면서 살아온 어머니는 이제 어느 한 곳도 성하지 않았다. 만성 신장염으로 얼굴은 늘 식은 죽처럼 퉁퉁 부어 있었고 관절염에다 당뇨와 고혈압에 이젠 백내장까지, 마치 전리품처럼 그것들은 당신 몸과 함께 따라다녔다. 그럼에도 불구하고 어머니에게 큰소리 한번 지르지 못하고 살아온 나약한 아버지를 선희는 늘 더 가엾게 생각했다. 물론 무능한 남자 때문에 더 거칠어지고 강해질 수밖에 없는 어머니를 이해하지 못하는 것은 아니지만 그녀는 본능적으로 아버지 편이었다. 그건 어렸을 적부터 귀에 딱지가 앉도록 들은 '저 같은 종자들'이라는 말로 그녀를 아버지 편으로 묶어 놓았던 어머니 탓인지도 몰랐다. 어머니의 처절한 분노보다, 나중에 아버지가 받게 될 아픔이 선희에겐 더 커다란 의미로 다가오게 된 것도 그래서였다. 물론 형석이를 버리는 일로써 어머니의 모든 고통이 사라져버릴 것이라는 생각은 들지 않았다. 그의 존재를 알게 된 이상 그가 어디로 사라져 버린다 한들 누구도 마음이 편치 않을 것이라는 것은 분명했다. 어머니도 그걸 모르지는 않을 것이다.

"갖다 버리더라도 아버지가 돌아온 다음에 하라는 거지. 그 여자 찾는다고 집 나간 아버지가 마지막으로 한 부탁이잖아. 당신 돌아올 때까지만 데리고 있어 달라구. 꼭 그 여자 찾으면 돌려보낸 댔잖아."

선희는 머리띠를 주워 모으던 손을 멈추고 어머니를 향해 쏘아붙였다.

"무슨 씨알도 안 먹힐 스릴 하는 기고. 미친년, 그 말을 정말 믿는단 말이가? 두 년놈이 애물딴지 나한테 버리고 같이 도망간 기제. 니도 참 한심테이, 그렇게 세상 물정을 모르니 서른이 다 되도록 시집도 못 간 게 아이가? 여자가 스물 아홉이라카믄 중매쟁이도 다 머리를 흔든다 카는데 제 정신 멀쩡한 놈들이 미쳤다고 할망구 다 된 년을 데려갈라 카겠나. 돈이나 한 보따리 싸 짊어지고 온다 카믄 또 몰라도."

어머니는 마른 입술에 침을 묻히며 말끝마다 한숨을 몰아쉬었다. 허리를 굽혀 머리띠를 집어 올리느라 거대한 배가 심장을 압박하기 때문이었다. 팔뚝으로 흐린 한쪽 눈을 찍어 내며 다시 거칠게 숨을 몰아쉬었다. 오늘 따라 어머니의 숨소리는 더 과장되어 있었다. 어쩌면 과장이 아니라 혈당과 혈압이 많이 오른 까닭인지도 몰랐다. 병원 약을 끊은 지도 벌써 해를 넘기고 있었다. 그걸 알면서도 선희는 어머니에게 왜 병원에 가지 않느냐고 단 한번도 채근하지 않았다. 물론 고집 센 어머니가 선희 말 한마디에 무거운 몸을 끌고 병원으로 달려갈 사람이 아니란 것도 분명했다. 그러나 그 이유 때문은 아니었다. 어머니가 목숨처럼 애지중지 하는 돈 때문도 아니었다.

그렇다면, 쓰러질 듯 간신히 썩은 몸을 지탱하고 서 있는 고목처럼 서서히 주저앉고 있는 어머니의 육체를 숨 죽여 지켜보고 있는 나는 누구란 말인가. 평생 어머니로부터의 탈출을 꿈꾸었을지도 모를 아버지와 나는 정말 비겁한 공범자일까. 그런 것이라면, 어머니가 집요하게 붙들고 있던 삶의 모든 고통을 다 털어 내고 천사처럼 흰 옷에 감싸여 평화롭게 눈을 감게 될 그 날을 기다리고 있는 것이라면.

소리 없이 안에서 끓어오르고 있는 그 악의가 선희를 두렵게 만들었다. 하지만 아무 것도 달라질 것은 없었다.

"제발 좀 그만해. 수십 년을 살아왔으면서도 그렇게 아버지를 몰라? 이렇게 형석이를 우리한테 떠맡기고 당신 좋아라, 여자 데리고 도망가실 분이 아니잖아. 그만 좀 해. 그만하라구."

그녀의 목소리를 삼킨 것은 열린 창문으로 넘어오는 굴삭기의 굉음이었다. 오늘도 굴삭기는 앞산 한 자락을 허물어 내고 있었다. 세 사람의 시선이 동시에 창 밖으로 날아갔다. 선희는 노란 흙먼지와 차가운 철근 골재 더미 속에서, 곧 들어설 아파트를 보며 내 집 마련의 희망에 부풀어 있을. 누군가의 꿈을 본다. 그 꿈이 굴삭기 아래 부서지는 흙덩이처럼 그녀의 가슴속에서 무너진다. 햇빛 속으로 노란 흙먼지가 날아와 입 안에서 서걱거린다.

"그래, 니야 그렇게 믿고 싶것제. 하지만 내는 안다. 니 애비는 그러구도 남을 위인이제. 니 말대로라면 아예 처음부터 기집질 같은 것도 하지 말았어야제. 내 뭐라카노? 그 과부년이 동네에 나타나 만화방을 차릴 때부터 보통 사이가 아이라고 했제? 내 말이 틀렸드나? 이제 뭘 더 믿어 주라는 기고?"

어머니는 이제 굴삭기의 굉음 따위엔 아랑곳하지 않았다. 잠시 창밖에 멈추었던 초점 흐린 눈빛이 다시 선희에게로 와 꽂혔다. 굴삭기가 앞산이 아니라 연립의 마당까지 파고든다 해도 어머니는 그렇게 자신의 할 말을 다 쏟아 내고야 말 것이다.

"전신에 성한 곳 없이 늘그막에도 내가 이 짓하고 살고 있지만 서두 더 이상은 요렇게는 못 살제. 가시나들 머리띠나 만들며 허리가 꼬부라지게 앉아서 돈 몇 푼 만져 보는 낼 보고 저 병신자슥 앉혀 놓고 상전처럼 밥 묵이고 재워 주라꼬. 내는 그렇게는 못한다. 내도 남처럼 관광도 다니고 온천도 다니고, 그라다 맘에 드는 영감 있으면 연애라는 거도 해 보고 이제 그렇게 살 끼다. 그라이까네 저 병신자슥 죽이든 살리든 국 끓여 묵든 니가 책임지거라. 니 애비가 뿌린 씨니까 니가 거두면 되겠구마. 애비라면 지 간이라도 떼다 줄 효녀 아이가?"

인중을 따라 부챗살 모양으로 접히는 깊은 주름살들이 볼품없이 늘어진 어머니의 입술 위에서 실룩거렸다.

"그래, 걱정 말아. 형석이는 내가 책임질 테니까. 그러니까 앞으로 이런 일 시키지 마. 그리고 꼴이 저게 뭐야? 아무리 아무것도 모른다고 해도 스물이 넘은 다 큰 어른이라구. 내가 입다 처박아 놓은 저 꽃무늬 티를 꼭 입혀야 했어? 시장에 가서 만 원짜리 싸구려 티라도 사서 입히든지, 아니면 아버지 헌옷이라도 주든지. 볼썽사납잖아."

어느새 형석이는 벽에 한쪽 뺨을 붙이고 입을 벌린 채 침까지 흘리며 잠이 들었다. 그의 평화를 깨는 것은 언제나 창밖의 굉음 따위가 아니라 어머니의 끊임없는 잔소리였다. 어머니의 악다구니에서 놓여난 형석은 단잠에 빠진 아이처럼 순해 보였다. 어머니의 심술만 아니면 그는 언제나 그렇게 행복할 수 있을 것이다.

"니 돈 많나? 그라믄 니가 옷 사주면 되것네. 전화교환수 노릇을 십 년이나 했으면 남들 같으면, 통장에 알토란같이 수천만 원 모아 놓고 병든 에미 이런 일 안 시키것제. 그래, 그 악사 놈인지 깽깽이 새긴지 하는 놈한테도 그렇게 옷 사주고 밥 사주고 다 퍼 주었드나? 그렇게 다 퍼 댔으니까 지금 나이만 처 묵고, 남자한테 도 차이고, 돈 한 푼 없는 알거지가 된 거 아이가? 내 말이 틀렸 나? 미친 년, 그저 속없이 헤픈 것까정 지 에비를 닮았다 아이가”

“엄마, 왜 또 그 얘기야. 이젠 나까지 이 집을 뛰쳐나가야겠어? 병든 그 몸으로 엄마 혼자 절뚝거리면서, 밥해 먹고 빨래하고, 그 렇게 살고 싶어? 그렇게 살고 싶냐구?”

레일을 밟고 달려가는 기차 바퀴처럼 심장이 뛰기 시작했다. 그 래, 나도 아버지처럼 엄마를 버리고 싶다구. 지긋지긋한 엄마의 그 고통으로부터 이 세상 어디든, 블속이든 지옥이든 영원히 사라 지고 싶었다구. 선희는 눈을 감았다. 아득한 현기증이 일었다.

“그래, 나는 이제 겁나는 것도 무서븐 것도 없다. 나갈라 카문 저 병신자슥부터 끼고 나가그래이. 알았나?”

마른 입 안에서는 혓바닥을 쓸며 흙먼지가 돌았다. 다시 뼛속을 갉아 대듯 또 한 차례 굴삭기의 굉음이 지나갔다.

“그래 입이 열이라도 니는 아무 할 말이 없제, 밤마다 팔다리가 쑤셔서 잠 한숨 못 잔다 캐도 내한테 파스 한번 사서 붙여줘 봤어 야 말이제. 그라믄서 그 놈한텐 백 일 정성, 오만 치성 다 드릿제. 그라고도 와 결혼도 못 했노? 그 놀 가수인지 뭔지 한다고 니 돈 피 빨아 묵듯 다 빨아 묵고 도망간 거, 내 다 안다. 사내라 카는 기

다 그런 종잔 줄 몰라서 열녀 춘향맹크로 돈 주고 몸 주고 했드
나? 그 돈 반이라도 내 줬으면 그래, 효녀 심청이 났다 소리 안 들
었겠나? 썩을 년."

어둠 속에서 그녀는 어머니의 입으로 기어오르는 거미를 본다.
거미는 더듬이같이 정교한 다리를 움직여 끊임없이 들썩이고 있
는 입술 사이로 기어오른다. 숨을 멈춘 채 그 거미를 쏘아본다.

"그라고 있으니 꼭 니 애비구마. 징그럽데이. 이 정씨 씨알머리
라 카믄 치떨린다 카이."

어머니의 목소리가 다시 어둠 속에서 이명처럼 윙윙거렸다. 거
미의 다리는 길고 단단하다. 그 다리가 서서히 어머니의 어두운
목구멍을 향해 돌진한다. 거미의 몸뚱이는 점점 부풀어올라 마침
내 기도를 가득 메워 버린다. 숨을 헐떡거리며 파리하게 굳어지는
어머니의 거대한 몸뚱이. 순간 빛줄기가 시야로 커튼처럼 펼쳐졌
다. 방 안은 쏟아지는 햇빛 속에서 하얗게 타고 있었다.

방바닥을 힘겹게 두 손으로 짓누르며 어머니는 육중한 몸을 일
으켜 세웠다. 선희는 감았던 눈을 뜨고 어머니의 병든 육체 덩어
리를 바라보았다. 거미는 어디로 갔을까. 입술을 기어오르던 거미
는 보이지 않았다. 어머니는 잠시 숨이 찬 듯 긴 숨을 한번 내쉰
후 한발 한발 힘겹게 엇걸음을 놓으며 자루 앞으로 다가섰다. 그
리곤 자루의 주둥이를 한 손 안에 휘잡고는 노끈으로 칭칭 감아
묶기 시작했다. 자루는 풍선처럼 부풀어 오른다. 어머니는 무딘
송곳니로 한쪽 끈을 물고 양손으로 다른 쪽 끈을 힘껏 잡아 당겼

다. 자루의 주둥이는 금방이라도 목이 잘려나갈 형상이 되었다. 그래도 어머니는 여전히 끈을 놓지 않는다. 거칠고 억센 어머니의 손아귀 안에서 옭매어지고 비틀어지는 그녀의 목. 순간 비닐 끈은 그녀의 파란 동맥을 관통하며 조금씩 살 속을 파고들기 시작했다. 깊고 예리하게 살이 베어져 나가는 고통에 울컥 쓴 물이 넘어왔다. 서서히 비닐 끈을 적시며 솟아오르는 핏물. 핏물은 붉다 못해 검다. 썩은 피다. 아버지의 얼굴이, 내 얼굴이 차례로 떨어져 바닥으로 뒹군다. 그 위로 한껏 부푼 몸뚱이를 움직이며 기어가는 거대한 거미.

선희는 그만 방문을 박차고 마당으로 뛰쳐나왔다. 마당 한구석엔 아버지가 담벼락으로 쳐 놓은 비닐 끈을 따라 인도산 나팔꽃이 피어오르고 있었다. 모든 것이 허물어지고 죽어 가는 이곳에 나팔꽃이라니. 꽃은 금방 붉은 핏물을 쏟아낼 듯 붉다. 꽃잎이 흔들린다. 땅이 흔들린다. 언젠가 저 거대한 굴삭기는 연립의 이 낡은 콘크리트 담장을 허물고 마당으로 달려들 것이다. 그녀는 나팔꽃 봉오리를 따서 손끝으로 천천히 비벼 누르기 시작한다. 붉은 핏물 같은 꽃잎이 으깨져 손바닥을 적신다. 아버지는 돌아오지 않을 것이다. 영원히.

2

"누우우우나, 이이거어."

막 현관문을 밀고 안으로 들어서는데 형석이가 리본이 십오 도쯤 비스듬히 붙은 붉은색 머리띠를 불쑥 선희의 가슴팍에다 갖다 들이밀었다. 리본이 비스듬히 붙은 것 말고는 거짓말처럼 본드가 엉겨 있지 않고 깨끗한 걸 보니 그걸 자랑하고 싶은 모양이다.

"으응, 그래. 아주 잘 했어."

선희는 그렇게 말하고 가슴팍 위로 꾹 눌러진 머리띠를 받아들었다. 얼마 동안 그걸 쥐고 기다리고 있었는지 손아귀 가득 후끈한 그의 온기가 느껴졌다. 그를 가만히 들여다본다. 처음 아버지가 형석이를 끌고 현관문을 들어서는 순간 가슴속으로 밀려들던 그 친숙함을 그녀는 아직 또렷하게 기억하고 있었다. 그 친숙함이란 말 그대로 낯설지 않음이었다. 잠시도 가만히 있지 않고 일그러지고 뒤틀리는 그의 얼굴이 매일 들여다보는 거울 속의 그녀 자신처럼 낯익은 까닭에 놀랐다. 어머니도 뭔가에 한 대 맞은 얼굴로 그런 형석을 바라보았다. 그녀가 느낀 것과 다르지 않을 감정들이 빠르게 어머니의 머릿속을 휘젓고 지나가는 듯했다. 퉁퉁 부어오른 어머니의 모든 근육들이 나무껍질처럼 굳어지기 시작했다. 아버지는 신발도 벗지 않은 채,

"내가 말했지, 얘가 바로 정숙이 아들이야."

아버지는 짐짓 못을 박듯 말했다. 평소에 볼 수 없었던 단호함을 가장한 아버지의 얼굴이 오히려 이 애가 바로 내 아들이야, 그렇게 말하는 것 같아 그녀는 가슴이 철렁 내려앉았다.

"정숙이 찾아올 때까지만 이 앨 데리고 있어라. 아무도 돌볼 사

람이 없는 모양이다."

어머니를 외면한 채 그녀를 향해 말하던 아버지는 그러면서도 쉽게 형석의 손을 놓지 못했다. 그의 손을 꼭 쥔 아버지의 마른 손 위로 튀어 오른 힘줄들이 당신의 가슴속에 가득 차 있는 고통처럼 꿈틀거리고 있었다. 뒤로 넘어갈 듯 하얗게 질린 어머니가 달려드는 순간에도 아버지는 그의 손을 놓지 않았다. 형석이가 놀라 괴성을 지르며 바닥에 주저앉기 전까지 그랬다. 혹시라도 어머니의 우악스런 손이 형석을 다치게 할서라 아버지는 본능적으로 어머니를 밀치고는 자신도 놀란 얼굴로 그녀와 어머니를 번갈아 쳐다보았다.

"아이구, 저 인간이 이젠 사람까지 친데이. 억울해 못 살아, 첩 년 새끼까지 끼고 와서 내를 쳐? 아이구 분해, 아이구 분해라"

어머니가 가슴팍을 쥐어뜯으며 소리쳤지만 아버지는 굳은 얼굴로 말 없이 돌아섰다. 그런 아버지는 낯선 사람처럼 차갑고 냉정해 보였다. 언제나 힘없이 쳐져 있던 마르고 유약한 어깨가 아버지답지 않게 잔뜩 굳어 있었기 때문인지도 몰랐다. 순간 아버지는 현관문을 밀던 손을 멈춘 채 얼굴을 돌려 형석을 바라보았다. 연민과 안타까움으로 가득 찬 눈동자는 놀랍게도 젖어 있었다. 어쩌면 성하지 못한 그를 떳떳하게 당신 아들이라도 밝히지 못한 것에 대해 용서를 빌고 있었는지도 모를 일이었다. 그 눈빛이 그녀에게로 건너왔다. 이 아일 잘 부탁한다. 아버지의 눈이 말하고 있었다. 아버지, 차라리 용서보다는 이해를 구하세요, 당당하게. 아버지도 이미 그녀의 눈빛에서 그걸 읽어 낸 듯 젖은 눈가에 알 수 없는 공범자의 결의 같은 것이 떠올랐다. 그녀는 아버지를 외면하듯 재빨리 등을 돌렸다. 등 뒤로 현관문이 닫히는 소리가 났다. 느리고 무거운 아버지의 발소리가 낡은 연립의 계단을 울리며 점차 사라져갔다.

그때 입에 거품을 물고 악을 쓰는 어머니로부터 형석을 뜯어말리고 집 안으로 데리고 들어왔던 것은, 아버지의 그 마지막 눈빛 때문이었는지 몰랐다.

"정말, 잘 했어, 잘 했구나."

그녀는 찬찬히 머리띠를 살피며 만져 보고 진심으로 감탄하며 말했다. 튀어나온 누런 앞니로 입술을 물고 삐죽삐죽 웃어 보이는 형석은 행복해 보였다.

"형석아, 너 좀 씻어야겠다. 깨끗이 씻으면 누나가 좋은 거 줄게. 선물 말이야."

그녀의 말에 형석은 크지 않은 두 눈을 몇 번 껌벅이다 입술을 다시 깨물고는 아이처럼 고개를 좌우로 흔들어 댔다.

"너 이렇게 오랫동안 안 씻으면 병에 걸릴지도 몰라. 그러면 나중에 엄마가 찾아오셔도 아파서 보지 못할 거 아냐? 누나 말 맞지?"

형석은 선물이라는 말에 마음이 흔들린 것인지 엄마라는 말에 마음이 바뀐 것인지, 도리질하던 얼굴을 멈추고 힘들게 선희와 눈빛을 맞추었다. 그녀는 그의 손을 끌고 욕실 문을 열어 그를 먼저 안에 밀어 넣고 따라 들어섰다. 두 사람이 서 있기도 작은 욕실에 변기가 반을 차지해 버려 거의 그의 몸을 안고 있다시피 할 수밖에 없는 모양이 되었다. 그녀는 그런 엉거주춤한 자세로 샤워기와 위생장 속의 비누, 샴푸를 차례로 바닥으로 끌어내렸다.

"너 혼자도 씻을 줄 알지? 이거는 샴푸고, 그러니까 이렇게 꼭지를 누르고 손에 부어서 머리에 묻히고, 손가락 끝으로 머리를 비비면서 거품을 내는 거야. 그리고 이 샤워기 꼭지를 올리고 거품이 안 나올 때까지 물로 씻어야 해. 여기다가는 비누칠을 하고, 이렇게 몸을 문지르는 거야. 그리고 샤워기를 올리고 비눗기가 없을 때까지 닦아 내는 거야, 할 수 있지?"

선희는 그의 몸에 안기다 시피한 자세로 서서 형석의 얼굴을 마주 보았다. 허옇게 침이 고인 채 벌어진 입에서는 더운 입김을 타고 역한 냄새가 쏟아졌다. 그녀는 욕실 벽을 두 손으로 차례로 더듬듯 짚으며 그에게서 떨어져 나와 간신히 욕실문 앞으로 등을 돌렸다.

"누우우우나, 누우우나아아."

이제 그 목소리만 들어도 등 뒤에서 부르는 그의 표정이 눈에 보이는 것 같았다. 한 단어의 말을 내뱉기 위해 그가 움직여야 하는 그 많은 근육들의 동작까지 고스란히. 문고리를 향해 내민 손을 천천히 거두며 그를 향해 돌아섰다. 수시로 일그러지는 그의 안면 근육들이 마치 순열과 조합을 하여 만들어 내는 숫자처럼 확연히 아버지의 모습을 드러내고 있었다. 눈, 코, 입 이런 것들이 하나의 코드가 되고 기호가 되어 언어처럼 말을 한다. 그 문자판에서 선희는 아버지의 절망을 읽어 내고 있었다. 하나하나 그것을 확인하듯 그의 얼굴 위로 손을 가져갔다. 그의 일그러진 입술 사이로는 허연 침이 곤충의 체액처럼 흘러내렸다. 그녀는 손바닥으로 그 침을 눌러 닦으며 그의 두 눈을 들여다보았다. 내 몸을 돌고 있는 이 뜨거운 피가 그의 몸 속 어느 곳에서 똑같이 흐르고 있단 말인가? 믿어지지 않는 그 사실 앞에서 그녀는 뜨거운 전율을 느꼈다. 두려움 속에서 천천히 그의 뒤틀리는 육체를 가슴으로 품어 안았다. 그는 왠지 뿌리치지 않았다. 그의 입에서 흐르는 타액이 그녀의 목을 타고 천천히 가슴까지 흘러내렸다. 그 뜨거운 타액이 젖무덤 사이로 수십 개의 발을 규칙적으로 움직이며 먹이를 향해 달려드는 애벌레처럼 꿈틀거리며 미끄러져 내렸다. 어머니의 입술을 타고 기어오르던 그 거대한 거미처럼.

"누우우나아."

일그러진 얼굴에서 그를 이 세상에 내보낸 아버지의 고통을 본다. 동물의 기괴한 육체 덩어리처럼 일그러진 그 얼굴에 아버지가 있다. 아니 아버지를 닮은 또 하나의 내가…….

그 얼굴이 선희의 가슴을 헤치며 파고든다. 가슴을 타고 흘러내리던 끈끈한 타액이 그의 얼굴로 짓뭉개지며 진액처럼 미끈거린다. 순간 그녀의 입 안에 신물이 돌고, 어금니를 누르고 있던 턱뼈에서 힘이 빠져나갔다. 세상의 모든 음식 찌꺼기들이 다 그곳에 붙어 부패되어 버린 듯한 싯누런 그의 앞니가 그녀의 젖무덤을 깨

무는 동시에 그녀는 허리를 꺾고 토하기 시작했다. 한번도 게워
낸 적 없었던, 꼭꼭 밀폐되어 썩어가던 고통의 찌꺼기가 아직 채
삭지 않은 음식물 덩어리와 함께 그의 등판으로 쏟아져 엉겼다.
그녀는 입을 막으며 바닥으로 엎어져 샤워기 꼭지를 밀어 올렸다.
바닥에 뒹굴던 샤워기에서 분수처럼 물줄기가 솟아올랐다. 그녀
는 변기 속에 얼굴을 처박고 토하기 시작했다.

　"우우아아, 우우우……."

　형석은 분수처럼 솟아오르는 물줄기 속에 주저앉아 온몸을 비
틀며 웃기 시작했다. 욕실 창으로 들어온 빛줄기에 형석의 얼굴이
붉게 물든다. 눈물이 그렁거리는 눈을 들어 빛이 쏟아지는 욕실
창문 너머 하늘을 올려다본다. 노을이다. 나팔꽃처럼 붉디 붉은
노을빛. 그 노을 속 철재 골조 탑 위로 낯선 새들이 둥지를 틀 듯
날아들고 있다.

3

　장롱을 열고 그곳 깊이 넣어 두었던 옷을 꺼내 펼쳐들었다. 그
남자가 딱 한 번 입었던 고급 골프 티셔츠였다. 카드까지 긁어 백
화점에서 샀던 그 옷을 남자는 한 번 입어 보고 색이 마음에 안 든
다며 방바닥에 내팽개치듯 벗어 놓고 갔다. 카키색을 좋아하던 그
의 취향이 바뀌어 버렸다는 것을 알지 못했던 것이다. 그렇게 그

의 마음도 변해 버렸다는 사실까지. 그리고 그는 다시는 돌아오지 않았다. 형석에게 선물로 주어야겠다고 생각한 것은 이제 그가 떠났다는 것을 스스로에게 확인시키기 위해서였다.

"하이고 마, 이 문디 새끼 보그라, 우야문 좋노."

제품을 공장에 갖다 준다고 나선 어머니 돌아왔다. 열린 문 너머로 난장판이 되어 있는 욕실 안을 보고 어머니는 또 숨이 넘어가고 있었다. 그녀는 그만 장롱을 타고 미끄러지듯 바닥으로 쓰러져 앉았다.

음반을 내야한다는 그 남자를 위해 융자를 얻어 주고 교환수 박봉에서 반이 넘는 돈으로 매달 그 빚을 갚아야 하는 힘든 생활이 계속되었지만 그녀는 잘 견뎌 냈다. 처음부터 그가 곁에 있다는 것 이상의 과분한 욕심 따위는 가져 본 적이 없었다. 그 남자가 자신을 사랑하는지 그런 것은 아예 생각해 보지도 않았다. 단지 어릴 적 아끼고 아껴서 모아 둔 동전들을 행복한 마음으로 밀어 넣었던 그 돼지 저금통처럼 자신의 사랑을 받아주기만 하면 그만일 뿐이라고 생각했다. 이제 그는 떠났고 그녀에게 남은 것은 아직 일 년이나 더 갚아야 하는 은행 빚과 간간이 떠오르는 그에 대한 낡은 기억들과 분노뿐이었다. 나도 어머니처럼 한 남자에 대한 배신감과 분노를 삭이며 이곳에서 매일 허물어져 내리는 앞산의 흙더미처럼 서서히 무너지고 주저앉을 것이다. 상처투성이의 영혼은 한을 품은 채 공사장에서 불어오는 마른 흙먼지처럼 여길 떠돌겠지. 죽어서도 인간에 대한 미련을 버리지 못해서 이곳에서 머뭇거리고 있을 가련한 두 여자의 영혼. 선희는 두 손으로 얼굴을 감싸쥔 채 천천히 바닥으로 쓰러져 누웠다.

밖에서 어머니가 연방 병신새끼, 쇠구신이 붙었나 와 이리 무겁노, 하며 물을 틀고 씻기느라 물바가지 엎어지는 소리, 하수구로 물이 쏟아져 들어가는 소리, 이태리타월로 철썩철썩 등판을 치대는 소리, 그런 부산스런 움직임들이 하나하나 되살아나 그녀의 귓속으로 파고들었다. 결국 어머니는 그토록 미워했던 형석을 손수 옷을 벗기고 비누를 칠해 가며 씻기기 시작했다. 그녀도 끝내 할 수 없었던 그 일을 어머니는 천연덕스럽게 해내고 있었다. 어머니는 그런 사람이었다. 언젠가 아버지가 돌아오는 날, 형석을 거둬 준 어머니는 또 하나의 자랑스런 훈장을 아버지 앞에 당당하게 내밀 것이다. 철썩이는 물소리를 들으며 그녀는 잠깐 잠이 들었다.

그녀가 형석에게 줄 티셔츠를 들고 밖으로 나왔을 때까지도 어머니는 그 거대한 등지에 숨을 헐떡이며 형석을 씻기고 있었다. 선희는 문턱에 육중한 몸을 걸치고 앉아 스물이 넘은 남자 몸뚱이를 벗겨놓고 때를 밀어내고 있는 어머니의 뒷모습을 물끄러미 바라보았다. 어머니의 상처가 또 하나의 빛나는 훈장이 되는 순간이었다. 한 남자에게 버려진 병들고 비대해진 육체를 빛나고 값진 그 무엇으로 탈바꿈시키고 싶은 어머니의 처절한 욕망. 선희는 처음으로 어머니에 대한 연민과 쓸쓸함으로 눈시울이 뜨거워져 왔다.

"병원에 한번 가 봐요. 혈당이랑 혈압은 항상 체크해 봐야 하는 거잖아. 그리고 이거, 형석이 입혀요. 맞을 테니까."

손에 들고 있던 티셔츠를 욕실 앞에 밀어 놓으며 선희가 말했다. 어머니는 뭔가 한 대 맞은 표정으로 손을 멈추고 선희의 얼굴과 바닥에 놓인 티셔츠를 번갈아 가며 쳐다보았다. 다른 때 같으면 또 뭔가 한소리 했을 테지만 어머니는 왠지 아무 대꾸도 없이 고개를 돌리곤 형석의 등판만 모질게 내리쳤다.

"이 병신자슥, 가만 못 있나? 때를 한 바가지는 달고 다닌 기라. 밀어도 밀어도 한이 없다카이. 벼룩이 알 안 까놓은 게 용타, 용해. 아이구 더러바라."

어머니는 대야의 물을 퍼 형석의 등판에 쫙 끼얹은 뒤 다시 몸을 돌려 선희를 올려다보았다.

"봐라이, 이렇게 씻겨 놓으니 인물이사 멀쩡타. 병신새끼만 아이믄 첩새끼라 캐도 아들도 없으니 호적에 올리놓겠구만, 이 애물딴지를 뭐에 써먹겠노. 밥만 묵고 똥만 싸지를 줄 알지 뻔드로 리본 하나 못 붙이는 병신 아이가."

형석은 추운지 몸을 떨며 뒤틀리는 사지를 힘겹게 오그린 채 이를 앙 물고는 문밖에 서 있는 그녀를 올려다보았다. 눈이, 코가, 입이, 다시 일그러졌다 펴졌다를 반복했다. 선희는 쫓기듯 그 눈길을 피해 등을 돌렸다.

"지랄하고 자빠졌네, 병신 육갑한다 카드이 이것 보래이. 꼴에 사내라고 니 보고 이러나 부데이. 마, 이거 우짜면 좋노."

그녀는 어머니가 다시 형석의 등짝을 패고 물을 끼얹는 소리를 들으며 현관문을 밀고 밖으로 나왔다. 그 남자와의 마지막 밤, 바지를 올리고 혁대를 찾아 맨 뒤 아무 일도 없었다는 듯이 그가 말했다.

"당분간 오기 힘들 거야. 음반이 곧 나온다니까, 바뻐."

그러나 그는 오지 않았고 그의 음반도 나오지 않았다.

산이 헐리고 아파트가 들어서면서 그녀가 살고 있는 낡은 연립은 회색 성벽에 싸인 아무도 거들떠보지 않는 초라한 요새가 되어 버렸다. 창문을 열면 하늘을 반쯤 가리고 서 있는 것은 신축 중인 아파트의 거대한 철재 골조 탑이었다. 아침저녁으로 날아들던 새들도 이제는 그 철재 탑 위에서 잠시 머뭇거리다 어딘가로 사라져 버렸다. 모든 것이 떠나고 있었다. 일주일에 한 번 꼴로 초라한 용달차들이 옹색한 세간들을 싣고, 거대한 굴삭기의 굉음에 묻혀 이 동네를 빠져나갔다. 이곳에서 유일하게 떠나지 못하고 있는 것은 어머니와 그녀였다.

선희는 나팔꽃이 타고 올라간 담장 밑에 쪼그려 앉았다. 낡은 담장은 금방이라도 무너져 내릴 듯 위태로워 보였다. 아버지는 매일 굴삭기의 굉음 아래 풀포기 하나 남김 없이 짓밟혀지고 모두 떠나 버린 이 땅에 무슨 생각으로 나팔꽃을 심으셨을까. 쓴웃음을 지으며 그녀는 나팔꽃을 바라보았다. 정말 아버지는 다시 돌아오실까?

"아이고마, 씨껍했데이. 꼴에 그것도 물건이라꼬……, 우습데이."

현관문이 열리고, 빨래가 담긴 대야를 허리에 낀 채 무거운 다리를 끌듯 절룩거리며 어머니가 나왔다.

"밀어 놓은 때로 떡을 만들었으믄 한 시루는 쪘을 끼다. 미친

년, 서방질 하느라구 지 새끼가 까마귀 사춘이 되든지 말든지 내 팽개쳐 둔 기라."

숨이 찬 소리로 또 한바탕 어머니의 푸념이 시작되었다. 장독대 위의 빨랫줄에 빨래를 집어 하나하나 널면서도, 한번 움직임이 멈출 때마다 끙 하는 신음소리를 흘리면서도, 그 느린 몸놀림과는 달리 어머니의 입은 성능 좋은 모터처럼 잠시도 가만있지 않았다.

"오것제. 니 애비도 사람인데, 성하지도 않은 몸으로 이렇게 첩년 새끼 먹여 주고 재워 주고 빨래까지 하며 거둬 주는데 양심이 있으면 오것제. 천지신명이라도 있으면 보내 주것제."

젖은 빨래를 장독대 위에다 힘껏 털며 어머니는 마치 기도라도 하듯 중얼거렸다. 어머니의 목소리는 산을 허물어 내고 있는 굴삭기의 굉음 속으로 묻혀지고 있었다. 빨랫줄에 널린 형석의 젖은 옷가지들이 어머니의 머리 위에서 춤을 추었다. 장독대의 낡은 항아리들처럼 커다란 어머니의 몸뚱이가 날리는 옷가지들 사이로 느리게 움직였다.

철재 골조 탑 위에선 기중기가 거대한 철근을 들어올리고, 먼지 속에서 색색의 빨래들이 시가행진 위로 쏟아지는 색종이처럼 하늘 높이 치솟았다. 축포처럼 터지는 굉음이 사라지자 나팔꽃이 휘감고 올라간 담장을 뚫고 거대한 굴삭기의 팔이 솟구쳐 올랐다. 노란 흙먼지가 파도 거품처럼 끓어올랐다. 그 먼지 속으로 붉은 나팔꽃이 흩어져 날렸다.

섬

섬

"얼마죠?"

남자가 물었다. 주인 여자는 그가 앉아 있던 탁자로 눈길을 던졌다. 수저가 얹혀진 설렁탕 뚝배기에서는 아직도 김이 피어올랐다. 건더기만 건져먹었는지 국물이 반 이상 남아 있었다. 주인 여자는 아무 말도 하지 않은 채 그가 내민 돈을 받아 들고 카운터로 걸어가 육천 원을 거슬러 주었다.

"여긴 아직도 버림받은 탄광촌 그대로 같군요. 이 구석에서 장사가 됩니까?"

남자는 담배를 피워 입에 물고는 유리문 너머 빈 들판으로 시선을 던졌다. 사실은 버려진 땅에 홀로 유배된 듯한 젊은 여자의 모습이 안쓰러워 해 본 말이었다. 폐광의 흔적이 고스란히 남아 있는 거대한 산자락 앞에서 뚝 끊긴 채 펼쳐져 있는 들판은 황량해 보였다. 조금 전 남자가 지나온 화려한 카지노가 불과 산 하나를 돌아서 있다고는 믿어지지 않는 풍경이었다. 산이며 나무며 굳은 땅까지 모두 막장의 탄가루를 뒤집어 쓴 검은 화석처럼 보였다.

여자가 천천히 얼굴을 돌려 그를 쳐다보았다. 담배 연기 사이로 남자의 낯선 얼굴이 눈에 들어왔다. 며칠 잠을 못 잤을지도 모른다는 생각이 들 정도로 피로에 지친 낯빛은 검게 그을려 있었다. 빛바랜 낡은 청바지 위의 가죽점퍼는 윤기 없이 버석거렸고, 누렇게 흙물이 든 운동화는 제 색을 가늠하기 힘들 만큼 때가 타 있었다. 그럼에도 남자에게서 느껴지는 날렵함과 민첩함은 시선을 한 곳에 오래두지 않고 짧게 찍어 내듯 바라보는 예리한 눈빛 때문인지도 몰랐다.

"타지에서 오셨나 봐요?"

잠시 머뭇거리다 여자가 물었다.

"제 얼굴에 그렇게 써 있기라도 합니까?"

남자가 입 꼬리를 들어 올리며 희미하게 웃었다.

"여기 지역 사정을 잘 모르시는 것 같아서요."

여자는 행주로 탁자를 문지르는 일에 더 신경을 쓰듯 건성으로 말했다. 행주로 훔쳐 낸 탁자 위로 마당의 감잎 그림자가 흔들렸다. 그녀는 남자와는 상관없이 뭔가 생각에 몰두한 모양으로 흔들리는 감잎 그림자를 닦고 또 닦아 냈다. 살점 없이 마르고 긴 목덜미 위로 쏟아지는 석양이 석류처럼 붉었다. 그 위로 흩어져 내린 머리카락들이 바람에 날아올랐다. 그럴 때마다 다시 여자의 긴 목덜미 선이 드러났다. 문득 남자는 그 목덜미에서 자신의 아내를 떠올렸다. 그녀도 저렇게 마르고 긴 목덜미를 가졌었던가? 기억이 나지 않았다. 아내가 떠나버린 후 언제부턴가 아내에 대한 모든 기억들이 거짓말처럼 불확실해졌다. 그녀가 즐겨 부르던 노래, 좋아했던 음식, 잠자리 버릇 등 남자와 함께 했던 일상적인 일들조차 그랬다. 어쩌면 무의식중에 아내에 대한 모든 기억들을 스스로 지워 버리고 있었는지도 몰랐다. 자신에게 상처가 되는 기억들을 지워 냄으로써 고통을 덜고자 하는 자기 보호 본능 같은 것인지도. 그러면서도 낯선 여자에게서 이미 떠나 버린 아내의 기억을 더듬고 있는 남자는 비참한 기분이 들었다.

조금씩 남자의 얼굴에서 웃음기가 사라졌다. 짧은 침묵이 흘렀고 여자는 그때서야 천천히 허리를 펴며 웃음기가 지워진 남자의 얼굴을 빤히 바라보았다. 남자의 눈빛이 불안스레 흔들렸다. 뭔가에 쫓기고 있는 게 분명했다. 그것이 돈이든 사람이든 아니면 혼을 잃게 만든 사랑이든. 여자는 동물적 감각으로 그걸 읽어 냈다. 남자가 빠르게 눈빛을 바꾸었다.

"죽어 가던 폐광촌이 카지노 개발로 다시 살아나고 있는 거 아닙니까? 뉴스나 신문이고 그렇게 떠드는 것 같던데."

남자는 애써 감정을 숨기려는 듯 무료한 표정으로 길게 담배 연기를 뱉어 내며 말했다. 여자는 그가 숨기고 싶어 하는 것이 무엇인지 짐작할 수 있었다. 그거야 뻔한 것이었다. 화려한 카지노를 지척에 두고도 사람들의 발길이 뜸한 폐광촌의 남루한 식당에서 혼자 한 끼를 해결하기 위해 들르는 손님들의 사연이란 들어 보지 않아도 알만한 것들이었다. 그들은 한을 풀 듯 후루룩 국밥을 삼키고 저 낡은 유리문 문턱을 넘어 어디론가 떠났다. 그 뒷모습을 지켜보면서 보낸 세월이 벌써 십수 년이 넘었다.

등을 돌려 벌판과 마주 바라보게 의자를 빼내 앉으며 여자가 담배를 찾아 입에 물었다. 가늘고 긴 입술 사이로 조금씩 담배 연기가 피어올랐다. 여자는 다시 넋을 잃은 듯 말문을 닫았다.

남자는 석양에 물든 여자의 뒷모습이 유리문 너머의 텅 빈 들판보다 더 쓸쓸하다는 생각을 했다. 사람의 뒷모습이란 묘한 구석이 있었다. 때때로 아무 표정도 읽을 수 없는 사람의 뒷모습에 더 많은 진실의 언어가 숨겨져 있다는 것을 느낄 때가 있는 것이다. 지금도 그랬다. 석양을 안고 앉아 있는 여자의 뒷모습에서 남자는 오랫동안 알고 있었던 것처럼 그녀의 지난 세월이 느껴졌다. 남자의 시선이 다시 여자의 목덜미로 가 멈췄다. 떠돌이 생활을 하면서도 한 여자에 대한 일편단심은 변하지 않았었다. 죽을 때까지 그녀를 그렇게 가슴에 품고 살아가리라 맹세했었다. 그런데 아내가 떠나 버렸다. 3년 전의 일이었다. 상처는 갈수록 덧나고 근이 끼듯 아파 왔다. 남자는 여자에게서 바로 자신의 그 냄새 나는 상처의 흔적을 느꼈다. 처음 여자에게서 느꼈던 연민은 끈끈한 동질감으로 바뀌었다. 하루쯤 여자의 초라한 몸뚱이를 안고

뒹굴며 그녀의 살결만큼 거친 지난 세월의 얘기를 들어 주고 싶은 욕구가 일었다.

"그런데 흥청대는 카지노의 그 많은 돈들은 다 어디로 가고, 여기는 이 모양인 거죠?"

남자의 말에 여자는 아무 대꾸도 하지 않았다. 사실 말은 그렇게 했지만 남자가 알고 있는 거라고는 아무 것도 없었다. 처음으로 이 탄광촌을 밟은 것이 어제였고, 프로모터(게임의 주선자)로부터 얻은 정보란 이곳의 형사들이 아메리칸 핏불테리어보다 더 끈질긴 근성을 갖고 있다는 정도였다. 이 개는 한번 싸우면 목숨을 바쳐 싸우지만 이것은 사람들이 투견을 목적으로 훈련시킨 결과이지 본래의 성격은 느긋하고 조용하며 냉철한 특성을 갖고 있었다. 이곳 형사들의 근성이 그중 어떤 경우에 해당되는지는 모르겠지만 지독한 투견의 근성만은 확실한 모양이었다.

얼마 전 투견장에서 거물급으로 알려진 한 프로모터가 살해된 사건이 있은 후부터 이쪽 사정은 더 안 좋은 편이었다. 휴대폰으로 벌써 몇 번인가 장소가 다른 곳으로 이동됐다는 프로모터의 메시지가 떴던 것이다. 이번 건은 투견 대회 당일 현장에서 즉석으로 배팅이 이뤄지는 현장 투견 도박이었다. 원래 투견 주인끼리 개의 중량이나 상태 등을 비교해서 게임을 흥정한 뒤 도박금의 액수와 일시 장소를 사전에 모의하는 것이 일반적인 경우였지만 판돈이 그리 크지 않은 경우 이렇게 프로모터의 주선으로 현장에서 투견 도박이 이뤄지곤 했다. 그러나 프로모터가 잠수해 버린 것을 보니 오늘은 결국 배팅이 어렵게 될 거라는 예감이 들었다. 투견장은 대부분 찬 서리가 내리기 시작하면 봄이 올 때까지 폐장하는 것이 상례이므로 찬 서리가 내리기 전에 몇 번이나 더 배팅을 할 수 있을지 사내는 마음이 조급해져 왔다.

여자는 여전히 입을 다문 채 담배 연기만 날렸다. 남자가 이곳에서 느끼는 것이 무엇인지 여자가 모를 리 없었다. 그러나 그건 단지 외지 사람들 눈에 보이는 것들에 불과했다. 겉으로 보면 모두 카지노 개발로 한몫 잡은 것처럼 보이지만 사실 아직도 여긴 과거와 다를 바 없는 죽은 폐광일 뿐이었다. 이 지역의 모든 돈이 다 카지노 개발 자금으로 유입되었으니 영농 자금이나 생업 자금이 바닥난 것은 당연한 이치였다. 도시 전체는 유흥과 환락의 물결로 출렁이고 일자리를 잃은 노동자들은 패잔병처럼 떠돌다 하나 둘 이곳을 떠나고 있었다. 늘어나는 자살자와 갈수록 지역 인구가 줄어들고 있는 것이 바로 그 증거였다. 그러나 이런 중에도 힘 있는 자만이 독식으로 배가 터지기 마련이었다. 원주민들의 땅을 헐값에 사서 막대한 이득을 남기는 투기꾼들과 다시 그들을 이용해 투자 개발 이득을 챙기는 악덕 기업까지 판치고 있었다. 여자는 분을 삭이듯 입술을 깨물었다. 죽일 놈들.

남자는 서서히 마음이 조급해지기 시작했다. 프로모터가 잠수해 버렸다면 빨리 이곳을 떠나는 게 상책일 수도 있었다. 미련을 못 버리고 무작정 연락만 기다리고 있다가 이곳 형사들한테 꼬리를 잡히기라도 하면 모든 것이 그 순간 끝장이 날 터였다. 그리고 무엇보다 이 삭막한 땅이 영 마음에 들지 않았다. 비록 투견장에서 잔뼈가 굵은 개 같은 인생이라 해도 죽은 도시처럼 무겁게 가라앉아 있는 이곳의 풍경을 보니 안 그래도 심란한 생각이 더 해졌다. 그러면서도 숟가락을 놓자마자 일어서지 못한 것은 여자에 대한 남다른 느낌 때문이었다. 그러나 그 감정이 어떤 것이든 남자는 빨리 이곳을 빠져나가야 했다. 그렇게 마음을 먹고 나니 마음이 가벼워졌다.

"잘 먹었습니다. 그럼 인연이 되면 또 봅시다."

남자가 담배를 빨며 자리에서 일어섰다. 어차피 사람에게 정이 든 증오심이든 미련을 둔다는 것은 어리석은 짓이었다. 자갈처럼 아무렇게나 굴러다니며 살아온 세월이 남자에게 가르쳐 준 교훈이 있다면 바로 그것이었다.

순간 여자가 등을 돌려 남자를 바라보며 천천히 따라 일어섰다. 여자의 손에 들린 반쯤 남은 담배가 연기를 날리며 타들어 갔다.

"커피 한 잔……, 드시고 갈 시간 있으세요?"

여자가 낮은 소리로 말했다. 남자는 예상치 못한 여자의 친절에 내심 당황하며 그녀를 쳐다보았다. 모든 것들이 정지되어 있는 듯한 적막감이 여자의 눈빛 속에 담겨 있었다. 그 적막감은 차라리 죽음처럼 고요했다. 그녀의 마른 입술이 다시 달싹거렸다.

"바쁘시면……, 나중에 한번 들르시던가요."

여자가 반쯤 남은 담배를 탁자 위의 재떨이 속에 비벼 끄며 말했다.

"나중에라……. 제 사전엔 나중에라는 말은 없는데요. 지금이 아니면 영원히 아닌 거죠. 한치 앞도 내다볼 수 없이 힘들게 사는 놈이라 나중에라는 약속은 아예 하지 않아요."

남자는 조금 전까지 여자가 앉아 있었던 의자를 당겨 앉으며 이죽거리듯 말했다.

"이런 들판에 혼자 살다 보면 가끔 나 같은 놈과 커피를 마시고 싶어지는 모양이죠?"

어차피 프로모터는 잠수해 버렸고, 지금 당장 이곳으로 형사가 들이칠 리는 없었다. 괜한 조바심을 부린다고 해결될 일도 아니었다. 그답지 않게 성급한 결론을 내렸는지 몰랐다.

"가끔은 벌판에서 뒹굴고 있는 개새끼라도 붙잡고 쓸데없는 얘기들을 지껄이고 싶을 때가 있죠."

여자가 주방 쪽으로 등을 돌려 걸어가며 말했다.

"그럼 오늘은 개새끼 대신 접니까? 뭐, 그렇다고 불만은 없습니다. 개새끼보다 그리 잘난 것도 없는 놈이니까. 그런데 여긴 마치 세상과 고립된 섬처럼 보이는군요. 저 들판이 너무 막막한 바다 같아서 말입니다."

"저 들판은 이미 개발 붐을 타고 돈 있는 사람들이 다 사들였어요. 감나무가 있는 이 식당만 빼고요. 그러니 여기가 섬이라면 섬일 수 있죠."

"섬이라……, 그럼 큰일인데요. 아무리 둘러봐도 이 섬에서 탈출할 수 있는 배가 안 보이니……."

남자가 다시 이죽거리자 여자는 얼굴을 돌리고 그를 보았다. 여자의 눈빛이 남자의 장난기를 누르듯 서늘하게 가라앉았다.

"배요? 그런 건 필요 없어요."

여자가 선반에서 커피와 크림 통을 꺼내며 단호하게 말했다.

"배가 필요 없다. 그럼, 죽을 때까지 여기서 이렇게 혼자 살겠다는 말인가요?"

"혼자가 아니죠. 저기 저 감나무가 있으니까."

"감나무라……."

남자는 유리문 너머의 감나무를 바라보았다. 여자의 눈빛이 내내 떠나지 않았던 그 감나무였다. 남자는 여자의 심정이 무엇인지 알 것 같았다. 한때 남자에게도 저런 감나무 같은 존재가 있었다. 아내의 배신 이후 모든 것들과 인연을 끊었을 때, 끝까지 버리지 못한 것은 그가 데리고 있던 투견 '도끼'였다. 세상 그 어떤 것도 투견 '도끼'만큼 믿음을 주지 못했다. 그리고 그런 생각은 지금까지도 달라지지 않았다. 투견장의 투견들보다 인간은 믿을 만한 동물이 아니라는.

"지금 어디로 가시는 길이세요?"

여자가 김이 오르는 주전자를 들어 커피 잔에 기울이며 물었다.

"글쎄요. 오늘 일진이 어떤지, 그 수에 따라 동으로 갈지 서로 갈지 정해 봐야죠."

"그럼, 제가 아저씨를 붙잡은 게 좋은 일진인지 아닌지에 달린 거군요?"

"커피 맛을 봐야 일진이 좋은지, 아닌지 알죠."

"그렇군요."

여자가 처음으로 희미하게 웃음을 보였다. 석양이 더 완만한 각도로 내려앉으며 주위는 햇빛의 붉은 기운 속에 수초처럼 흐느적거렸다. 그 석양 속에서 끝이 갈라진 여자의 윤기 없는 머리카락들이 빨간 플라스틱 핀에 묶인 채 어깨 위에서 쓸렸다. 엉덩이를 덮은 헐렁한 흰색 스웨터는 묵은 먼지처럼 누런 보풀을 총총히 매단 채 때가 타 있었다. 한참 철이 지나 보이는 여름 물색의 긴 주름치마가 여자의 맨발을 위태롭게 감추고 있었고, 움직일 때마다 보라색 비닐 슬리퍼 속의 흰 뒤꿈치가 안쓰럽게 보였다. 곧 겨울이 닥칠 이 계절에 맨발로 철 지난 여름 치마를 걸치고 폐허 같은 들판에서 낡은 식당을 홀로 지키고 있는 여자. 그 여자에게서 남자는 자꾸만 자신의 상처를 떠올렸다. 그리고 남자의 손에 의해 숨통이 끊긴, 늙은 '도끼'의 마지막 울음소리가 들리는 듯했다. 순간 아내의 몸뚱이를 끌어안고 밤마다 시시덕거릴 어린 투견사에 대한 질투와 분노가 솟구쳤다. 빌어먹을. 남자는 어금니를 물었다.

아내를 차고 나른 애송이는 몇 해 전, 투견장에서 남자의 투견 '도끼'에게 목덜미를 물려 죽은 '땅벌'의 견주었다. 이쪽 세계에 갓 입문한 어린놈에겐 첫 번째 맛본 '땅벌'의 비참한 최후는 씻을 수 없는 굴욕감과 분노를 남겼다. 그 후 놈은 투견장마다 그림자처럼 뒤쫓으며 호시탐탐 그의 투견 '도끼'를 노렸다. 남자는 그런 애송이를 아예 무시해 버렸다. 처음 투견장에 뛰어들었을 때 남자도 그런 심정으로 가슴속에 칼을 품고 상대편의 견주를 뒤쫓은 적이 있었기 때문이었다. 자신이 그랬던 것처럼 그런 무모한 집착도 잠시일 거라고 믿었던 것이다. 그러던 어느 날 애송이가 사라졌고 몇 개월 사이를 두고 아내도 집을 나가 버렸다. 놈이 노린 것은 '도끼'가 아니라 바로 여자였던 것이다.

"서울에서 오시는 길인가요?"

그녀가 낡은 가스레인지의 스위치를 내리며 물었다. 남자는 다문 입술 사이로 조심스레 담배 연기를 밀어 냈다. 여자의 질문은 뜻밖이었다. 어디서 오는 길이라고 해야 할까? 남자는 다시 담배를 깊게 빨아들였다.

"아뇨, 서울이 아니라 인천입니다."

남자의 말에 여자는 더 이상 묻지 않았다. 남자가 이곳에 도착했을 때, 정암사 근처 야산 자락에서 은밀히 열린 투견 도박장에 냄새를 맡은 형사들이 떴다는 정보가 휴대폰으로 들어왔다. 재빨리 변경된 장소가 몇 번 더 휴대폰 창에 떴으나 다시 연락하겠다는 메시지를 끝으로 더 이상 들어오지 않았다. 이 바닥에서 같은 투견 도박사나 프로모터가 흘려주는 정보를 주고받을 수 있는 조직적인 관계를 만들어 놓는 것은 생명줄만큼 중요한 일이었다. 신참내기와 고참의 차이는 여기서도 한몫을 했다. 남자는 이제 이런 정보망을 얻을 수 있을 만큼 투견 도박장에서는 어느 정도 이름도 나 있었다. 그는 결국 정암사로 향하던 발걸음을 그쪽과 정반대

방향인 상갈래 삼거리 쪽으로 돌렸다. 낙엽들이 발목 깊숙이 가라 앉는 산길을 돌아 한 시간쯤 걷자 황량한 벌판 한가운데 거짓말처 럼 이 낡은 식당이 나타났다. 작은 마당에 수령이 꽤 돼 보이는 감 나무가 연시가 되어 말라 가는 감을 매단 채 그림처럼 서 있었다. 그것이 그림이 아니라 현실의 세계라는 점에서 그 풍경은 차라리 처절해 보였다. 그곳에 여자가 있었고 여자의 감나무가, 여자의 섬이 있었다.

"이곳에는 처음 와 보는데 역에 내려 보니 정말 진풍경이더군 요. 역 주변에 끝도 없이 늘어선 전당포 봤습니까? 그 앞에 줄지 어 서 있는 자동차들이 모두 배팅에 돈 날린 사람들이 잡힌 차들 이라면서요? 그래서 역에서 카지노장까지 그들을 위한 셔틀버스 가 생긴 모양이죠?"

남자는 태연스레 담배 연기가 스멀거리는 입을 비틀 듯 웃으며 말했다. 그녀는 남자의 입가에 떠오르는 초승달 같은 주름살을 보 았다. 주방 한쪽을 살림방으로 놓아 쓰고 있는 여자의 방, 작은 들 창문 너머로 보이던 그 초승달을 닮은.

"그 중에 한두 개는 영원히 주인을 잃어버린 것들이죠."

여자가 플라스틱 쟁반 위에서 연기가 피어오르는 종이컵 두 잔 을 들어 탁자 위로 올려놓으며 말했다.

"차를 찾아가지 않는 사람들도 있나 보죠?"

"그보단 자살한 사람들 말예요. 일 년에 몇 명이 그렇게 세상을 버리는지는 모르지만 여기선 이제 놀랄 일도 아니죠."

154

"놀랄 일이 아니라……, 빌어먹을, 더러운 세상이로군."

남자는 여자가 내려놓은 종이컵 속의 뜨거운 커피를 삼켰다. 남자의 입맛에 커피는 진하고 달았다. 커피의 쓴맛과 설탕의 단맛이 번갈아 가며 혓바닥을 자극해 왔다. 아내가 타주던 커피 맛은 부드러웠고 특히 향이 좋았다. 그녀는 자랑처럼 언제나 그에게 말하곤 했었다. 어때, 내가 타주는 커피 맛? 끝내 주지? 이 맛에 내가 다니던 다방은 항상 단골손님들로 북적거렸잖아. 커피 향이 가장 좋은 물의 온도를 내가 알고 있다니까. 정말 아내가 타 준 커피 맛은 좋았을까?

"어때요? 오늘 일진?"

여자가 남자 앞으로 앉으며 물었다.

"글쎄요. 다 마셔 봐야 알겠는데요."

"다 마셔보지 않아도 아저씨 일진은 오늘 안 좋은 거예요. 나 같은 여자하고 이렇게 앉아 있는 걸 보면."

"왜 그렇게 생각하죠?"

"평생, 언제나 일진이 사나웠으니까요. 그런 여자한테 발목이 잡혔으니 아저씨도 일진이 사나운 거죠."

둘은 말 없이 웃음을 흘렸다. 침묵 속에 커피가 식어가고 석양은 빠르게 남자의 등 뒤로 사그라지고 있었다. 여자의 눈빛이 다시 유리문 너머로 서성였다. 마당에 떨어진 감나무 잎이 지는 노을 속으로 느리게 날아올랐다. 얼레에서 하염없이 풀어져 나오는 길고 긴 연줄처럼 여자의 눈빛이 자꾸만 멀어져 갔다. 남자는 여

자의 눈빛에서 자신이 아끼던 '도끼'를 손수 죽였을 때의 그 절망
감을 보았다. 더 이상 투견 노릇을 할 수 없을 만큼 늙어 버린 '도
끼'의 목을 눌러 죽였던 순간 사내는 자신의 몸뚱이 속에서 동굴
처럼 뚫린 깊고 깊은 절망의 구멍을 보았다. 구멍은 시간이 지나
갈수록 나사의 톱니처럼 더욱 깊게 안으로 파고들며 음습하고 축
축한 공기를 쏟아 냈다. 그가 꿈꾸었던 삶들이 그 구멍 속에서 독
한 악취를 쏟아 내며 썩어 가고 있었다.

　남자는 '도끼'에게 특별한 애정을 갖고 있었다. 몇 번 견주 노
릇을 했던 과거를 통틀어 떠올려 보아도 '도끼'만큼 정을 느꼈던
놈은 없었다. 한때 투견판의 제왕으로까지 군림했던 '도끼'가 서
서히 무너지고 아래턱에서 힘이 빠지는 것을 지켜보면서도 남자
는 '도끼'를 버리지 않았다. 그건 사납고 포악한 싸움판의 투견답
지 않게 섬세하고 예민한 능력으로 그의 마음까지 읽어 낸 영물이
었기 때문이다. 인간에게 받은 그 배신감이 어떤 기분인지 이 세
상에서 가장 잘 알고 있는 놈도 '도끼'뿐일 것이라고 그는 믿고
있었다. 그들은 동물적인 육감으로 서로를 교감했었다.

　마지막 투견이 있었던 날, 상대견의 귀를 물고 좌우 비틀기를
집요하게 시도하던 '도끼'가 구르기로 선수를 쳤지만 결국 상대
견에게 목덜미를 물려 역습을 당하고 말았다. 검붉은 피를 쏟으며
숨을 헐떡거리는 놈은 붉게 핏발선 눈으로 남자를 보았다. 그 눈
은 오히려 판돈을 날리게 된 남자에 대한 걱정과 연민으로 가득
차 있었다. 남자는 뼈마디가 서서히 주저앉는 듯한 절망감과 두려

움 속에서 심판관에게 흰 수건을 던지고 기권했다. 그 일로 도끼에게 배팅을 걸었던 투견사들에게 쫓기는 신세가 되기도 했지만 사내는 그때의 일을 한번도 후회하지 않았다.

어느 날 집 안을 온통 휩싸는 독한 악취 속에서 남자는 눈을 떴다. 방바닥엔 소주병들이 이리저리 나뒹굴고 있었다. 며칠이 흘렀는지도 알 수 없었다. 악취는 열린 창문 너머에서 바람을 타고 좁은 방 안의 후텁지근한 공기 속으로 밀려들어 왔다. 부패한 육질이 뿜어내는 독하고 아린 냄새가 오랫동안 가두어진 방 안의 탁한 공기와 섞여 숨통을 조여 왔다. 순간 남자는 현실인지 악몽인지 분간할 수 없는 몽롱한 기억 속에서 방문을 열고 밖으로 뛰쳐나갔다. 마당 한가운데서 하얗게 구더기가 피어오른 채 썩어가고 있는 '도끼'의 부패한 눈알이 남자를 마주 보고 있었다. 남자는 몸을 떨며 그 위로 노란 똥물을 게워 냈다.

"전, 인천에서 투견을 사육하는 개장삽니다. 이곳에서 투견 대회가 있다고 해서 좋은 견종이 있는지 구경 삼아 왔는데 오는 날이 장날이라구 무슨 일인지 대회가 취소됐다지 뭡니까? 그래서 여기까지 온 김에 카지노 구경이나 할까 하구요."

남자는 여자가 묻지도 않은 말에 거짓말까지 하고 있었다. 그러고 나서는 여자의 무표정한 얼굴에 머쓱해진 듯 다시 담배를 피워 물었다.

"투견 대회요? 그럼 메가젝팟이 아니라 투견에 배팅을 하시는군요."

여자의 말에 재떨이 위에 올려져 있던 남자 손이 멈칫했다. 그저 투견 구경을 왔을 뿐이라고 말하지 않았던가. 너무도 쉽게 상대방의 속내를 읽어 내는 여자 앞에서 그는 다음 말이 떠오르지 않았다.

"요즘 투견 대회가 순수하게 개싸움 구경이나 하는 곳으로만 생각하는 사람들은 아마 없을 걸요? 이곳에선 오히려 도박꾼보다 도박꾼이 아닌 사람을 만나기가 더 어려우니까요."

도박꾼들로 넘쳐 나는 카지노를 지척에 두고 살고 있는 여자답게 그녀는 도박을 남자들의 일상적인 비즈니스쯤으로 생각하는 모양이었다. 여자의 표정이 그랬다. 담배를 움켜쥐고 있던 남자의 손에서 천천히 힘이 빠져나갔다. 남자는 어처구니없게도 여자 앞에서 초등학생처럼 뻔한 거짓말을 해 버렸다는 사실에 스스로 어이가 없었다. 차라리 처음부터 투견 도박사라고 떳떳하게 말할 걸 그랬다는 후회가 밀려왔다.

"투견 도박, 그거 사업 중에서 가장 속 편한 사업이죠. 파업도 없고 노조도 없고 거기다 현금 박치기니까."

"어렸을 때 조련사가 투견을 훈련시키는 걸 본 적이 있어요. 높은 공중에 줄을 매달아 그것을 이빨로 물고 몇 시간씩 매달려 있게 했어요. 줄을 문 개의 주둥이에서 시뻘건 핏물이 흘러내렸지만 그래도 개는 줄을 놓지 않더군요. 조련사의 손에 들린 채찍이 더 무서웠던 모양이에요. 어린 제 눈에는 그 개의 두려움이 이해가 갔어요. 사실 한겨울의 추위보다 엄마의 매가 더 무서워 벌판

에 혼자 쪼그리고 앉아 밤을 새우다 얼어 죽을 뻔한 일도 있었으
니까요."

여자는 어린 시절을 떠올리며 문득 웃어 보였다. 남자는 그녀가
어린 시절 보았다는 그 장면이 어떤 것인지 알고 있었다. 투견에
있어 가장 중요한 것은 튼튼한 이빨과 강한 턱이었다. 먼저 목의
급소를 물었다 해도 상대 투견이 벗어나기 위해 용을 쓰는 그 강
력한 힘을 이겨 내지 못하면 오히려 반격을 당하기 쉬웠다. 그렇
기 때문에 한번 물면 절대로 놓지 않는 습관을 기르고 그에 맞는
강한 턱 근육을 발달시키는 일은 매우 중요한 것이었다. 그러므로
조련사들은 투견의 끈기와 턱 근육을 강화시키기 위해 그런 가혹
한 훈련을 시키고 있었다. '도끼'는 그 어떤 투견보다도 강한 인
내심으로 모든 훈련들을 능숙히 견뎌 냈다. 그건 남자에 대한 맹
목적인 충성이었고 조건 없는 복종이었으며 길들여 짐이었다. 마
치 두려움을 깨달은 뒤에야 진정한 사랑을 느낄 수 있는 것과 같
이 '도끼'는 인내를 통해서 그 애정을 확인시켜 주었다. 차라리
네가 인간으로 태어났어야 했을 걸. '도끼'를 볼 때마다 남자는
그런 자학에 빠져 들곤 했다. 놈을 생각하니 다시 사무치는 그리
움이 몰려왔다.

"마당 가운데 서 있는 감나무 보이시죠? 제가 엄마 손을 잡고
처음 여길 찾아왔을 때가 열 살 때쯤이었어요. 그 이후로 지금까
지 저 나무는 나하고 같이 나이를 먹고 있어요. 질긴 인연이죠?
어머니는 평생 저 감나무를 보면서 돌아오지 않는 아버지에 대한

그리움을 삭이셨다고 했어요. 당신 죽으면 아마 혼이 저 감나무가 되어 있을 거라고."

감나무를 향한 여자의 눈빛이 빛났다.

"혼자 오랫동안 여기에 살았지만 정말 어머니가 저 감나무 속에 함께 있다는 것이 느껴질 때가 있어요. 그냥 그런 느낌이 들어요. 혼이 되어서도 어머니는 아버지를 기다리고 있구나. 그렇게요."

여자는 이미 식어 버린 커피를 천천히 한 모금 삼켰다. 식은 커피가 여자의 마르고 긴 목 구멍을 지나 조금씩 목울대를 타고 넘어갔다. 그녀의 슬픔이 황무지 같은 가슴속으로 녹아내리는 것처럼 보였다. 여자는 손에 든 종이컵을 탁자 위로 내려놓으며 다시 감나무를 바라보았다. 여전히 가장 높은 가지 끝에 위태롭게 매달려 있는 주홍색 감이 바람에 흔들리며 노을 진 하늘을 이리저리 휘젓고 있었다.

남자가 담배를 재떨이에 눌러 끄고 호주머니에서 담뱃갑을 꺼내 여자 앞으로 밀어놓았다. 여자의 시선이 그런 남자의 굵은 손마디 위로 떨어졌다. 거칠고 투박한 손이었다. 결코 쉽지 않았을 지난 세월이 보였다. 여자가 담배를 뽑아 입에 물자 남자도 다시 담배를 꺼내 물었다. 재떨이 옆에 놓인 라이터를 켜 남자 앞으로 내민 것은 여자였다. 남자가 고개를 숙여 입에 문 담배를 깊이 빨아올렸다. 빨갛게 불이 붙은 담배를 여자에게 건넸다.

"가끔, 정말로 이곳을 떠나고 싶을 때가 있죠. 가슴속에 이렇게

까맣게 탄 잿더미가 가득 차서 더 이상 숨 쉴 수가 없을 때 말이에요."

남자의 담뱃불을 자신이 물고 있는 담배 끝에 붙인 채 한 모금 빨아들인 뒤 여자가 말했다.

"누구나 그런 기분이 들 때가 있죠. 그래서 저 카지노장이 사람들로 넘쳐 나고 투견장엔 개새끼보다 더 흥분한 인간들로 아우성인 것 아닙니까."

남자의 말에 여자가 말 없이 담버 연기만 허공으로 뱉었다.

"자신의 개가 상대 견에게 물려 피를 흘리며 죽어 가는 모습을 볼 때의 기분은 어떻죠?"

여자는 갑자기 엉뚱한 질문을 던졌다.

"개는 개일 뿐이죠. 주인을 위해 피를 흘리며 죽는 것은 개의 몫이고 그것을 즐기는 것은 인간들의 몫이니까. 그것이 바로 이 바닥의 질서이고 법칙이죠."

남자는 위악적인 표정으로 담배를 깊게 빨아들였다.

"하긴, 사람 사는 세상도 그런 개판만도 못산 질서와 법칙이라는 것이 있긴 하죠. 자신이 누굴 위해서 싸우고 피를 흘리고 있느냐를 모른다는 것이 개판만도 못한 인간들의 세상이긴 하지만."

그렇게 말한 남자가 입을 비틀며 웃음을 흘리던 순간이었다. 유리문 너머로 검은 승용차 한 대가 뽀얀 먼지를 일으키며 감나무 밑에 멈춰 섰다. 순간 여자의 손에서 막 피워 문 담배가 힘없이 바닥으로 굴러 떨어졌다. 여자가 자리에서 일어났고, 옆에 있던 종이컵이 쓰러져 바닥으로 굴렀다. 순식간에 여자의 노리끼리한 얼굴이 굳어졌다. 떨어진 종이컵에서 쏟아진 커피가 여자의 보라색 비닐 슬리퍼를 적시며 바닥으로 흘러내렸다. 여자가 맨발로 젖은 슬리퍼를 끌며 발을 한 걸음 앞으로 놓았다. 여자는 비틀거렸지만 탁자 모서리를 힘껏 움켜쥐고 눈썹 하나 움직이지 않은 채 정물처럼 서 있었다. 얇은 물색 스커트만 젖은 슬리퍼 위에서 파드닥거리며 흔들렸다. 여자는 어린 새처럼 떨고 있었다. 남자는 여자의 모습에서 본능적인 위기감을 느꼈다. 혹시 형사들이 냄새를 맡고 들이닥친 것일까. 남자는 빠르게 가죽점퍼 깊숙이 손을 밀어 넣었다. 가슴속에 넣어둔 등산용 칼이 차갑게 손바닥에 스쳤다.

검은 양복의 건장한 청년들을 앞세우고 사십 대의 사내가 유리문을 거칠게 밀고 안으로 들어섰다. 이마에 굵은 주름살이 일자로 그어진 중년 사내의 얼굴이 벌겋게 달아 있었다. 범상치 않은 분위기였다. 칼자루를 움켜쥔 남자의 손아귀에 서서히 땀이 차올랐다.

"떠나라고 했지. 뭐 좋은 꼴 볼 줄 알고 여기 눌러 붙어 있는 거야, 거머리 같은 년!"

키가 크고 체격이 다부진 중년의 사내가 여자를 향해 소리쳤다. 깡통의 잘려진 면처럼 날카로운 눈빛이 여자의 눈 속을 잔인하게 파고들었다. 여자는 눈 한번 깜박이지 않은 채 그런 사내의 잔혹한 눈빛을 그대로 받고 있었다. 여자의 모습은 조금 전과는 달리 당당했고 두려움도 없어 보였다. 여자를 쏘아보던 중년 사내의 날카로운 눈빛이 서서히 발정한 수캐의 눈알처럼 벌겋게 달아올랐다. 그리곤 벌쭉이 벌어진 입술을 떨며 묘한 미소를 흘렸다.

"너보다 잘난 인간들도 수십 년 동안 붙여 먹던 땅 팔고 과수원 팔고 다 여길 떴어. 보상은 충분히 해 준다고 했잖아. 좋게 말할 때 알아들어야지, 이거 왜 이래?"

중년 사내는 과장된 몸짓으로 바싹 여자에게 몸을 밀착시켰다. 그리곤 여자의 턱을 거칠게 낚아챘다. 까만 털이 듬성듬성 박힌 커다란 손이 더욱 깊게 여자의 턱을 조여 왔다.

"너 같은 하찮은 년 하나 때문에 회장님 앞에서 내 꼴이 뭐가 됐을 줄 알아? 난 한 번도 회장님을 실망시켜 드린 적이 없는 놈 인데, 네년 하나 때문에 지금 체면이 말이 아니거든."

중년 사내는 여자의 얼굴을 자신의 얼굴에 바싹 당긴 채 뜨거운 입김을 불어 댔다. 금방이라도 사과처럼 으깨버릴 듯 여자의 턱을 강하게 움켜쥔 사내의 힘에 밀린 채 여자는 비틀거리며 한 걸음 뒤로 물러섰다.

"돈도 분에 넘칠 만큼 챙겨 줬잖아. 그럼 서류에 얌전히 도장 찍고 조용히 날랐어야지. 도둑년처럼 처먹을 것만 먹고 오리발 내밀겠다? 아니면 아직 뭐가 성에 안 차시나? 이 김정수란 놈, 여자가 원하는 걸 못해주면 잠을 못 자는 성미라는 걸 알잖아. 그 게 뭔지 내가 맞혀 볼까? 이거라면 뭐 나도 그리 인색한 놈은 아 니라구."

말이 채 끝나기도 전에 사내는 거칠게 여자를 탁자 위로 밀어붙 이곤 때 묻은 스웨터 자락을 낚아챘다. 누렇게 색이 죽은 속옷과 함께 까칠하게 메마른 여자의 옆구리 살이 드러났다. 손바닥으로 쓸어내리면 버석버석 모래알이 굴러다닐 것처럼 여자의 속살은 거칠어 보였다. 여자가 용을 쓰며 우악스런 남자의 팔뚝을 뿌리쳤다. 탁자 위의 수저통이 요란한 소리를 내며 바닥으로 떨어져 나뒹굴었다. 튀어나온 수저 위로 냅킨이 날리고 양념 통 속의 고춧가루와 흰 소금이 쏟아졌다.

뒤에 서 있던 똘마니들이 구둣발로 의자를 걷어차며 남자를 향해 다가왔다. 남자는 가슴 속에서 움켜쥐고 있던 등산용 칼에서 천천히 손을 놓았다. 냄새 맡고 달려온 형사는 아니다. 그렇게 감이 잡히는 순간 남자는 힘껏 움켜쥐었던 주먹에서 힘을 풀었다. 몸에서 긴장감이 풀리자 그 나른한 전율은 이내 수치심으로 바뀌었다. 땀으로 흠뻑 젖어 있는 손바닥을 바지에 문지르며 남자는 허리가 뒤로 꺾인 채 중년 사내의 몸에 짓눌려 탁자 위에 쓰러져 있는 여자를 보았다. 공포심로 가득 찬 여자의 눈빛이 남자의 발목을 잡고 있었다. 남자는 비굴함을 삼키며 여자를 외면한 채 고개를 돌렸다. 중년 사내의 손에 벗겨진 여자의 때 묻은 스웨터가 남자의 발밑으로 허물처럼 떨어졌다. 그 위로 철지난 물색 스커트가 허공을 날아 때 긴 유리문에 부딪치며 바닥으로 굴렀다.

"이 새끼 봐라, 안 나가? 확 뒈지고 싶어?"

겨우 십 대를 벗어났을 법하게 여드름 자국이 남아 있는 똘마니가 남자의 멱살을 움켜쥐었다. 남자는 멱살을 틀어쥔 어설픈 햇병아리가 가소로운 듯 입술 꼬리를 말아 올렸다. 키만 컸지 뼈마디를 추리면 한 줌도 안 돼 보이는 하룻강아지였다. 아내를 차고 날은 그 간 큰 강아지만큼도 되지 못했다. 순간 남자의 눈빛이 싸늘하게 굳어진 채 어린 똘마니의 눈을 찔렀다. 놈은 그 눈빛에서 만만한 상대가 아니라는 것을 알아차린 듯 멱살을 틀어쥔 손에서 힘을 풀었다. 그리곤 도움을 청하듯 뒤에 서 있는 다른 똘마니에게로 고개를 돌렸다. 눈빛이 매처럼 사나워 보였다. 그러나 시끄럽게 할 분위기가 아니라는 듯 어린놈에게 그쯤에서 끝내라는 눈짓을 보였다. 남자는 상대거리도 되지 못하는 어린놈을 한 팔로 밀어내곤 흩어진 옷매무새를 가다듬었다. 그때, 탁자 위로 무방비하게 던져져 있는 여자가 벌레처럼 몸을 웅크린 채 울기 시작했다. 등줄기를 따라 금방이라도 하늘로 날아오를 듯한 용의 문신이 꿈틀거리는 중년 사내의 등판이 볏단처럼 말라 서걱거리는 여자의 몸뚱이를 덮쳐눌렀다. 남자는 그 꿈틀거리는 용의 정수리에다 단숨에 예리한 칼날을 찍어 누르고 싶은 충동을 느꼈다. 그렇게 자신의 삶이 종친다 해도 어차피 억울할 것도 없었다. 이 세상 돌아가는 것이 개판만도 못하다는 것을 깨달은 것은 이미 오래 전 일이었고 개만도 못한 놈이 개죽음을 당한다고 해서 아쉬워할 인간도 없을 터였다. 그러나 그는 뒤돌아섰다. 그리곤 무거운 발걸음으로 유리문의 헐거운 나무 문턱을 넘어 마당으로 걸어 나왔다. 등 뒤로 한바탕 몸싸움 끝에 의자가 넘어지고 탁자가 엎어지는 소리가 들려왔다. 남자는 뒤돌아보지 않았다. 여자를 향해 사정없이 쏟아지는 중년 사내의 주먹질 소리와 짐승의 울음소리 같은 비명이 남자의 등골을 파고들었다.

　"절대로 내 땅만은 안 돼. 제발, 제발……."

　여자가 애원하며 울부짖고 있었다.

　남자는 천천히 감나무가 서 있는 마당을 가로질러 걸어갔다. 마른 흙 위로 썩은 감나무 잎이 서걱거리며 밟혔다. 남자는 걸음을 멈추고 감나무를 올려 보았다. 여자의 등대였다. 노을 속 깊이 잠겨 있는 감나무 가지가 아득하게 멀었다. 순간 남자는 현기증을 느꼈다. 남자가 감나무에서 본 것은 터질 듯 붉은 연시가 아니었다. 그건 분명 차갑고 섬뜩한 누군가의 눈빛이었다. 남자는 목덜미로 뱀처럼 휘감겨 오는 싸늘한 냉기를 느꼈다.

　남자는 도망치듯 붉게 타오르는 들판을 향해 달리기 시작했다. 아랫도리가 휘청거리며 몇 번인가 무릎이 꺾였다. 조금 전에 마신 진한 커피가 역류하듯 속이 뒤집혀 왔다. 감나무에서 보았던 그 섬뜩한 눈빛이 아직껏 목덜미를 옥죄고 있었다. 남자는 무릎을 꺾고 마른 지푸라기 위에다 토악질을 해 댔다. 쓰고 단 커피가 신물과 함께 목구멍을 치받고 넘어 왔다. 눈가로 뜨거운 물기가 몰려 들었다. 토해 낸 내용물이 검붉은 핏물처럼 지푸라기에 엉켜 붙었다. 서로의 목덜미를 물어뜯고 있는 아메리칸 불도그의 주둥이에 고인 시뻘건 핏물. 잔혹한 죽음 앞에서 열광하는 도박꾼들의 함성. '도끼'의 썩은 육체에서 하얗게 피어오르던 구더기와 콧구멍 가득 붙어 있던 하루살이 떼. 사내는 다시 구역질을 하기 시작했다. 마당에 버려진 '도끼'의 부패한 육질에서 풍겨 오던 지독한 악

취. 자신을 향해 벌어져 있던 썩은 두 눈동자. 아내의 배꼽 위에서
질퍽거리고 있을 놈의 더러운 정액. 여자의 울부짖음. 그는 고통
스러운 듯 머리를 흔들었다. 그럴수록 모든 기억들은 더욱 선명해
졌다. 남자는 입가의 이물질들을 손등으로 쓸어 내며 천천히 몸을
일으켜 세웠다. 그리고 점퍼 깊숙이 떨리는 손을 밀어 넣었다. 찬
금속의 촉감이 새벽 공기처럼 싸늘하게 그의 가슴을 적셔 왔다.

두려움도 공포도 없는 남자의 눈빛이 자신이 걸어온 길을 더듬
었다. 사그라지는 노을 속으로 군청 빛 어둠이 몰려들었다. 소리
없이 바람이 불어왔다. 검은 그림자처럼 감나무 가지가 흔들리고
들판의 마른 지푸라기들이 날아올랐다. 조용하고 쓸쓸한 저녁 풍
경이었다. 남자가 그 풍경 속으로 천천히 걸어 들어갔다.

아버지의 뜰

아버지의 뜰

창틀을 감고 올라간 인도산 나팔꽃 그림자가 노란 비닐 장판 위에서 팔랑거리고 있다. 그 꽃 그림자 위로 가만히 손바닥을 펴 본다. 손아귀 가득 꽃 그림자가 춤을 춘다. 바람이 많이 불고 있구나. 어지럽게 휘청거리는 그것을 바라보며 혼자 중얼거려 본다. 그러나 나팔꽃을 흔들어 대고 있는 바람 소리보다 화단 쪽에서 들려오는 물소리가 먼저 귓가를 스친다.

오늘도 아버지는 어김없이 마당에 나와 화단에 물을 주고 있다. 벌써 저녁이 된 모양이다. 나는 그때서야 방 안 가득 먼지처럼 피어오르는 나른하고 긴 저녁 햇살을 바라본다. 잠깐 할머니 방에 누워 있었는데 잠이 들고 만 것이다. 온 방안을 가득 채웠던 햇살은 어느 새 거미의 느린 움직임처럼 방바닥과 벽을 타고 흐려지고 있다. 그만큼 방안은 어두워졌다.

나는 다시 밖의 물소리에 신경을 곤두세운다. 손바닥 안에 남은 희미한 꽃 그림자를 털며 재빨리 몸을 일으켜 창가로 간다. 마당 한 편에 뽑아 놓은 수도꼭지 위로 바짝 얼굴을 숙인 채 물뿌리개 통에 물을 담고 계시는 아버지의 뒷모습이 보인다. 작지만 다부져 보이는 어깨. 그 위에 걸친 낡은 코르덴 셔츠. 밤색 체크무늬의 길이가 좀 짧아 보이는 헌 바지. 쭈그러진 낡은 구두. 언제나 화단에 나와 물을 주실 때의 그 옷차림이다.

물이 가득 찬 물뿌리개 통을 들고 화단으로 걸어가 정성스레 꽃과 나무에 물을 주시는 아버지. 어린 라일락 나무가 먼저 젖고 그 밑의 과꽃과 사루비아, 그 옆의 홍도나무, 앵두나무, 바닥에 납작하게 달라붙어 있는 채송화, 금잔화, 작은 정원석 사이사이의 푸른 돈나물까지 모두 물에 흠뻑 젖고 있다. 슬리퍼처럼 구겨 신은 낡은 구두는 이미 물에 젖어 나무토막처럼 굳어 보이고, 아버지의 젖은 바짓부리는 걸을 때마다 작은 물방울들을 땅바닥으로 끊임없이 흘려보내고 있다.

어느 날인가부터 아버지는 긴 저녁 햇살이 화단의 나뭇잎 그림자를 마당 가득 깔아 놓기 시작할 때면 어김없이 마당으로 나오셨다. 마당의 평상 밑에 처박혀 있던 먼지 낀 물뿌리개를 끄집어내어 물을 퍼 담고 나무와 꽃에 물을 주시는 아버지 모습을 처음 보았을 때의 그 놀라움이란 어떻게 표현할 수 있을까. 아버지가 화

단에 물을 주시다니. 가족 모두에게 두려움의 대상이었던 아버지
가……. 하루도 어머니를 편하게 놔둔 적 없고 따뜻한 눈길 한번
내게 준 적이 없었던 아버지가 어깨를 늘어트린 채 쓸쓸하고 힘없
는 모습으로 꽃에 물을 주고 계신 것이었다.

죽어도 네 밥은 더 이상 안 먹을 것이다.

만두피처럼 주름진 할머니의 입술 사이로 텁텁한 단내가 났다.
그날도 할머니는 아버지와 한바탕 입씨름을 해 댄 끝이었다. 결국
할머니는 보따리를 싸셨고 말리는 사람도 없었다. 어차피 식구들
이 하나씩 친척집으로 흩어져 살아가야 할 상황이었으므로 할머
니가 평소에 효녀 딸이라고 입에 달고 있었던 작은 고모 댁으로
떠난다는 사실에 놀라워 할 사람은 아무도 없었다. 모두 그걸 바
라고 있었다. 차마 먼저 그 말을 할머니한테 꺼낼 수 없었을 뿐이
었다. 나는 인삼 향의 은단과 오래된 땅콩이며 잣들이 함께 범벅
이 되어 알 수 없는 냄새를 풍기고 있는 할머니의 작은 옷 보따리
를 들고 큰길까지 나와 택시를 잡았다. 택시에 오르다 말고 할머
니는 조금 전과는 달리 풀이 죽은 표정으로 나를 바라보셨다.

에미는 꼭 돌아온다. 할미 말만 믿고 기다리거라. 마음 독하
게 먹고.

할머니의 눈가에 맺히는 물기를 나는 마주 바라보지 못한 채 그
저 고개만 끄덕여 보였다. 텅 빈 찻길을 뚫고 빠르게 사라지는 택
시가 내뿜는 흰 연기는 가을 하늘을 이리저리 날아다니는 낙엽처
럼 왠지 슬퍼 보였다. 택시의 뒷모습이 시야에서 사라질 때까지

나는 오랫동안 슬픔을 곱씹으며 그 풍경을 바라보았다. 어머니 다음으로 이 집에서 내게 따뜻한 사랑을 주셨던 할머니는 그렇게 내 가슴에 또 하나의 쓸쓸한 풍경만 남긴 채 집을 떠났다.

나는 아버지가 밉다. 아버지가 할머니를 못 견디도록 미워했던 것처럼. 아버지는 언제나 할머니를 아무 것도 해 준 것 없는 무책임한 부모라고 비난했다. 할아버지가 작은댁을 보게 되면서 가정을 등지자 할머니마저 자식들을 내던져 버렸다는 것이다. 열 살 때부터 혼자 힘으로 살아야 했던 아버지의 삶은 불행했을 것이다. 할머니를 볼 때면 고단했던 자신의 지난 시간들이 되살아나는지 잘근잘근 고기를 씹어 대듯 끊임없이 지난 일들을 들추며 할머니를 괴롭혀 댔다. 남편이 바람났다고 여자도 같이 가정을 버린다면 이 세상에 남아날 집안이 어디 있겠는가, 짐승도 지 새끼는 목숨 걸고 지키거늘 하물며 어미된 자가 자식을 돌보지 않았다는 것은 입이 열 개라도 할 말이 없는 것 아니겠느냐, 주로 이런 말들이었다. 술 한 모금 입에 대지 않은 맑은 정신으로 아버지는 할머니의 눈을 똑바로 쳐다보며 밤이고 낮이고 그렇게 되풀이했다. 하루 이틀도 아니고 끊임없이 되풀이되는 아버지의 잔소리는 사업이 실패하면서 점점 심해져 갔다.

이제 좀 그만 해요. 어머니가 사시면 앞으로 얼마를 더 사신다고. 지난 일 자꾸 들추어내면 뭐 해요? 이젠 잊어버릴 때도 됐잖아요, 30년도 지난 일을.

옆에서 할머니를 거들고 나서는 어머니에게 손찌검이 시작된 것도 그 즈음이었다.

뭘 안다고, 네까짓 것들이 뭘 알아. 내 가슴속 그 깊고 깊은 상처를 어떻게 알아. 열 번 죽었다 살아난다고 해도 모를 거야, 모를 거라구!

그때쯤이면 냉장고에서 꺼내 온 술병이 동이 나고, 집 안의 물건들이 하나 둘씩 아버지 손에 의해 부서지기 시작했다. 거실의 꽃병이 베란다의 유리문을 뚫고 마당으로 나뒹굴고, 가족사진이 든 액자가 파편을 튀기며 거실 바닥에 내리꽂혔다. 그리고 마지막 순서는 어머니를 끌고 방으로 들어가 아무도 들어오지 못하게 문을 잠그는 것이었다. 그 뒤 그 방 안에서 벌어지는 일에 대해서는 아무도 알지 못했다. 가슴을 저미는 듯한 시간이 지나고 난 뒤, 방문을 밀고 나오는 어머니의 초췌하고 피로에 지친 흐트러진 모습에서 나는 어머니가 몹시 불행하다는 것을 새삼 절감할 뿐이었다. 그때 반쯤 열린 방문 너머로 언제 그랬느냐는 듯이 잠에 빠져 있는 아버지의 모습을 보면서 나는 차라리 아버지가 영원히 그 잠에서 깨어나지 않기를 기도하기도 했다. 할머니에 대한 그칠 줄 모르는 아버지의 증오심이, 어느 날부턴가 내 가슴 속에서도 끊임없이 솟아나는 저주의 샘물처럼 흐르고 있다는 사실을 아버지는 정말 몰랐을까?

나팔꽃 그림자가 점차 희미해지면서 방 안엔 그을음 같은 어둠이 묻어나기 시작한다. 담장 곁에 서 있는 가로등은 어둠이 내리길 조바심치듯 일찌감치 불을 밝힌 채 우리 집 마당까지 빛을 흘리고 있다. 그 빛을 밟으며 아버지는 여전히 물뿌리개를 든 채 꽃과 나무 사이를 헤집고 물을 뿌린다. 마당은 장마 비가 지나간 자리처럼 흥건히 젖어 있다. 바람에 철문이 삐거덕거릴 때마다 아버지는 손길을 멈추고 고개를 돌려 그쪽으로 빠르게 눈길을 던진다. 바람 소리라는 것을 알면서도 아버지는 계속 철문 쪽으로 온 신경을 곤두세우고 있는 것이다. 내가 학교에서 돌아오자마자 철문과 가장 가까운 거리에 있는 할머니 방에서 꼼짝 하지 않았던 것도 이곳에서는 골목을 걸어 들어오는 어떤 발소리도 놓치지 않고 들을 수 있기 때문이었다. 자박자박, 얌전히 땅을 밟고 걸어오는 어머니의 발자국 소리. 나는 단번에 그 발자국 소리를 찾아낼 수 있었다. 그렇다면……, 나는 그만 창가에서 몸을 돌려세우며 벽을 타고 미끄러지듯이 바닥에 쪼그려 앉는다. 알 수 없는 이 혼란스러운 감정을 어떻게 설명해야 하나. 아버지도 어머니의 그 발자국 소리를 기다리고 있었구나. 아버지에 대한 지독한 미움의 감정만큼 나는 슬퍼졌다. 아버지도 나만큼 가슴이 아팠을까? 하지만 그렇다 해도 나는 아버지가 밉다. 아버지의 슬픔조차 밉다.

"아버지, 진지 드세요."

베란다 문을 밀고 마당을 향해 언니가 소리친다.

"정희도 나와서 밥 먹어."

할머니 방을 향해 소리치는 언니의 목소리는 낮게 가라앉아 있다. 어렵게 들어간 대학을 휴학하고 공사 현장 경리로 들어간 언니는 밥을 차려줄 때 이외에는 아무와도 말을 하지 않는다. 열 살이나 나이 차이가 나는 언니는 내게 먼저 말을 거는 법이 없이 항상 쌀쌀맞고 냉정하다. 방문을 밀고 거실로 나오는데 주방으로 걸어가던 언니와 눈이 마주친다. 언제나 그랬듯 냉랭한 눈빛이 먼저 나를 비껴간다. 언니의 눈빛엔 항상 나에 대한 알 수 없는 적대감이 스며 있다는 것을 나는 안다. 그래서 그러한 언니의 눈길과 마주칠 때면 누가 먼저랄 것도 없이 그렇게 서로 피하고 마는 것이다. 어머니는 그런 내게, 언니한테 가서 맛있는 것도 사달라고 조르고 그래라, 언니가 무섭니? 하며 묻곤 했다. 딱히 무서운 것은 아니지만 정이 없다는 게 적절한 말일 것이다. 이러한 감정은 일곱 살 위의 오빠와도 마찬가지다. 엄밀히 말한다면 아버지를 비롯하여 언니 오빠 모두가 언제나 내겐 남처럼 낯설다. 아니 남보다 더 그렇다. 지금보다 더 어렸을 때를 떠올려 보아도 그들이 내게 따뜻하게 애정 어린 눈길을 준 기억이 전혀 없다. 왜일까? 한 가족이면서도 낯선 사람들. 그렇게 낯선 얼굴로 살아가다가 어느 한 순간 상대방을 향해 가슴 속에 품어 둔 칼날로 여지없이 깊은 상처를 남기고야마는 그런 이상한 관계. 그것이 바로 우리 가족이다. 어머니에 대한 언니, 오빠의 눈길은 나와는 또 다른 차가움이 있었다. 한번도 어머니가 언니 오빠를 혼내는 것을 본 적은 없었지만, 그렇다고 그들이 완벽하게 모든 면에서 잘 해냈기 때문은 아니었다. 그럼에도 언니 오빠는 그런 어머니에게 늘 무심한 모습으로 일정한 거리를 두려고 애쓰는 것 같았다.

"지하실에서 종이 상자 갖다가 시간 날 때마다 조금씩 네 짐 싸

놓도록 해. 책도 버릴 것은 미리 버리고."

식탁 의자를 빼내어 앉는 내 머리 위에서 언니는 빠르고 정확한 어투로 내뱉듯 말한다. 나는 대답 대신 끓어 넘친 국물이 벌겋게 엉켜 붙은 김치찌개 냄비 위로 얼굴을 가져간다. 무슨 말인지 안다. 다음 주 내로 우리는 이 집을 비워 주고 떠나야 한다. 우리에게 남은 유일한 희망이었던 이 집마저도 은행으로 넘어가게 된 것이다. 하루하루 그 날짜가 다가온다는 생각만으로도 나는 밥맛이 없다. 그런 내 마음은 생각지도 않고 짐 싸는 것이나 채근하는 언니가 야속하기만 하다.

"이사 가면 당분간 네가 밥도 하고 빨래도 하면서 아버질 보살펴 드려야 해. 언니는 친구하고 같이 자취를 하기로 했어. 이사 가는 집은 단칸방이라서 내가 잘 자리도 마땅찮아. 공부도 계속해야 하는데 거기서는 어려울 것 같아서 그렇게 결정한 거야. 내년이면 너도 중학생인데 그 정도는 할 수 있잖아."

어머니가 집을 나간 뒤 그렇게 할머니도 떠났고 오빠는 갑자기 고시 공부를 한다며 절로 들어갔다. 언니는 나보고 이 세상에서 가장 싫어하는 아버지를 혼자 맡으라면서 자기도 떠날 궁리를 하는 게 분명하다. 아무도 나의 아픔이나 슬픔엔 관심이 없다. 누구 하나 어머니의 빈 자리에 대해, 나를 위로해 주지도 않는다. 어른들은 모두 자기 생각만 한다. 자기의 고통만, 자신의 상처만 생각한다. 어머니도 그랬나 보다. 그래서 나를 버리고 떠날 수 있었겠지. 아무도 내 생각은 하지 않는다. 마른 밥알에 목이 멘다.

그때 젖은 옷을 대충 걷어 올린 아버지가 주방으로 들어서며 말 없이 식탁 의자를 빼내어 앉는다. 아버진 나와 언니에겐 눈길 한 번 주지 않은 채 수저를 들고 꼬들꼬들한 밥알을 긁어 입에 떠 넣 는다. 몇 번이나 굽고 데우고 하는 바람에 고무 조각처럼 질겨진 꽁치에선 퀴퀴한 비린내가 역하게 풍겨 나온다. 그나마 어머니가 담가 놓았던 어리굴젓이 유난히 벌겋게 곰삭아 먹음직스레 보인 다. 어리굴젓은 어머니의 자랑거리였다. 일부러 연안 부두까지 가 서 갓 배에서 내려왔다는 싱싱한 굴을 사들고 와서는 것을 담그시 던 어머니의 얼굴은 언제나 즐거워 보였다. 그러한 어머니의 얼굴 을 보면서 나는 절대로 아버지가 좋아하는 어리굴젓은 먹지 않겠 다고 다짐했다. 아버지는 내가 사랑하는 사람들을 모두 불행하게 만드는 사람이었다. 차라리 집을 나가야 할 사람은 어머니나 할머 니가 아니라 바로 아버지다. 한번도 그 말을 입 밖에 내 본 적은 없지만 아버지를 볼 때마다 나는 혀끝까지 밀려 나오는 그 말을 힘겹게 참아 내곤 했다.

젓가락을 든 아버지의 손이 어머니가 담가 놓은 어리굴젓으로 건너간다. 나는 그런 아버지와 손길이 마주치는 일이 없도록 내 앞에 놓인 김 그릇으로 먼저 젓가락을 놓는다. 가랑잎처럼 바스락 거리는 마른 김을 집어 천천히 맨 입 속으로 구겨 넣는다. 아버지 를 위해 어리굴젓을 담던 어머니가 떠오른다. 그 위로 어리굴젓을 먹는 아버지의 모습이 겹쳐 눈앞에 펼쳐진다. 아버지는 무표정한 얼굴로 그것을 집어 입 안에 밀어 넣는다. 어머니는 없다. 지금 아버지 곁에서 자신의 어리굴젓 솜씨에 대해 자랑을 늘어놓으며 즐거워해야 할 어머니는 없다. 어머니에 대한 그리움만큼 어리굴젓을 먹고 있는 아버지가 밉다. 짭짤한 소금 알갱이와 부스럭거리는 김 조각이 엉겨 마른 입천장에 달라붙은 채 넘어가질 않는다. 캑, 헛기침을 해 대며 물주전자로 손이 가 닿는 순간.

"흐윽……."

나는 물주전자를 집어 들던 손을 멈춘다. 동시에 어리굴젓으로 가던 아버지의 젓가락이 바닥으로 떨어져 내리고 나와 언니의 시선이 누가 먼저랄 것도 없이 황망히 아버지에게로 가 꽂힌다. 나는 지금 일어나고 있는 일이 어떤 상황인지 미처 알아차리지 못하고 멍하니 있는데, 눈치 빠른 언니는 재빨리 자리에서 일어나 거실의 크리넥스 통을 들고 들어와 아버지 앞에 내민다.

"흑흑, 흐으윽."

휴지를 뽑아 눈가를 누르며 어깨를 들썩거리는 아버지. 아, 아버지가 울고 있구나. 어머니가 담가 놓은 어리굴젓을 보고 저렇게 울고 있구나. 나는 입천장에 달라붙은 김 조각을 혓바닥으로 힘겹게 긁어낸다. 김은 물기 하나 없이 너무 말라있고, 내 입천장은 마분지처럼 푸석거린다. 혓바닥으로 그것을 긁어내느라 힘쓰면서도 그런 모습이 믿기지 않아 내 눈은 크게 벌어진 채 아버지를 향해 꼼짝도 하지 않는다.

"아버지, 너무 걱정 마세요. 오늘 안 그래도 어머니를 찾아 나가 보려구 했어요. 어머니가 물건을 대는 이불 가게를 몇 군데 알고 있어요. 거기 가서 기다리면 혹시 수금을 하러 어머니가 들릴 지도 모르잖아요."

평소의 어머니에 대한 차가운 태도를 생각하면 언니가 속으로 그런 생각을 하고 있었다는 것이 정말 뜻밖이 아닐 수 없다. 어머 니가 다니는 가게에서 기다릴 생각을 했다니. 어머니가 집을 나간 뒤 나는 한 번도 언니 입에서 어머니에 대한 얘길 들은 적이 없었 다. 어머니 몫의 살림이 떠넘겨졌기 때문에 언니는 신경질만 더 늘었을 뿐, 어머니를 걱정하는 그런 마음은 전혀 찾아 볼 수 없었 다. 적어도 내 눈에 비친 언니의 모습은 그랬다. 그런데 언니가 어 머니를 찾아볼 생각을 했었다니. 정말 알 수 없는 일이다. 거래 업 체의 연쇄 부도로 끝내 공장 문을 닫게 되자, 어머니는 당신이 결 혼 전부터 했던 유일한 일이라며 혼수용 이불이나 침대 시트 깃에 십자수를 놓아 몇 군데 이불 가게를 돌며 팔았다. 그러니까 혹시 그곳에 어머니가 나타날지도 모른다는 것이 언니의 생각인 모양 이다. 왜 나는 그 생각은 하지 못했을까. 매일 할머니 방에서 철문 소리나 귀 기울여 듣는 것 이외의 어떠한 방법도 생각해 보지 못 한 자신이 한심하기까지 했다. 나는 의자를 밀고 자리에서 일어서 며 입천장에 달라붙어 있던 김 조각을 입 안의 침을 모아 힘겹게 목구멍으로 밀어 넣는다. 언니의 말에 아버지는 조금은 진정이 된 듯 휴지를 한 장 더 뽑아 코를 훅, 풀어 낸다. 나는 그런 아버지를 못 본 척하며 주방을 나온다. 아버지가 흘린 눈물이 너무 의외였 지만 언니의 말에 나는 새로운 희망이 생긴 것이다. 어쩌면 이사를 가기 전에 어머니를 만날 수 있으리라는.

"저를 낳아 주신 분은 아니지만 어머니는 꼭 찾을게요. 만약 어머니를 못 찾더라도 정희는 제가 잘 키울 거예요. 배 다른 동생이지만 저와 똑같은 아버지 핏줄이잖아요."

"정희 엄만 정말 좋은 사람이다. 전처소생이 둘이나 딸린 나한테 처녀의 몸으로 시집 와서 정희도 낳아 줬고 이날까지 너희들을 정말 친자식 이상으로 잘 키워 주었잖니. 춤바람 나서 핏덩이 같은 자식들을 버리고 간 네 생모 같은 여자도 있는데……, 꼭 찾아야 한다. 꼭."

등 뒤로 언니와 아버지의 나지막한 목소리가 들려온다. 주방을 나와 할머니 방 문고리를 붙잡고 서 있던 나는 잠시 멍한 기분이 된다. 저를 낳아 주신 분은 아니지만……, 배 다른 동생이지만……, 언니가 내뱉은 말들이 빠르게 머리 속을 한 바퀴 휭 하니 휘젓고 지나간다. 언니와 아버지가 주고받은 말들이 한순간 명료하게 정리되어 머릿속으로 들어오지는 않지만 그렇다고 전혀 못 알아들을 만큼 어려운 얘기도 아닌 것이다. 그러니까 언니 오빠를 낳은 분은 따로 있고 어머니는 나를 낳았다. 아버지가 어머니와 다시 결혼을 한 것은 언니, 오빠의 생모가 춤바람이 나서 집을 나갔기 때문이다. 그랬구나. 내가 다른 집과는 달리 나이 차이가 많이 나는 언니, 오빠를 둔 이유가. 아버지보다 열두 살이나 나이가 적은 어머니. 한번도 나를 무릎에 올려놓고 언니 오빠들 앞에서 예뻐해 준 적이 없는 아버지. 늘 내게 냉냉하고 무관심 했던 언니, 오빠. 언제나 쓸

쓸하고 고단한 표정으로 나를 물끄러미 바라보시던 어머니의 표정
이 그랬구나, 그래서였구나. 점차 다리의 힘이 빠진다. 문고리를
붙잡고 있던 손이 스르르 미끄러지듯 떨어져 내린다. 문득 거실의
불빛이 너무 밝다는 생각을 한다. 해가 넘어가 버린 베란다 유리문
너머의 짙은 어둠도 낯설다. 모두 처음 보는 풍경처럼.

　현관문을 밀고 마당으로 나가, 가로등 불빛이 만들어 놓은 동그
란 불빛을 넘어 가장 어두운 그늘 속으로 들어가 앉는다. 마당은 아
직까지도 흥건히 젖어 있다. 언니가 오늘 새로 빨아 놓은 운동화가
붉은 흙물에 조금씩 젖어 들고 있다. 너는 어떻게 된 여자 아이가
신발을 그렇게 험하게 신고 다니니? 앞으로는 네가 빨아 신어. 어
머니도 안 계시니까 네 일은 네가 해야지. 뽀득뽀득 마른 운동화를
내 앞에 밀어 놓으며 신경질을 부리던 언니의 얼굴이 반딧불처럼
어둠 속에서 떠올랐다 사라진다. 나는 운동화를 진흙 속으로 깊이
쑤셔 넣으며 휘젓는다. 왜……. 말보다 눈물이 먼저 솟구친다. 찝
찔한 눈물이 입술을 타고 턱 끝에 고였다가는 천천히 무릎 위로 떨
어져 내린다. 곧 무릎이 젖고 흙투성이의 운동화 위로도 떨어져 내
린다. 바람이 불 때마다 젖은 무릎이 서늘하다. 왜……. 그 말밖에
아무 말도 입 밖에 나오지 않는다. 흙탕물 속에 두 발을 담고 흙물
을 짓이겨 본다. 어금니를 물고 있어도 눈물이 그 흙물에 떨어져 섞
인다. 민들레처럼 흙물 속에서 출렁이는 노란 가로등 불빛.

　나는 그만 자리에서 일어나 철문을 밀고 밖으로 나온다. 문이
등 뒤에서 철커덕 소리를 내며 닫히는 순간 나는 확실하게 버림받

았다는 사실을 깨닫는다. 아무도 없다. 내겐 아무도 없다. 그 생각에 겨우 눈물이 멎는다. 너무 억울해서, 더 이상 눈물을 흘릴 수가 없다고 이를 문다. 눈앞의 어둠은 늪처럼 내 발목을 휘감아 끈다. 철문은 닫혔고 나는 막상 더 이상 발걸음을 옮기지 못한다. 어머니는 왜 나를 여기에 혼자 버리고 떠났을까? 그래, 그 말을 묻고 싶었다. 왜, 왜냐고……. 온몸을 파고드는 한기가 켜켜 살갗을 에워싼다. 얼굴을 들고 멀리 골목이 끝나는 곳으로 시선을 주니 어둠 속의 불빛들이 너무도 밝아 항아리 속에서 내다보는 바깥세상 같다. 아니 세상이 내가 갇힌 깜깜한 구멍 속으로 쏟아져 들어오는 것 같다. 겁에 질린 얼굴로 나는 한 걸음 한 걸음씩 천천히 발을 떼어 놓기 시작한다. 빛을 향해 꽂힌 어둠 속을 빠져 나오는 동안 내내 무엇인가 무겁게 내 다리를 잡고 놓아주지 않는 것 같아 한 걸음 한 걸음이 힘겹다.

어머니가 집에 없다는 사실을 알게 된 것은 이른 아침이었다. 우리에게 맛있는 생태찌개를 끓여 식탁에 올리며 어머니는 속이 안 좋다고 자신의 수저를 치웠다. 저녁을 먹고 거실로 나왔을 때 어머니는 뭔가 깊은 생각에 잠긴 얼굴로 베란다 창문에 기대어 화단을 내려다보고 있었다.

어머니, 약 사다 드릴까요?

내 말에 십자수 바늘이 꽂힌 베갯잇을 들고 있던 어머니는 잠시 멍한 표정으로 나를 마주 쳐다보았다. 그리곤 내 손을 잡아 자신의 품에 넣었다.

내년이면 벌써 중학생이구나. 교복 입은 모습은 얼마나 예쁠까. 정희야, 지금부터 내 말 잘 들어 봐. 곧 너는 진짜 여자가 될 거야. 그게 무슨 뜻인지 알지? 초경 말이야. 학교에서 벌써 배워서 알지? 그게 있으면 이제 어른이 되는 거란다. 엄마하고 똑같은 여자가 되는 거야. 혹시 그게 보이거든 당황하지 말고 화장실 위생장을 열어 봐. 너를 위해서 엄마가 따로 준비해 놓은 게 있으니까. 그래, 이젠 너도 같은 여자로서 엄마를 이해해 줄 수 있을 거야. 정말 기쁘구나.

그러더니 무슨 생각에 잠긴 얼굴로 다시 화단 쪽으로 얼굴을 돌렸다.

그리고 넌 누가 뭐라 해도 언니 오빠들하고 같은 어엿한 김씨다. 넌 엄연히 이 집안의 둘째 딸이라구. 그걸 잊지 말아야 돼. 알았지?

어머니는 다짐하듯 말하며 잡은 내 손에 힘을 주었다. 그때까지만 해도 그것이 어머니의 마지막 당부와 작별 인사가 될 줄은 꿈에도 생각하지 못했다. 그날 어머니를 마지막으로 본 것은 설거지를 마치고 하얗게 삶은 행주를 빨래대에 사각으로 반듯하게 펴 널고 있는 모습이었다. 잠자리에 들 때까지도 아무도 어머니가 떠나 버렸다는 사실을 알지 못했다.

네 엄마가 없다.

다음 날 아침, 밤새 어머니를 기다리느라 뜬 눈으로 잠을 설친 듯 초췌한 모습의 아버지는 막 잠에서 깬 우리에게 그렇게 말했다. 그 초라한 모습 어디에서도 그동안 어머니와 할머니에게 보였던 그 적의의 흔적은 찾아볼 수 없었다. 아마 나는 그때 아버지의 숨겨진 모습을 처음 보았을 것이다. 아버지의 목덜미에 잡힌 선명한 주름살이며, 그동안 한번도 눈에 들어온 적 없었던 흰 머리카락들이 검은 머리카락 수만큼 많다는 것도. 결국 어머니가 떠난 뒤에야 아버지는 한없이 나약하고 왜소한 자신의 모습을 고스란히 드러내고야 만 것이다.

골목길을 빠져 나오자 나타난 대로변의 휘황한 불빛들에 나는 잠시 멍한 기분이 되어 서 있다. 이 시간에 큰길까지 혼자 나온 것은 처음이다. 어머니도 집을 나와 어둠과 불빛이 서로 어깨동무를 하고 출렁이는 이 거리에 혼자 서 있었을 것이다. 어둠이 온몸을 집어삼킬 것 같은 두려움에 떨며. 많지 않은 사람들이 가끔씩 어딘가를 향해 빠른 걸음으로 지나가곤 했지만 환한 불빛 속의 상점들은 어항 속처럼 고요하다. 약속이나 한 듯 차들은 일정한 거리를 두고 하나씩 정류장 앞에 섰다 재빨리 떠난다. 저 버스들 중의 하나를 타고 어머니는 여길 떠났을 것이다. 나는 그만 그 자리에 다리를 쪼그리고 앉는다. 서늘한 밤바람이 귓바퀴를 간질이며 목덜미 속으로 미끄러져 들어온다. 어머니가 다니는 이불 가게 한 곳도 알지 못하고 지냈다는 것이 이제야 마음에 걸리고 후회스럽다. 지나가는 차들의 행렬 쪽으로 무심히 시선을 던진다. 일정한 간격으로 연결된 장난감 자동차처럼 그것들은 보이지 않는 끈 하나로 밀리고 끌리듯 내 시야에서 하나씩 사라져 버린다.

그때 문득 맞은편의 텅 빈 거리에 한 여자가 커다란 종이 꾸러미를 양손에 들고 혼자 서 있는 게 눈에 들어온다. 여자와 눈이 마주쳤다 싶은 순간 다시 건너편 차선으로 버스들이 줄지어 들어선다. 여자의 얼굴은 더 이상 버스에 가려 보이지 않는다. 나는 까치발을 하고 목을 빼내어 차창 너머로 그녀의 모습을 찾아본다. 상점의 유리벽을 가리고 서 있던 버스들이 하나 둘씩 엔진 소리를 토하며 다시 서로에게 끌려가듯 떠나기 시작한다. 차에서 내린 사람들의 모습도 보이지 않는다. 셔터 문 소리와 함께 거리에서 사라진 상점의 불빛처럼.

다시 그녀와 나 사이를 가로질러 불 밝힌 버스들이 줄을 지어 달려와 선다. 나는 조바심에 몸을 떨며 보도블록 위에서 차도로 황망히 내려선다. 내가 본 여자는 분명히 어머니였다. 낯설고 타인처럼 무표정한 얼굴로 나를 바라보고 있었지만 분명 어머니였다. 막 차도를 건너뛰려는 순간 누군가 내 어깨 위로 가만히 손을 얹는다. 혹시……. 고개를 돌려 보니 그곳에 언니가 있다.

"왜 여기 이러구 있니? 집에 없어서 찾았잖아."

언니는 평소와는 달리 걱정스런 눈빛으로 나를 보며 말한다. 그런 언니의 눈빛도 이젠 싫다. 어른들은 모두 거짓말쟁이거나 자기밖에 모르는 이기주의자라는 걸 알았기 때문이다. 나는 그만 내 어깨 위에 올려진 언니의 팔을 매몰차게 걷어 내고 차도 쪽으로 몸을 돌린다. 언니가 다시 팔을 낚아챈다.

"왜 이러니? 횡단보도도 아닌데, 어딜 건너간단 말이야?"

"엄마, 엄마를 봤단 말이야. 저기 길 건너편에 있어. 분명히 봤단 말이야."

나는 다시 언니의 팔을 뿌리치며 금방이라도 차도로 뛰어들 듯 소리친다. 그런 나를 언니가 이번엔 강하게 가슴으로 끌어안는다.

"어디에 어머니가 있다는 거니? 정말 너 왜 이래?"

언니에게서 저녁 식탁에 오른 꽁치 구이 냄새가 난다. 어머니가 아닌 언니의 가슴에서 그 냄새를 맡고 있다는 것이 왠지 낯설다. 나는 천천히 언니의 몸에서 떨어져 나와 차들이 떠나 버린 차도 너머로 시선을 던진다. 텅 빈 차도 너머엔 이미 여자의 모습은 보이지 않는다. 아무도 없는 버스 정류장. 어디에도 여자가 서 있었던 흔적은 없다. 내가 본 여자의 모습이 정말 어머니였을까? 온몸에서 기운이 빠져나가는 듯 어지럽다. 나는 그만 눈가의 눈물을 찍어 누르며 돌아서 먼저 걷는다. 몇 걸음 뒤에서 쫓아오던 언니가 살며시 내 어깨 위로 손을 얹는다.

"운동화가 지금 보니 많이 낡았구나. 내일 우리 백화점에 가서 하나 사자. 누가 선물로 준 상품권이 있는데 그냥 처박아 놓고 있었어. 잘 됐다."

지금 보니 아까 진흙탕을 쑤셨던 운동화가 벌겋게 진흙물이 들어 있다. 신발을 험하게 신는다고 짜증을 내던 언니가 이런 신발을 보고 오히려 새 신발을 사주겠다니. 전에 없이 다정한 언니의 행동이 오히려 날 불편하게 한다. 대답 대신 슬며시 언니의 품에서 어깨를 풀고 다시 한 걸음 앞서 걷는다.

"어머니는 꼭 돌아오실 거야. 네가 있는데 어떻게 안 오시겠니? 좀 더 기다려 보자, 알았지?"

언니의 말에 다시 길 건너편에 서 있던 그 여자의 얼굴이, 눈빛과 코, 입술 하나하나가 눈앞을 스쳐 지나간다. 오히려 조금 전보다 그녀의 모습이 더욱 또렷이 보이는 것 같다. 그러나 나는 더 이상 언니에게 그 얘기는 하지 않기로 마음먹는다. 언니뿐만 아니라 그 누구에게도 말을 하지 않겠다고 다짐한다.

"아버지가 우시는 거 너도 봤지? 아버지가 정말 어머니를 많이 사랑하셨나봐."

나도 모르게 한 걸음 한 걸음, 걸음이 느려진다. 아버지가 어머니한테 했던 행동들이 사랑이었다고 말하는 언니처럼 언젠가 나도 아버지를 이해할 수 있을까. 어머니가 왜 나를 홀로 이곳에 두고 떠나셨는지도. 옆으로 늘어선 상가의 불빛들이 느리게 내 어깨를 비껴 지나간다.

"너도 곧 어른이 되겠지만, 어른들은 때로 사랑하는 사람에게 깊은 상처를 주기도 하며 살아간단다. 어쩔 수 없는, 그럴 수밖에 없는 이유가 있을 거야. 그걸 이해한다는 것이 쉬운 일은 아니지만. 하지만 시간이 지나면 그 시간이 해결해 줄 수 있는 일도 있지. 그러니까 조금만 더 기다려 봐."

그렇게 말하는 언니의 눈빛 속에서 가로등 불빛이 흔들리고 있다.

이틀 후면 우리가 이 집을 떠나야 하는데, 그러면 다시는 어머니를 만날 수 없을지도 모르는데, 시간이 뭘 해결해 줄 수 있다는 말인지 나는 알 수 없다.

나는 그만 집으로 난 어두운 골목길을 향해 달리기 시작한다. 슬픔이 거리의 불빛보다 더 환하게 내 가슴을 밝히고 있다. 거리의 불빛이 모두 내 가슴속으로 들어와 슬프다고 소리치며 빛나고 있다. 그 밝음만큼 나는 슬퍼진다.

나는 이제 빛 속에서 어둠을 향해 달리기 시작한다. 빛의 반대편에 있는 골목의 어둠은 더욱 깊다. 그 어둠 끝에 내가 살고 있는 집이 있다는 사실이 믿어지지 않는다. 어둠 속에서 무엇인가 손을 내밀어 나를 더 깊은 어둠 속으로 빨아들이고 있는 것 같다. 두려움으로 곧 숨이 멈출 지경이다. 더 이상 걷지 못하고 걸음을 멈추어 선다. 그때서야 희미한 가로등 밑으로 집의 파란 철대문이 보인다. 뒤를 돌아보니 멀리 언니의 모습이 어둠 속에서 그림자처럼 느릿느릿 나를 향해 다가오고 있다. 순간 옆구리가 뻐근해지면서 아랫배가 아파오기 시작한다. 갑자기 뛰었기 때문일 것이다. 숨도 차고 어지럽다. 반쯤 열린 철문을 열고 낮은 돌계단을 힘겹게 밟아 올라간다. 현관문을 비트는 순간 뭔가 알 수 없는 차가운 이물감이 아랫도리를 적시고 있다는 것을 깨닫는다. 황급히 집 안으로 뛰어 들어간다. 집 안은 빈 집처럼 조용하다. 나는 어디로 들어갈지 잠시 갈피를 잡지 못하다 화장실로 달려 들어간다. 먼저 화장실 문을 잠그고 그 차갑고도 끈적거리는 이물감이 무엇인지를 확인하기 위해 아랫도리를 벗어 내린다. 순간 흰 팬티를 적시며 흘러내리는 검붉은 핏물이 흰색 화장실 타일 바닥으로 한 방울 한 방울 떨어져 내린다. 붉은 꽃잎이 사방으로 날아오른다. 흰 타일 벽들이 돌기 시작한다.

　오늘도 아버지는 마당에 나와 화단에 물을 주고 있다. 언제나 그 랬듯이 바람에 철문이 삐걱거릴 때마다 아버지는 주의 깊게 대문 쪽으로 고개를 돌린다. 오늘 밤이 이 집에서의 마지막이라는 것을 알면서도 아무도 집에 없는 어머니에 대해 말을 꺼내지 않았다.
　나는 마당 한쪽 구석에 쪼그리고 앉아 아버지의 동작 하나 하나 를 놓치지 않고 바라본다. 제일 먼저 어린 라일락 나무가 젖고 그 옆의 홍도나무가 젖고……, 마당은 장마 비가 지나간 자리처럼 흙탕물로 질척거린다. 그 흙탕물은 마당을 가로질러 내가 앉아 있 는 가로등 옆 구석 자리까지 적시고 있다. 그 흙탕물은 다시 어제 언니가 백화점에서 사온 새 운동화를 적시기 시작한다. 더 이상 흙탕물이 묻지 않도록 그것을 피해 자리에서 일어선다. 그리고 천 천히 아버지가 서 있는 화단을 향해 걸어간다. 새로 이사 갈 곳이 단칸방이라 해도 주인집 마당 한 편에 작고 아담한 우리의 뜰을 만들 수 있을지 물어봐야겠다. 이제 아버지와 내가 함께 견뎌야 할 그 기다림을 위해서 말이다. 골목을 가득 메운 어둠이 어느 새 아버지가 서 있는 화단까지 밀려 와 있다. 아버지는 물에 흠뻑 젖 은 낡은 구두를 끌며 화단 속의 나무와 꽃들 사이를 무겁게 움직 여 나가고 있다.

오래된 삽화

오래된 삽화

1

미숙은 재봉질을 멈추고 '옷 수선'이라고 씌어져 있는 낡은 유리문 너머로 눈길을 던졌다. 어둠이 내리는 거리는 한산했고 바람이 부는지 길가에 쌓인 눈과 지나가는 사람들의 두꺼운 외투 자락이 날렸다. 건너편 마켓 간판 위에서 종종 걸음을 치던 까치 한 마리가 빠르게 하늘로 날아오르는 것이 보였다. 그 위로 주홍색 가로등 불빛이 쏟아졌다. 그녀가 다시 재봉틀 위로 고개를 숙였다.

달달달…….

작업대 위에서 그녀의 손이 재단 선을 따라 빠르게 천을 밀어내기 시작했다. 숨가쁘게 돌아가는 재봉틀의 기계음을 따라 그녀의 손은 마치 늙은 무용수의 춤사위처럼 신중하면서도 능숙하게 움직였다. 쪽방 마루 끝에 앉아 있는 노파의 흐린 두 눈동자는 낡은 스토브 위의 주전자에서 올라오는 희미한 수증기를 쫓고 있었다. 그 얼굴 위로 조금씩 어둠이 내려앉기 시작했다.

미숙은 다시 재봉질을 멈추고 허리를 펴 벽에 붙은 형광등 스위치를 눌렀다. 그리곤 재봉틀 구석에 놓인 프랑시스 잠의 시집을 들어 올렸다. 그건 그녀의 초라한 일상으로 날아든 작은 반딧불이 같은 거였다. 아니 언제든지 이 세상으로부터 숨어들 수 있는 작은 요술 램프이거나. 오! 주여, 내가 당신께로 가야할 때는 축제에 싸인 것 같은 들판에 먼지가 이는 날로 해 주소서. 내가 이곳에서 그랬던 것처럼 한낮에도 별들이 빛날 천국으로 가는 길을 내 마음에 드는 대로 나 자신 선택하고 싶나이다.

미숙은 손에 든 시집을 내려놓고 약상자를 찾았다. 아침부터 밀려오는 두통을 내내 참고 있었는데 아무래도 아스피린이라도 먹어 둬야 할 것 같았다. 그러나 텅 빈 약상자엔 먼지와 희미한 소독약 냄새만 남아 있었다. 자신의 삶이 아스피린 한 알 남아 있지 않은 약상자처럼, 낡고 오래된 스토브처럼 쓸쓸하게 여겨졌다. 그녀는 어깨를 움츠리며 다시 애꿎은 스토브로 눈길을 던졌다. 내일은 무슨 수가 있겠지. 단체복 주문이라도 들어온다든지, 복권에 당첨된다든지, 뭐 그런 기적 같은 일.

"내가 닭죽 먹고 싶다고 했잖아. 찹쌀 넣고 푹 끓인 닭죽!"

갑자기 노파가 미숙을 향해 소리쳤다. 미숙은 대답 대신 빈 약 상자를 밀어 넣고 재봉틀 위로 얼굴을 처박았다. 고화력 세라믹 원적외선 버너에 삼 단 화력 장치가 있는 캐비닛 형의 스토브가 좋겠지. 온풍이 나오는 팬이 붙어 있고 밑에는 바퀴가 붙어 있어서 이리저리 쉽게 옮겨놓을 수도 있고, 설정한 난방 온도와 시간을 기억하는 메모리가 붙어 있다면 더 좋을 거야.

"날 굶겨 죽이려고 네년이 수작을 부리고 있는 거 알아. 그러니까 내가 영철이한테 보내 달라구 하는 거여. 영철이한테 보내 달라구."

순간 가쁜 숨을 토해 내듯 달달거리던 재봉틀 소리가 멈췄다.

"닭죽 먹은 지 겨우 한 시간밖에 안 지났어. 정말 기억 안 나?"

미숙은 숨죽여 낮은 소리로 말했다. 노파는 다시 아무 반응이 없었다. 미숙은 숨이 막혀 왔다. 망상과 환상이 만들어 내는 또 다른 기억의 행로. 노파는 지금 그 미로를 헤매고 있었다. 크노소스 궁전의 미로보다 더 깊고 깊은 어듬의 미로. 어디에도 아리아드네의 실패는 보이지 않았다.

"썩을 년, 언제 네가 밥을 줬어? 물 한 모금이라도 내가 먹었으면 이 자리에서 벼락을 맞을 거다."

"제발, 그만 해. 그 지겨운 아들 타령 좀 그만 하라구."

미숙은 몰려오는 두통을 참으며 노루발 레버를 내리고 천천히 몸을 일으켜 창가로 걸어갔다. 창가에 놓인 군자란 잎사귀가 노랗게 말라가고 있었다. 미숙은 창 밑에 놓인 작은 물뿌리개를 집어

올려 군자란에 물을 주었다. 금방 사라지고 말 분노를 삭이지 못
한 자신에 대한 후회가 밀려왔다. 그 후회란 노파에 대한 연민인
지도 몰랐다. 참을 수 없는 분노로 자신을 흔들어 놓는 노파의 존
재란 사실 더 많은 연민과 안쓰러움의 정체였다. 노파는 모든 것
을 다 놓아버리고서도 아들에 대한 모성만은 동물적인 본능으로
집요하게 움켜쥐고 있었다.

낙지는 갯벌에 구멍을 만들고 그곳에 알을 낳고 죽는다. 알에서
나온 새끼들은 어미의 살을 뜯어먹고 자란다. 다 자란 낙지들은
갯벌을 떠나 바다로 돌아간다. 바다를 본 낙지는 어미의 살을 뜯
어먹고 자란 그 갯벌을 기억하지 못할 것이다. 노파는 마치 갯벌
로 돌아오지 않는 새끼를 그리워하는, 살점 하나 남김 없이 다 주
고 죽은 어미 낙지와 같았다. 하루에도 몇 번씩 되풀이되는 노파
의 난동은 그런 것이었다.

물기 없이 말라 있던 군자란 화분 속으로 빠르게 물이 스며들었
다. 언제 널 잊어버리게 될지 모르니까 많이 먹어라. 미숙은 지난
겨울 내내 물 한 모금 못 얻어먹고 말라죽은 파키라를 떠올렸다.
회초리처럼 말라 죽은 파키라는 봄까지 그렇게 창가를 지키고 있
었다. 그건 그녀의 삶 전체에 대한 방관이었으며 모멸감이었다.

그러나 말라 죽은 파키라를 보며 절대로 화초 같은 것은 키우
지 않겠다고 마당 한구석에 엎어 놓았던 그 화분에 다시 흙을 담
고, 막 순이 나온 어린 군자란을 심었다. 어리석게 다시 희망을
심었다.

2

　여자가 머리에 가득 흰 눈을 이고 철물점 안으로 들어섰다. 노란색 털목도리로 목을 몇 번이나 돌려 감은 여자는 검은색 털모자를 이마까지 깊숙이 눌러썼다. 가게 한쪽에 작은 온돌을 만들어 놓고 그 위에 담요를 깔고 앉아 있던 노인이 가게 문을 밀고 들어서는 여자를 무심히 쳐다보았다. 여자는 아무 말도 하지 않은 채 선반 위에 쌓여 있는 갖가지 철물들 중에서 식칼을 손으로 가리켰다.

　"너 어제도 저걸 사 가지고 갔었잖아? 엄마가 또 사 오라고 했냐?"

　노인은 느리게 몸을 움직여 발밑의 낡은 슬리퍼에 작은 발을 꿰며 말했다. 여자는 뭔가 잔뜩 긴장한 얼굴로 그런 노인을 빤히 바라보았다. 머리 위의 눈이 녹아 여자의 눈썹을 타고 내렸다. 여자는 굳은 듯 꼼짝도 하지 않았다. 노인은 칼집이 쌓인 선반 위에서 여러 개의 칼이 담긴 통들을 꺼내 늘어놓았다. 여자는 망설임 없이 그 중에 하나를 집어 들었다.

　"뭐 하는 집인데 매일 애를 시켜 칼을 사오라고 하누? 오늘같이 눈도 많이 오시는데, 원."

　노인의 말에는 아랑곳하지 않고 여자는 호주머니에서 돈을 꺼내 앞으로 내밀었다. 노인은 여자가 건네준 돈을 받아 세어 보고는 돈통에서 500원을 거슬러 주었다. 여자는 빠르게 돈을 챙겨 들고 밖으로 나갔다. 노인은 다시 느린 걸음으로 신발을 벗고 온돌 위로 올라앉았다. 유리문 너머로 여자가 칼을 가슴에 품은 채 꼿꼿하게 허리를 편 특이한 걸음으로 눈길을 걸어가는 모습이 보였다. 노인은 담요를 턱까지 깊이 끌어올리곤 벽에 기대어 졸기 시작했다.

이틀 후에 여자가 다시 철물점의 유리문을 밀고 안으로 들어섰다. 두꺼운 돋보기 안경을 코끝에 걸치고 혼자 화투 패를 던지고 있던 노인이 문 쪽으로 고개를 돌렸다. 여자는 여전히 털모자를 깊이 눌러쓴 채 노란색 털목도리로 겹겹이 얼굴까지 감고 있었다. 여자가 말없이 칼이 놓여 있는 선반 앞으로 다가왔다. 노인이 손에 들고 있던 화투 패를 놓고 자리에서 일어섰다.

"네, 집이 어디냐? 이 동네 아인 아닌 것 같은데, 새로 이사 왔어?"

노인의 물음에 여자는 눈을 내리깐 채 아무 말도 하지 않았다. 노인은 별 버르장머리 없는 아일 보겠다 싶어 못마땅한 얼굴로 입을 다물었다. 선반에서 여자가 가져갔던 것과 똑같은 칼을 찾아 내려놓고 다시 화투 패를 집어 들었다. 여자는 칼을 먼저 집어 든 다음 주머니에서 돈을 꺼냈다. 이번엔 거스름돈이 필요 없게 오백 원짜리 동전과 천 원짜리 지폐를 함께 내밀었다.

"거기다 놔라."

노인은 화투 패를 던지며 턱 끝으로 화투가 놓인 담요 끝자리를 가리켰다. 여자가 돈을 놓고 돌아섰다.

"에이, 이 놈의 풍이 또 떨어지네. 오늘 수가 사납겠어."

노인은 흘러내리는 안경을 걷어 올리며 중얼거렸다. 열린 유리문 너머로 또박또박 걸어가는 여자의 발걸음 소리가 화투 패에 얼굴을 묻은 노인의 등 뒤로 들렸다. 노인은 화투판을 걷으며 자리에서 일어났다. 열린 문으로 찬바람이 거리의 쓰레기를 날리며 안으로 들어왔다.

"저런, 웬 꼬리가 이리 길어?"

노인이 열린 유리문을 닫으려다 문득 고개를 내밀고 여자가 걸어가는 곳을 내다보았다. 여자는 찻길을 건너 해맞이 언덕 쪽으로 올라가고 있었다. 그 동네라면 구태여 찻길을 건너 여기까지 올 필요가 없을 텐데 하는 생각을 하며 노인은 유리문을 닫고 안으로 들어갔다.

여자가 다시 찾아온 건 일주일이 지나서였다. 아침부터 진눈깨비가 날리더니 오후 들면서 비가 되어 내리기 시작했다. 검정 우산을 접어들고 여자가 들어서는 순간 노인은 잠시 혼란스러워졌다. 아이라고 생각했는데 자세히 보니 그렇지가 않았다.

"이런, 난 여태까지 댁이 어린 아이인 줄 알았어. 큰 실수를 했네."

노인이 손에 들고 있던 신문을 내려놓고 신기하다는 듯 다시 여자의 모습을 훑어 내렸다.

"이번에도 같은 걸로 줘?"

온돌에서 내려선 노인이 칼들이 쌓여 있는 선반 쪽으로 걸어갔다.

"네."

여자가 짧게 대답했다.

"식당이라도 하는 모양이지?"

"네."

여자가 노인이 건네주는 칼을 받아들며 다시 짧게 말했다.

"해맞이 언덕에 있는 식당이라면 어딘가? 대성회관 주인은 내가 아는 친구인데 거긴 아니고, 그럼?"

노인은 무관심한 척 시선을 다른 곳으로 돌리면서도 초등학생 키밖에 되지 않는 여자가 신기한 표정이었다.

"새로 개업했어요."

여자가 호주머니에서 돈을 꺼내며 내키지 않는 듯 시큰둥하게 말했다.

"이건 어때? 여러 종류의 칼이 세트로 들어 있어서 식당에서 사용하기엔 더 좋을 걸?"

노인이 여자 앞으로 긴 상자의 뚜껑을 열어 보여 주었다. 작은 과도에서부터 식칼과 회칼까지 다섯 자루의 각기 다른 모양의 칼들이 상자 안에 꽂혀 있었다. 그걸 보는 여자의 눈빛이 상자 안의 칼날처럼 빛났다.

"어때? 이걸로 줄까? 가격은 좀 비싸도 이게 낫지. 3만 5천원인데 3만 2천원만 줘."

노인은 여자가 결정을 하기도 전에 선심 쓰듯 상자를 닫고 검은 비닐 봉투를 찾아 그것을 담았다. 여자는 아무 말도 하지 않은 채 돈을 꺼내 주고 노인이 건넨 검은 봉투를 받아들었다. 돌아서 밖으로 나올 때까지 자신에게서 떨어지지 않은 노인의 시선을 뒤로 느끼며 여자는 검은 우산을 받쳐 들고 거리를 걸어갔다. 이번에도 노인이 유리문 너머로 목을 뺀 채 걸어가는 여자의 뒷모습을 지켜보았다. 꼽추도 아니고 난쟁이도 아닌 여자의 모습에 노인은 쉽게 눈을 떼지 못한 채 서 있었다.

걷던 여자가 걸음을 멈추고 택시를 잡아 세웠다. 도로 위에다 검은 우산을 몇 번 털어 내고 여자가 비닐 봉투를 든 채 택시에 몸을 실었다. 여자를 실은 택시가 뽀얀 물안개를 뿌리며 빗속을 달려갔다. 무슨 볼거리를 놓친 듯 서운한 표정으로 택시가 사라진 거리를 바라보던 노인이 쩝, 입맛을 다시며 안으로 들어갔다.

여자를 태운 택시는 30분쯤 달려 성수대교를 지나 강남의 한 우체국 앞에 멈춰 섰다. 검은 우산을 펼치고 여자가 택시에서 내렸다. 거리는 온통 색색의 우산들로 색종이를 뿌려 놓은 듯 화려했다. 여자는 그 속에서 걸음을 멈추고 섰다. 알 수 없는 활기와 생동감으로 출렁이는 거리가 조금씩 빗물에 젖고 있었다. 끊임없이 지나가는 자동차들의 긴 행렬과 보도를 걸어가는 사람들의 밝은 표정과 그들이 만들어 내는 작은 웅성거림들. 그것들은 모두 같은 무리처럼 어우러져 서로에게 익숙한 집 안의 가구나, 그림들처럼 보였다.

여자가 우산을 접고 우체국의 유리문을 지나 안으로 들어갔다. 번호표를 뽑고 순서를 기다리는 동안 사람들의 눈길이 한번씩 그녀를 훑고 지나갔다. 여자가 검은 봉투에서 꺼낸 상자를 누런 종이로 포장을 한 뒤 노끈으로 다시 묶었다. 자신의 차례가 되자 여자는 창구에 소포 꾸러미를 내밀었다.

"내용물이 뭐죠?"

여직원이 저울에 소포를 올려놓으며 물었다.

"주방 용품이에요."

"혹시 깨지는 유리컵이나 위험한 칼 같은 건 아니죠?"

"예."

여직원은 여자가 말한 대로 컴퓨터에 내용물과 무게, 요금을 입력시킨 뒤 프린터에서 영수증을 뽑아 여자에게 내밀었다. 여자는 영수증에 찍힌 돈을 지불하고 천천히 우체국을 빠져 나왔다.

여자는 거리로 나와 다시 사람들 틈에 우산을 펴고 천천히 걸어갔다. 그러다 우산을 접고 사람들이 많이 모여 있는 빌딩 앞에 걸음을 멈추었다. 어깨 위로, 모여 있는 사람들의 우산 끝에서 떨어지는 빗물이 흘러내렸다. 화려한 로비의 불빛 속에서 고급 의상을 입은 마네킹이 우아한 웃음을 보이고 있는 쇼윈도를 바라보았다. 그곳은 강남에서도 제일 큰 유명 쇼핑센터였다.

여자는 안내원이 주는 비닐 봉투에 젖은 우산을 넣고 사람들 틈에 섞여 안으로 들어갔다. 고급스러우면서도 진하지 않은 향기가 풍겨오는 에스티 로더, 랑콤 같은 화장품 코너를 지나 에스컬레이터에 그녀의 작은 발을 올렸다. 어깨를 흠뻑 적신 빗물에 그녀는 한기를 느꼈다. 맞은편에서 에스컬레이터를 타고 내려오는 사람들의 시선이 일제히 그녀를 향해 꽂혔다. 여자는 눈 한번 깜짝하지 않은 채 정면을 응시했다. 그녀는 여섯 번이나 층을 바꾸어가며 에스컬레이터를 탔다. 그와 똑같이 맞은편에서 에스컬레이터를 타고 내려오는 사람들의 호기심에 찬 눈빛이 빛났다.

에스컬레이터에서 내린 그녀는 갖가지 모양의 화려한 주방 용품들이 전시되어 있는 코너를 향해 걸어갔다. 고급 수입 명품이 전시되어 있는 주방 코너에 눈길을 박은 채 그녀가 걸음을 멈추었다.

"어서 오십시오. 뭘 도와드릴까요?"

머리를 단정하게 뒤로 묶어 올린 여직원이 상냥하게 웃으며 그녀에게 다가왔다.

"이거……."

그녀가 전시되어 있는 여러 개의 칼 중에서 하나를 집어 들었다.

"아, 예. 이것 말씀이십니까. 이건 독일 드라이작 구르메 사의 식도로 주방에서 편리하고 다양하게 사용할 수 있는 주방용 칼입니다. 이것 한번 보세요. 한 장의 철판을 사용하여 정밀 단조된 칼이라 완전한 균형감이 있구, 또 이 날은 면도날처럼 예리하죠."

여직원이 칼날을 조심스레 손으로 만져 보였다. 그녀의 말처럼 칼날은 당장이라도 살 속 깊이 파고들어 갈 것처럼 정교해 보였다.

"이건. 잘게 자르거나 주사위처럼 자를 때 편리하구요, 고탄소 스테인리스 스틸로 녹슬지 않고, 오랫동안 칼날이 그대로 유지될 뿐 아니라 또 쉽게 날을 세울 수 있는 장점이 있어요."

여자는 직원의 말을 귀담아 듣는 것 같지 않았다. 여자는 직원이 설명하는 동안에도 다른 물건을 계속 번갈아 집어 들었다.

"이것은 가사하라사카이 데바 칼인데 저희가 일본 사카이에 살고 있는 여러 장인 중 가사하라라는 장인으로부터 직접 수입한 제품입니다. 백 프로 탄소강으로, 기존의 스테인리스 재질 제품과는 차원이 틀리죠. 유명호텔이나 최고급 일식당의 칼들을 살펴보면 백 프로 탄소강 재질의 칼을 사용하거든요. 여기 있는 것들 한 자루 한 자루 모두 수공제품이라 한 달에 50자루밖에 생산이 되질 않는 제품입니다."

여자가 숨을 죽인 채 직원이 내민 칼을 내려다보았다. 여자의 눈빛이 강렬하게 흔들렸다. 칼날에서 쏟아지는 차가운 빛에 여자는 숨이 멎을 것 같은 전율을 느꼈다. 차고도 섬뜩한 금속의 갈려진 표면에서 쏟아지는 빛의 그 강렬함. 무딘 쇳덩이가 수천 번 살점을 갈리며 벼려져 공기 속을 파고드는 한 점의 빛을 만들기까지의 순간들을 생각하자 여자는 숨이 막혀왔다.

"그리고 이건 마사히로 야채 절삭 칼로 특수 합금강이라 아주 강하죠. 어떤 용도에 쓰실 칼인지. 이 가늘고 긴 건 복어회 칼, 복어회 칼보다 넓고 직사각형의 모양은 장어용이구요, 또 제일 가는 건 참치회 칼, 'ㄷ'자 모양으로 구멍이 뚫린 이건 면을 자르는 면 절삭 칼이에요. 아랫배가 유선형으로 불룩한 것은 김밥 절삭 칼이구요. 어떤 용도의 칼을 원하세요?"

직원의 물음에 여자가 갑자기 휘청거리며 한 걸음 뒤로 물러섰다. 여자의 얼굴은 창백했고 작고 마른 손이 가늘게 떨렸다.

"그건……, 그건……."

여자의 눈에 서서히 차가운 물기가 돌았다.

남자가 칼을 든 채 화들짝 방문을 열어 젖혔다. 막 숫돌에서 갈아낸 듯 시퍼렇게 날이 선 식칼이 남자의 손에서 광채를 띄고 있었다.

"이년, 이리 나와."

남자에게서 역한 술 냄새가 쏟아졌다.

"네년이 이 결혼사진 다 태우고 보따리 싸 줄행랑 놓으려고 그랬냐? 어떤 놈이야. 앞집의 목수 늠이야, 아니면 뒷방에 세 든 택시 기사 놈이야? 응?"

남자는 며칠째 노름판에서 날밤을 세웠는지 초라한 행색에 수염이 귀밑까지 자라 있었다. 한 달치 월급을 다 날리고 술에 취해 온 동네를 헤매다 집으로 돌아온 길이었다. 마당 장작더미 속에 타다만 결혼사진을 보자 남자는 눈이 뒤집힌 듯 부엌으로 달려가 식칼을 빼 방으로 달려든 것이었다.

"그, 그게 무슨 말이에요? 줄행랑이라니."

재봉틀을 돌리고 있던 여자가 옆에 앉은 어린 딸을 본능적으로 끌어안았다.

"아니라고? 이렇게 증거가 있는데 아냐? 네년이 이걸 안 태웠으면 누가 이 딴 짓을 한단 말이야? 딴 놈하고 도망가 살 궁리하느라고 돈 달라고 하면 그렇게 잡아 뗐던 거 아니야? 어린 딸년까지 거두어 줬더니 딴 생각을 해? 너 같은 년은 죽어야 해, 죽여 버리고 말 거야."

남자가 거칠게 숨을 몰아쉬며 여자의 턱을 한 손아귀 안에 움켜쥐었다. 남자의 손등에서 푸른 힘줄이 꿈틀거렸다. 남자는 다른 손에 들린 칼날을 천천히 여자의 목에 들이밀었다. 여자가 아이를 더 깊이 끌어안았다.

"그건……, 오해예요. 절대로 그런 생각……, 가진 적 없어요."

여자의 두 눈이 겁에 질린 채 떨고 있었다. 여자의 품속에서 숨을 죽인 채 남자를 쏘아보던 아이가 얼굴을 쳐들고 당돌하게 소리쳤다.

"결혼사진, 울 엄마가 태운 거 아녜요. 바로 오빠가 그랬다고요. 우리 보고 꼴도 보기 싫다고, 다 나가라고 했어요."

아이의 눈빛은 당돌함을 넘어서 오히려 섬뜩하리만큼 침착했다.

"이, 이것들이 한통속이 되어 날 속여? 어디 눈 똑바로 뜨고 콩알만 한 것이 어른한테 덤벼?"

남자가 순식간에 여자의 품속에서 아이를 끌어내 바닥으로 내동댕이쳤다. 아이는 방바닥에 머리를 부딪치며 엎어졌다. 남자의 손이 이번엔 여자의 머리채를 잡아 쥐었다. 남자는 사정없이 여자의 머리를 벽에 처박기 시작했다. 여자가 쓰러진 아이를 향해 기어가며 울부짖었다. 남자가 다시 여자의 머리채를 잡았다. 쿵쿵, 벽이 흔들렸다. 아이가 눈을 부릅뜨고 여자를 향해 움직이는 순간 예리한 칼날이 아이의 다리 위로 날렵하게 날아들었다. 꽃잎처럼 붉은 핏물이 아이가 신은 흰 스타킹을 적시기 시작했다. 아이는 느리게 눈을 감았다.

"손님, 어떻게 할까요?"

여직원이 여자에게 조심스레 물었다.

"아, 이걸 택배로 보내줄 수 있나요?"

여자가 주소가 적힌 메모지를 여직원에게 내밀었다.

'강남구 신사동 ○○번지 햇살 치과 홍영철 원장 귀하'

3

가게 유리문 너머로, 질퍽거리는 눈을 밟으며 언덕을 내려가는 사람들의 모습이 보였다. 기숙은 재봉틀 위에서 규칙적으로 천을 밀어내고 있던 손을 멈추었다. 노파가 언제 다가왔는지 유리문을 막아서며 미숙 앞으로 버티듯 섰다. 노파의 아랫도리가 떨리고 있었다. 때가 탄 털신 속 맨발은 푸르죽죽하게 얼어붙은 시든 배추 잎처럼 불결해 보였다. 손때가 노랗게 탄 작업대 위로 드리워진 그녀의 손 그림자가 흔들렸다.

"동네 사람들, 이년 좀 보구랴, 이년이 지 에밀 굶겨 죽인다우!"

노파가 유리문을 열고 사람들을 향해 소리쳤다.

"엄마, 왜 이래! 어서 들어가, 제발."

미숙은 손아귀에 한 줌도 안 잡히는 노파의 마른 어깨를 쥐고 흔들었다. 일부러 날 괴롭히려고 이러는 거지? 내 뼈가 녹아나고 심장이 삭아 내리는 걸 보고 싶은 거야, 그렇지?

　노파는 미숙의 팔을 뿌리치곤 눈꺼풀이 내려앉은 두 눈에 힘을 주며 그녀를 노려보았다.

　"그러니까, 날 영철이한테 데려다 달라고 했잖어. 영철이한테 데려다 주면 될 거 아녀?"

　허연 입김이 피어오르는 노파의 입에선 역겨운 단내가 났다. 오래된 틀니 탓이었다. 아니면 만성 간염 탓인지도 몰랐다. 겨울 내내 물 한 모금 못 얻어먹고 말라 죽은 파키라처럼 노파도 그렇게 그녀의 삶에서 방치되어 있는 그 무엇들 중의 하나인지도 몰랐다.

　"아이구, 할머니 또 시작했네."

　길가에 내놓은 생선 좌판에서 고등어자반 한 손을 들어 올리던 영길네가 혀를 찼다. 하루에도 몇 번씩 반복되는 두 모녀의 실랑이는 이제 이곳 해맞이 언덕의 상가 사람들에겐 매일 끼니 때마다 맡는 밥 냄새만큼 익숙한 것이었다.

　"그것 말고, 옆에 놈. 저걸로 줘. 단골한테는 작은 거 팔고, 새로 온 손님한테 더 좋은 거 준다더니 정말인가 봐?"

　영길네 옆에 서 있던 럭키슈퍼 여자가 빈정거렸다.

　"무슨 말을 그렇게 해. 여기서 단골 붙여 장사한 지가 10년이 넘었는데. 봐, 이게 더 훨씬 물이 좋은 거야. 내가 다 알아서 준다니까."

　영길네는 수없이 칼질에 다져져 가운데가 움푹 꺼진 나무 도마 위에 자반을 던져 놓고 머리부터 칼로 내리쳤다. 배를 가르고 내장을 긁어내는 영길네의 익숙한 칼 솜씨를 슈퍼 여자는 심드렁한 얼굴로 내려다보았다.

"이년아, 나도 아들 있어. 아들 찾아갈 테니까 내 보따리 내놔. 어서!"

노파의 목소리가 골목 안 포장마차의 비닐 천막을 흔드는 바람 소리와 함께 윙윙거렸다. 도마 위로 검게 엉겨 붙은 핏물이 내장과 함께 비릿한 냄새를 풍기며 흘렀다. 영길네는 파랗게 날이 선 칼날로 그것들을 단숨에 쓸어 대가리와 함께 생선 내장이 가득 찬 양동이 속으로 던져 넣었다.

"미숙이가 정말 안됐어. 하루 이틀도 아니고."

영길네가 자반의 몸통을 두 토막 내고 벽에 걸린 검은 봉지를 뜯어 속에 담으며 다시 혀를 찼다. 말을 할 때마다 그녀의 입에선 소처럼 뿌연 입김이 피어올랐다. 오랜 시간 혹독한 찬 바람에도 잘 견뎌 냈을 그녀의 검붉은 뺨이 화장기 짙은 슈퍼 여자의 선홍빛 얼굴과 대비되어 더욱 질긴 가죽처럼 칙칙해 보였다.

"나 같으면 당장 아들놈한테 보내 버리겠다. 아들이 그렇게 돈도 잘 번다며? 의사라던데?"

비닐 봉투를 쥔 손을 입김으로 녹이며 밀담이라도 나누듯 나지막하게 속삭이는 슈퍼 여자의 눈빛이 빛났다.

"두 모녀가 봉제 공장에서 재봉틀 돌려가면서, 그 어려운 살림에도 남 못지않게 공부 뒷바라지 다 했다잖아. 그것도 할머니 친자식도 아니고 전처 자식이래. 요즘 세상에 누가 전처 자식을 그렇게 공 들여가면서 출세시키겠어? 두 모녀가 바보지. 출세하니

까 정신 나간 계모랑 배다른 꼽추 누이가 거추장스러워진 거지,
안 그래?"

영길네가 주위를 살피며 목소리를 낮췄다.

"키가 작아 꼽추처럼 보이기야 하지만, 인물이야 곱상하고 참
하지. 키만 좀 컸으면 얼마나 좋아. 사십이 가깝도록 시집도 못 가
고, 안 됐어."

그러면서 영길네는 짧게 말아 올려진 퍼머 머리 속으로 손톱 때
가 까맣게 낀 손가락을 넣어 득득 긁어 댔다.

"얼굴만 예쁘면 뭐해. 초등학교 3학년짜리 애들보다 더 작은 걸
뭐. 그런 여자를 어떤 남자가 데리고 살겠어? 그렇다고 돈이 많
나, 가진 거라고는 낡아 빠진 재봉틀 하나에다 더욱이 노망난 늙
은 혹까지 있는데."

"하여튼, 남의 새끼는 다 범의 새끼라는 말이 있잖아. 친부모도
다 갖다버리는 세상인데 피 한 방울 섞이지 않은 늙은 계모를 봉
양하겠어? 친자식이든 아니든, 요즘 세상엔 아들 낳아봤자 아무
소용없다니까, 병신자식이라도 딸이 있어야 해. 미숙이 봐. 저 극
성 다 받아주면서 같이 사는 걸 보면 열 아들 소용없지."

말을 마친 영길네가 가게 안으로 들어가 고추 몇 개를 집어 들
고 나왔다. 돌아서면 뒤통수에다 대고 욕을 할 망정 영길네는 언
제나 앞에서는 인정을 베푸는 데 인색하지 않았다.

"이거, 청양 고추니까, 된장찌개 끓일 때 넣어."

영길네가 자반이 든 검은 봉투 속에 고추를 찔러 넣자, 봉투를

받아 든 슈퍼 여자의 눈빛이 녹녹해졌다.

"다음 주 토요일, 우리 해맞이 상인회 친목 곗날인 거 알지? 대성회관, 7시!"

럭키슈퍼 여자가 삼천 원을 영길네 손에 쥐어 주며 몇 번 더 다짐을 두고 돌아섰다. 걸을 때마다 그녀의 엉덩이 살이 탄력 있게 튀어 올랐다.

"저 엉덩이로 또 어떤 놈을 후리려고."

영길네가 수돗가에서 둘 한 바가지를 퍼 도마 위로 쫙, 끼얹으며 그녀의 뒤통수에 대고 이죽거렸다. 도마 위에서 흰 수증기가 피어올랐다. 방 안에서는 남편 최씨가 슈퍼 여자의 엉덩이를 능청스레 훔쳐보며 담배를 물고 있었다. 주책 맞은 영감탱이, 힘도 못 쓰는 주제에. 영길네가 눈을 흘기며 최씨를 윽박질렀다.

눈길에 위태로워 보이는 통굽 슬리퍼를 잘잘 끌며 몇 걸음 걸어가던 슈퍼 여자가 수선집 유리문 앞에 서서 미숙에게 뭐라고 손짓을 해 보였다. 뿌옇게 성에가 긴 유리문을 밀고 미숙이 밖으로 나왔다.

"할머니, 또 왜 저래?"

슈퍼 여자가 먼저 눈살부터 찌푸리며 말했다. 슈퍼 여자는 매번 모른 척 지나쳤으면서도 오늘은 왠지 그냥 지나칠 기분이 아니었다. 노파가 아니라 미숙에 대한 감정이 문제였다.

'난쟁이 똥자루만 한 키에, 어울리지 않는 저 미모라니. 하느님은 어쩌자고 저런 실수를 했누?'

슈퍼 여자는 속으로 끌끌, 혀를 찼다. 미숙 역시 여자가 달갑지 않았다. 더욱이 그녀의 말에 대꾸할 기분도 아니었다.

"엄마, 닭죽 끓여 놨으니까 그만 좀 해요."

미숙은 피곤한 얼굴로 슈퍼 여자를 무시한 채 노파를 향해 소리쳤다.

"누가, 닭죽 먹고 싶데? 영철이한테 데려다 달라고 했지? 내 아들, 영철이 말이야, 이년아!"

노파가 다시 땅바닥에서 부서진 우산을 집어 들었다. 우산대가 바르르 떨렸다. 노파의 풀어진 스웨터 앞자락으로 차가운 바람이 파고들었다. 보랏빛이 도는 노파의 입술이 분노를 참아 내듯 거칠게 일그러졌다.

"알았어, 알았으니까 들어가요."

미숙은 아이를 달래듯 노파의 풀어진 스웨터 자락을 꼭꼭 여며 주곤 손에 들린 우산을 조심스레 잡아 뺐다. 우산대는 살점 없이 마른 노파의 손아귀에서 힘없이 빠져 나왔다.

"정말, 닭죽은 끓여 놓은 게야? 나쁜 년, 늙은 에미 언제까지 굶길 겨? 늙은 게 먹으면 얼마를 먹는다고. 영철이 같으면 늙은 에밀 이렇게 물 한 모금 안 주고 생으로 굶기겠냐? 그 놈이 얼마나 효잔데. 너 같은 년, 열 갖다 줘도 못 따라올 효자 중의 효자여, 암."

한바탕 소란을 부리고 난 노파는 갑자기 힘이 빠진 듯 유리문을 잡고 가쁜 숨을 내쉬었다. 간염에다 당뇨에 관절염까지 앓고 있는 노파의 건강 상태는 이제 말이 아니었다.

"할머니, 하나밖에 없는 딸 속 그만 썩여요. 코빼기도 안 내미는 그놈의 아들 타령은 그만 하고."

슈퍼 여자가 유리문 안으로 느리게 걸음을 옮겨 놓는 노파의 등에다 대고 소리쳤다.

"이년들아, 내가 우리 아들만 만나 봐라, 날 괄시한 네년들 다 일러 혼 구멍을 내줄 테니."

노파가 걸음을 멈추고 돌아서 길바닥에다 끓어오르는 가래를 획하니 뱉어 냈다.

"엄마, 닭죽 줄게. 자, 어서 들어가요."

노파는 미숙의 말에 다시 끙 소리를 내며 힘겹게 안으로 한 걸음 내딛었다. 미숙이 노파 뒤를 따라 안으로 들어서려는 순간 슈퍼 여자가 미숙의 팔목을 잡아끌었다.

"다음 주 토요일이 친목 곗날인 거 알아? 이번엔 꼭 참석할 거지? 우리 연휴 때 설악산으로 놀러가기로 한 거, 회원 모두 참석해야 일이 제대로 마무리 되거든. 알았지? "

미숙보다 서너 살이나 아래인 여자는 처음부터 나이 따위는 안중에도 없는 듯 말을 놓았다. 그렇다고 미숙도 같이 말을 트고 지낼 생각은 조금도 없었다. 서너 살의 나이 차이가 아무렇지 않을 정도로 서로 허물없는 사이가 아니라는 것을 슈퍼 여자에게 주지시키기 위해서라도 말을 놓지 않았다. 왠지 여자와는 그렇게 일정한 거리를 두어야 할 것 같았다. 세상엔 아무 이유 없이 가깝게 지

내고 싶지 않은 사람이 있는데 미숙에겐 여자가 그런 존재였다.

두 달째 돈만 내고 모임에 참석하지 않은 미숙은 더 이상 할 말이 없었다. 처마 밑에 매달려 있던 고드름이 햇빛에 녹아 발밑으로 떨어졌다. 고개를 숙인 채, 발밑의 얼음 조각을 발로 지그시 눌러 밟았다. 으드득, 얼음 알갱이들이 그녀의 신발 밑창에서 부서졌다. 헐거운 스웨터 속으로 찬바람이 스며들었다. 그녀는 마음을 추스르며 얼굴을 들었다.

"알았어요."

미숙은 빠르게 말을 내뱉고는 입을 꼭 다물었다. 까칠하게 말라 부르튼 슈퍼 여자의 입술이 가늘게 떨렸다.

"설악산 꼭 갈 거지? 쌀집 아들 규석이도 간다고 했는데."

슈퍼 여자의 눈빛이 탐색하듯 미숙의 눈 속으로 파고들었다. 규석이를 안 건, 너보다는 내가 먼저야. 여자의 입꼬리가 다시 떨렸다.

"모르겠어요. 어머니 때문에."

이번에도 미숙은 빠르게 입을 다물어 버렸다.

"명절이고 한데, 오빠 집에 모셔다 드리지 그래. 저렇게 아들이 보고 싶어 애태우시는데 할머니가 안 됐잖아."

슈퍼 여자가 다시 미숙의 표정을 살폈다.

"그런 건 걱정 안 하셔도 돼요. 내 일이니까."

인중이 짧은 슈퍼 여자의 윗입술에 시선을 꽂은 채 미숙이 말했다. 처진 눈초리를 아이섀도로 감춘 여자가 흔들리는 눈빛으로 미숙의 시선을 받았다.

"그럼, 미숙씬 할머니 때문에 설악산 못 가는 걸로 할게. 빨리 인원 파악을 해야 여행사에 예약을 할 수 있으니까."

여자가 획하니 돌아서 슬리퍼를 끌며 슈퍼 쪽으로 걸어갔다. 슬리퍼가 요란하게 언 땅에 부딪치며 딱, 딱, 소리를 냈다. 미숙은 그녀의 길고 곧은 다리가 마치 여자에게 달린 날개 같다는 생각을 했다.

"이년아, 닭죽 준다니더니, 거기서 뭐 하고 서 있어? 명 길어야 그 닭죽 한 그릇 먹어 보고 죽겠네."

노파의 말에 그녀는 잠에서 깬 듯 하늘을 올려다보았다. 겨울 날씨답지 않게 푸른 하늘이었다. 발밑의 고드름이 다시 쨍 소리를 내며 바닥으로 떨어졌다. 수선집 앞에 쌓인 잔설이 바람에 날렸다.

4

"이제 정신이 들어요?"

창가에 놓인 의자에 앉아 뜨개질을 하고 있던 규석이 무릎 위에 올려진 실 바구니를 내려놓으며 미숙의 머리맡으로 내려앉았다.

"일주일 동안 병원에 있다가 어제 저녁에 퇴원한 것 기억나요?"

미숙은 초점이 모아지지 않는 눈에 힘을 주며 천천히 상체를 일으켜 앉혔다. 미숙은 아무 것도 기억할 수 없었다. 무거운 쇳덩이를 몸에 넣은 것처럼 몸이 무거웠다. 시야가 물 속처럼 가볍게 흔들렸다. 그녀는 한쪽 장롱 문에 등을 기댄 채 졸고 있는 노파를 바라보았다. 출렁이던 초점이 서서히 모아지며 노파의 모습이 선명하게 눈에 들어왔다. 노파의 손엔 금방 입에 넣고 빠작거리며 씹어 삼켰을 누룽지가 들려 있었다.

"누룽지가 드시고 싶다고 해서 내가 집에서 좀 만들어 왔어요."

규석은 노파의 손에서 누룽지 조각을 조심스레 빼 옆에 놓인 그릇에 담았다.

"어머니도 당신이 아픈 건 아시는지 순한 아이처럼 역정도 안 내시고 잘 견디셨어요. 그러면서 어렸을 때 미숙 씨 얘길 자꾸 하시더라구요. 당신 오빠 얘기도."

미숙은 규석의 얘길 들으며 그가 뜨다만 숄이 담긴 실 바구니를 바라보았다.

"이게, 솔잎사구나? 예쁘다."

그녀가 보라색 털실을 집어 들며 희미하게 웃어 보였다. 햇빛 속으로 가는 실 먼지가 날아올랐다.

"며칠 전에 시작해서 얼마 못 떴어요. 당신에게 줄 이 숄이 완성되면, 우리 기념으로 함께 여행가요. 당신 때문에 저, 설악산 여행 안 갔어요."

그녀는 대답 대신 창가에 놓인 군자란에 시선을 얹었다. 햇빛을 받은 군자란의 검푸른 잎이 하얗게 윤기를 흘리고 있었다.

"한 코 한 코 뜨면서 뭘 생각 했는지 알아요? 이 한 코 한 코가 세월이었으면 좋겠다, 시간이었으면 좋겠다, 그런 생각 말이에요. 그래야 우리가 함께 한 추억도 많아질 테니까."

"넌, 죽어도 시인은 못 될 것 같다. 너 자체가 그냥 한편의 시니까."

미숙은 조금 전보다 환하게 웃어 보였다. 그리곤 다시 창가의 군자란에 눈길을 돌렸다. 겨우내 죽어 버린 파키라처럼 노랗게 말라가던 것이 화분에 찔러 놓은 영양제 때문인지 어느 날인가부터 푸른 윤기를 띠기 시작했다. 그렇게 힘들게 생명줄을 잡고 살아난 군자란이었다. 그것의 싱싱한 잎사귀를 보고 나니 미숙은 기분이 좋아졌다. 이번엔 천천히 방안을 훑어보았다. 따뜻한 햇살이 방안의 남루한 살림들을 정겹게 끌어안고 있었다. 그녀가 잠들어 있었던 시간 내내 모든 것들이 변함없이 그녀를 지켜보고 있었다고 생각하니 외롭지 않았다.

"네가 나 대신 어머니 챙기느라고 고생했구나."

미숙은 규석의 얼굴에 초점을 모으며 말했다.

"당연한 걸요, 뭐. 당신도 내가 아프면 혼자 있는 우리 아버지를 돌봐 줄 거죠?"

규석의 말에 미숙이 웃으며 고개를 끄덕였다. 며칠 사이 더 작아진 미숙의 얼굴을 바라보던 규석은 처음으로 미숙의 몸뚱이가 너무 작다는 생각이 들었다. 남들보다 일찍 모든 성장이 멈춰버린 것처럼 그녀의 고통도 그럴 수만 있다면 얼마나 좋을까. 아이처럼 유약해 보이는 그녀의 작은 손이 규석의 손 위로 조심스레 겹쳐 왔다.

'우린 웃었지. 그리고 네게 난 이렇게 말했었다. 아, 넌 이끼 위 당나귀에 올라탄 모습을 그린, 뮈세 시집 속의 오래된 삽화 같아.'

햇살에 눈이 부신 듯 미숙은 속눈썹을 깜박거리며 규석을 바라보았다.

'그러자 넌 날 껴안았고, 네 높은 웃음의 몸 떨림과 함께 우리의 입술은 서로 맞붙었지.'

규석은 미숙의 작은 손을 손아귀에 넣고 가만히 힘을 주었다. 작고 어린 새 한 마리가 손아귀 안에서 파닥거리고 있는 것 같았다. 가슴이 뜨거워져 왔다. 손에 힘을 주며 그녀의 온기를 느꼈다.

"당신이 영원히 눈을 못 뜰까봐 두려웠어요. 당신의 고통이 무엇인지 끝내 알 수 없게 될까봐, 두려웠어요."

미숙은 규석의 말에 아무 대꾸도 없이 창가에 놓인 군자란에 다시 시선을 흘렸다.

'그리고 넌, 내가 그 옆에 놓아둔 내 큰 챙 모자 위에 내가 무심코 던져 놓은 글라디올러스의 긴 잎새를 바라보았었다.'

"어머니가 당신한테 미안한 게 많은 모양이에요."

규석의 말에 미숙은 군자란에 얹었던 시선으로 잠든 노파의 주름진 얼굴을 바라보았다.

"엄마가 그런 말을 해?"

"가끔씩은 정신이 드시니까요. 그럴 때마다 미숙 씨 어린 시절에 있었던 얘기들을 더듬더듬 풀어놓으며 옛 생각을 하셨어요. 미숙 씨한테 잘못한 게 많다구. 3학년 겨울방학 이후 자라지 않는 당신을 볼 때마다 죄책감에 혼자 아무도 모르는 곳에서 많이 우셨다고 했어요."

"난 지난 일들은 다 잊었어. 참을 수 없는 건 오히려 현재 내게 일어나고 있는 일들이야."

미숙은 방바닥에 얼룩진 군자란의 그림자를 따라 손그림을 그렸다. 그런 미숙의 손이 꽃잎처럼 작았다.

"엄마의 저 숨소리를 들으면 내가 얼마나 행복해지는지 아니? 아무리 날 힘들게 하셔도 난 엄마 없이는 어떤 삶의 기쁨도 느낄 수 없을 거야. 그러면서도 가끔은 엄마로부터 달아나고 싶을 때가 있어. 무거운 바윗덩이가 가슴을 짓누르고 있는 것처럼 숨이 막힐 때가. 나를 힘들게 하는 건, 하루 종일 방 안의 묵은 공기 속에서 풍겨 오는 엄마의 구린내나 허옇게 날리는 살비듬과 병적인 식탐, 내게 쏟아지는 참기 힘든 욕설 따위가 아니야. 엄마가 철저하게 오빠에게 이용당하고 버려졌다는 사실이지. 그리고 더 참을 수 없는 건 그런 오빠에 대한 엄마의 맹목적인 집착과 그리움이야."

정신을 놓기 전까지 노파는 냉정하게 자신의 상황을 받아들였다. 자신이 키워 놓은 전처소생의 아들로부터 받은 배신감을 안으로 삭이고 속으로 잘 삼켜 냈다.

'자기 속으로 낳은 자식들도 늙으면 부모를 갖다 버린다는데 피 한 방울 섞이지 않은 계모인데 오죽하겠니. 원망할 것도 없고 서러워할 일도 아니야. 오히려 난 그 애에게 감사한다. 그 애가 아니었다면 우리가 뭘 바라고 그렇게 열심히 살았겠어?'

노파는 오히려 그렇게 미숙을 위로하려 애썼다.

'이럴 때일수록 건강해야 한다. 너도 더 열심히 살아. 병들고 추해지면 그것들이 더 우리 모녈 무시하지 않겠니? 우리끼리도 잘 산다는 걸 보여 줘야지. 돈도 많이 벌고, 좋은 사람 만나 보란 듯이 결혼도 하고, 알토란 같은 새끼도 낳고.'

그러나 노파는 일 년도 견뎌 내지 못하고 조금씩 정신을 놓기 시작했다. 가끔 깊은 꿈을 꾸는 사람처럼 노파는 세상의 반대편에 낯선 모습으로 서 있었다.

"내 아들, 내 아들한테 보내 달라는데 왜 안 보내 줘, 이년아, 이 나쁜 년아."

마른 볏단처럼 서걱거리는 입술을 비틀며 노파가 잠꼬대를 했다. 미숙은 자신의 베개를 집어 와 노파를 그 위에 눕혔다. 노파는 종잇장처럼 가볍게 옆으로 쓰러져 누웠다.

"병원에 있을 때, 두 번이나 몰래 외출했던 거 기억나요?"

"아니."

미숙은 남의 일을 말하듯 담담하게 말했다. 그러면서도 뭔가 불안한 듯 눈빛이 흔들렸다.

규석은 의사가 그녀의 병명을 해리성 기억상실증이라고 말했던 것을 떠올렸다.

'해리 장애는 일상적인 상태에서 내가 누구인지, 무엇을 하는지를 알고 있는 일관된 자기로부터 분리되거나 분열된 상태를 말합니다. 해리성 기억상실은 특정한 사건에 국한되는 국지적이거나 선택적인 기억상실이 있고, 드물게는 전반적인 기억상실의 경우도 있습니다. 이 환자는 전자의 경우에 해당된다고 볼 수 있는데 특이한 것은 이런 증상이 반복된다는 것이죠.'

"어디 갔다 왔냐고 했더니, 우체국이라고 말하던데요."

그녀는 잠시 그런 규석의 얼굴을 빤히 쳐다보다간 말없이 자리에 누웠다.

"피곤해. 자야겠어. 그만 돌아가 봐."

미숙은 이불을 머리까지 끌어올리며 돌아누웠다. 규석은 그녀가 뭔가 숨기고 싶어 한다는 생각이 들었으나 더 이상 묻지 않았다.

"그럼, 푹 쉬어요."

규석의 말에 미숙은 아무 대꾸도 하지 않았다. 규석은 자리에서 일어나 방문 쪽으로 걸어갔다. 방문을 열고 나오려다 방 안의 햇빛이 맘에 걸리는 듯 창가로 가 커튼을 내리고 돌아섰다. 그때까지도 미숙은 숨죽인 채 움직이지 않았다. 규석은 그녀를 말없이 내려다보다 방문을 열고 밖으로 나왔다. 풀 한 포기 없이 시멘트로 발리어진 살림집의 작은 마당을 지나 골목으로 통하는 수선집 쪽문을 열고 거리로 나왔다.

'어린 시절, 환자가 기억 못하는 뭔가 충격적인 일이 있었던 것이 분명해요. 환자 스스로 감당하기 힘든 큰 충격을 지우개로 지워버리듯 버리는 거죠. 그것이 바로 해리성 장애의 특징이니까요.'

무엇일까. 그녀가 자신의 삶으로부터 지워 내고 싶은 그 기억이란.

5

"이년들아, 나도 아들 있어, 날 괄시하면 우리 아들이 가만 안 있을 거야. 알겠어?"

얼굴에 한층 병색이 짙어진 노파가 가쁜 숨을 몰아쉬며 지나가는 사람들을 향해 소리쳤다. 사람들은 놀라워하는 기색도 없이 노파를 지나쳐 걸어갔다. 생선 가게 앞을 지나가던 동네 강아지만 노파를 향해 짖어 댔다.

"망할 놈의 개새끼, 왜 짖고 지랄이여!"

애꿎은 강아지를 쥐패는 시늉을 하며 노파는 느린 걸음으로 수선집 유리문 안으로 들어섰다. 미숙은 돌리던 재봉틀을 멈추고 노파를 바라보았다.

"내 사탕 네가 또 감췄지? 이젠 사탕까지 아까워서 뺏나? 아이구, 무서운 년."

다리를 절룩거리며 곁방 문을 열어젖히고 무겁게 몸을 안으로 들이밀었다.

"식전에 혈당이 350이나 올랐잖아."

미숙은 더 이상 말하고 싶지 않은 표정으로 낮게 중얼거렸다. 제정신이 아닌 노파를 붙들고 얘기한다는 것이 얼마나 미친 짓인지 그녀는 잘 알고 있었다. 그러면서도 매번 그런 노파를 붙들고 힘을 빼곤 하는 것이었다.

미숙은 다시 멈췄던 재봉틀을 돌렸다. 드르륵, 드르륵. 일정한 기계음이 모녀 사이의 팽팽한 긴장감을 흔들어 댔다. 미숙은 쉴 사이 없이 천을 뚫고 오르내리는 재봉틀 바늘에 눈길을 둔 채, 주희의 말을 떠올렸다. 주희는 지금은 그녀의 올케가 된 중학교 동창이었다. 네가 해 줄 수 없는 많은 것들을 그 양로원에서는 다 해 줄 수 있다는 것 몰라? 그녀가 던져 놓고 간 흰 봉투는 프랑시스 잠 시집 속에 꽂혀 있었다. 정말 어머니를 위해 내가 할 수 있는 일이란 고작 사탕이나 뺏어 두는 것 말고 뭐가 있을까.

설이 지나면서 일감도 줄어 버렸다. 일정하게 들어오는 수입이 못 되기 때문에 어느 때는 한 달 월세를 내는 것도 벅차 가슴을 태워야 했다. 보증금을 구하기 위해 얻은 은행 융자금을 내는 것도 빠듯한 일이었다. 그런 형편 중에 노파의 병은 갈수록 깊어지고 있었다. 미숙은 시집 속의 흰 봉투를 노려보았다. 더러운 돈, 양심을 삼켜버린 치졸한 돈. 올케가 보는 앞에서 진작 쓰레기통에 쑤셔 넣었어야 했는데.

"배고파, 밥 줘. 오늘도 날 굶길 작정이냐? 이 나쁜 년."

"아침 먹었잖아. 아침 먹은 지 이제 두 시간 지났어. 제발 좀 그만 해."

현실을 직시하며 마음을 추스려야 했다. 노파는 다섯 살 난 아이만큼의 이성도 갖고 있지 않았다. 오늘밤이라도 두 눈을 감고 영원히 깨어나지 못 할지도 몰랐다. 더 이상 슬퍼해 줄 사람도, 기억해 줄 사람도 없는 쓸쓸한 생은 이제 시간이 없었다. 그런 노파는 미숙에겐 아무런 적의의 대상도 아니었다.

자리에서 일어나 밖으로 나간 미숙은 럭키슈퍼 앞에서 머뭇거리다 안으로 들어섰다. 노파가 좋아하는 생과일 캔디와 팝콘에 캐러멜을 입힌 스낵을 집어 들었다. 화장기 없이 푸석한 얼굴로 여자가 방문을 열고 내다보았다. 그녀 앞으로 가 잔돈을 내밀자 여자는 끙 소리를 내며 돈을 받고 자리에 누웠다. 짙은 화장기를 지워 낸 여자의 얼굴은 낯설었고 알 수 없는 연민을 불러일으켰다.

"어디, 안 좋으신가 봐요?"

미숙은 그냥 지나치려다 한마디 물었다. 평소의 그녀답지 않은 몰골에 맘이 걸렸다.

"몸살이야. 왜, 그냥 한번 꾀병 부리고 싶을 때가 있잖아."

설악산 여행에 규석이 동참하지 않은 이후로 무슨 이유인지 여자는 풀이 죽어 있었다. 그건 마음의 병 때문일 거였다. 독버섯 같은 실연의 슬픔. 규석의 마음이 어디에 있는지를 확인한 순간 여자에게 독이 퍼지기 시작했을지도 몰랐다. 미숙은 이불을 덮고 돌아누운 여자의 뒷모습을 쓸쓸히 바라보았다. 모두 다 서글픈 인생들뿐이었다. 누구에게도 위로 받지 못하는 초라한 삶들. 미숙은 얼굴을 돌리고 밖으로 나와 거리에 섰다. 손에 든 캔디와 팝콘 스낵을 내려다보았다. 규석 때문에 앓아누운 여자도 있는데 정작 자신은 사는 게 버거워 그를 잊고 있었다. 헵번 스타일의 숄은 얼마쯤 완성되었을까. 미숙은 여자를 바로 뒤에 두고 그런 생각을 하고 있는 자신이 어처구니없었다.

미숙은 쓸쓸한 마음을 가누며 다시 수선 가게로 돌아왔다. 배고

프다고 투정을 부리던 노파는 어느 새 잠이 들어 있었다. 캔디와 스낵을 머리맡에 놓고 그녀는 유리문에 기대어 거리를 내다보았다.

다음 날 아침, 미숙은 앰뷸런스 차에 실려 가는 럭키슈퍼 여자의 마지막 모습을 지켜보았다. 무엇이 그녀로 하여금 백 알의 수면제를 삼키게 만들었는지는 아무도 알 수 없었다. 다만 그것만이 그녀가 택한 최선의 길이었을 것이라는 것뿐. 그녀의 죽음으로 해맞이 언덕은 다시 무성한 소문들로 뜨겁게 달아올랐다. 누군가에게 겁탈을 당했느니, 규석을 짝사랑한 그녀가 비관 자살을 한 것이라는 등 소문은 꼬리를 물고 빠르게 번져갔다. 그러나 언제나 그녀에 대한 소문이 허황한 상상력에 불과했듯이 아무것도 확실하게 증명된 것은 없었다. 미숙은 노파의 옷가지를 챙겨 가방에 넣었다. 노파가 좋아하는 옥색 두루마기를 장에서 꺼내들었다.

"나, 영철이한테 가는 거 맞아? 정말 보내 줄 거야?"

손질해 놓은 두루마기를 노파에게 입히며 미숙은 아무 대꾸도 하지 않았다.

"이번에 가면 나 영철이 하고 같이 살 거야. 여기 다신 안 온다, 알았지?"

검붉은 노파의 혈색이 오늘 따라 좋아 보여 미숙의 마음이 조금은 가벼워졌다. 미숙은 콜택시를 예약하고 노파의 짐을 다시 챙겼다.

"엄마, 일주일에 한 번씩 꼭 면회 갈게. 의사 선생님이 하라는 대로 잘 따라 해야 돼. 그래야 오래 건강하게 사실 수 있어, 알았지?"

"의사 선생님? 그래, 우리 아들 의사 선생님이야. 말 잘 들을 거
니까 걱정 마."

엄마, 죄송해요. 미숙은 마지막으로 노파의 옷고름을 정성껏 고
쳐 맸다. 엄마, 잘 견뎌 내야 해. 미숙은 가방을 들고 밖으로 나와
택시를 기다렸다.

"결국 할머니 소원 풀었나 보네?"

생선 상자를 나르던 영길네가 웃으며 소리쳤다. 뒤따라 나온 노
파가 의기양양한 얼굴로 주위를 한번 둘러보았다.

"퉤, 이년들. 내 다시 여기 오나 봐라."

영길네가 그런 노파를 보곤 돌아서 입을 삐죽거렸다. 미숙이 셔
터를 내리고 자물쇠를 잠그는 동안 콜택시가 도착했다.

"할머니, 건강하셔야 되요. 알았죠?"

택시에 오르는 노파의 등에다 대고 영길네가 다시 소리쳤다. 미
숙이 흘러내리는 노파의 두루마기 자락을 걷어 올리며 택시에 따
라 올랐다. 택시는 미끄러지듯 해맞이 언덕을 내려갔다.

차창으로 들어온 햇살이 좁은 차 속을 부유하는 먼지와 함께 검
버섯이 핀 노파의 얼굴 위로 비껴갔다. 노파의 얼굴은 무표정했고
가끔 창 밖으로 흐르는 풍경에 무심히 눈길을 던지곤 했다. 차라
리 잘 된 일이야. 진작 이렇게 해야 했어. 앞만 바라본 채 속으로
그렇게 자신에게 타일렀다. 똑같은 신호등을 수없이 지나면서 차
는 멈추고 달리는 일을 반복했다. 잠든 노파의 고른 숨소리를 들
으며 미숙 자신은 숨소리조차 내지 않았다. 택시로 한참을 달려서

야 앞 유리창 너머로 '희망 양로원'이라는 표지판이 눈에 들어왔
다. 그때서야 내내 참고 있었던 눈물이 솟구쳤다. 내가 지금 무슨
일을 저지른 것일까. 두 손으로 입을 막은 채 미숙은 입술을 깨물
었다. 손등을 적시며 눈물이 흘러내렸다.

"아저씨, 차 좀 다시 돌려 주세요. 제가 뭘 놓고 온 게 있어서요,
죄송합니다. 왔던 곳으로 다시 돌아가 주세요."

"뭐라구요? 내 참, 그럼 진작 말을 할 일이지. 교대시간도 빠듯
한데. 에이, 빌어먹을!"

한강을 지나면서 신호등만 걸려 있던 하늘로 한 무리 새들이 날
아올랐다. 잿빛 겨울 하늘을 날아오르는 새들의 날갯짓은 힘겨워
보였다. 매연에 찌든 가로수와 철근 콘크리트 벽에 길들여진 도시
의 새들은 이제 자신이 어디로 가야할지조차 잊어버린 듯 이리저
리 날아올랐다. 미숙은 깊은 잠 속에 빠져 있는 노파의 주름진 얼
굴을 내려다보았다. 노파는 꿈속에서 아들이라도 만났는지 편안
하고 행복한 모습이었다. 미숙은 힘없이 한쪽 얼굴을 유리창에 기
댄 채 눈을 감았다.

6

입춘이 지났지만 날씨는 여전히 쌀쌀했다. 해맞이 언덕엔 아직
도 한겨울 내 녹지 않았던 잔설이 그대로 음지마다 쌓여 있었다.

한바탕 또 눈이 올지도 몰랐다. 하늘은 수증기를 가득 머금은 채 안개 속처럼 깊어 보였다. 슈퍼 여자가 이 해맞이 언덕에서 사라진 뒤 규석도 이 곳을 떠나 고향으로 내려갔다. 그에게도 미숙에게도 시간이 필요했다. 그렇다고 미숙의 삶이 흔들릴 정도는 아니었다. 언제나 고통은 순간이고 가끔 그 순간이 영원처럼 지루하게 느껴질 뿐인지도 모르니까. 바늘을 쥐고 바지 밑단을 꿰매는 손이 곱아 왔다. 입김으로 손을 녹이며 그녀는 가끔 유리문 너머로 눈길을 던졌다.

건너편 럭키슈퍼 자리에 새로 이사 온 젊은 부부가 냉장고에 음료수 병을 쌓고 있는 것이 보였다. 둘은 정겹게 얘기를 나누며 가끔 서로의 얼굴을 보고 웃음을 흘렸다. 흰 시트에 싸여 앰뷸런스에 실려 가던 슈퍼 여자의 마지막 모습이 떠올랐다. 그녀에게 가졌었던 지난 감정들이 부질없었다는 것을 느끼는 만큼 자신의 삶도 덧없어 보였다. 죽음을 선택한 그녀에게 살아온 날들의 의미는 무엇이었을까. 규석에 대한 사랑은 어떤 것이었을까.

해맞이 언덕 사람들은 이제 더 이상 그녀의 죽음을 기억하려고 하지 않았다. 상가 번영회에 가입한 슈퍼 젊은 부부의 등장으로 사람들은 새로운 활력을 얻은 듯 함께 흥겨운 술자리를 만들며 몰려다녔다. 아무도 죽은 자에 대해서, 그리고 떠난 자에 대해서도 말하고 싶어 하지 않았다.

미숙은 멈췄던 바느질을 다시 시작했다. 살아남은 것이 치욕이라고 느끼는 건 언제나 자신같이 미천한 인간들뿐일 것이다. 치욕을 모르는 자들의 탐욕으로, 살아남은 자들은 죽은 자보다 더 불행해지고 있다는 것을 그들은 모르고 있었다.

"도장 주세요. 소포 왔습니다."

유리문을 밀고 집배원이 들어섰다. 낯익은 글씨로 꼼꼼하게 눌러쓴 '윤미숙'이라는 글자에 그녀는 오랫동안 눈길을 멈추었다. 소포를 받아 쥔 그녀의 손이 가볍게 떨렸다. 그녀에게 사랑이란 가당찮은 호사였다. 슈퍼 여자에게 규석의 존재가 살아가야 할 이유였다면 미숙에겐 그 사랑은 또 하나의 무거운 짐이었다.

미숙은 소포 꾸러미를 방 안에 내려놓고는 주방 구석에 처박혀 있던 컵라면을 찾아내 뜨거운 물을 붓고 라면이 붇기를 기다렸다. 시간은 더디게 흘러갔다. 벽에 걸린 시계 소리가 심장을 뚫고 지나가는 듯 크게 들렸다. 라면에 젓가락을 꽂고 한바퀴 휘젓다 손을 멈추었다. 미숙은 방바닥에 놓인 소포 꾸러미를 내려다보았다. 컵라면을 내려놓고 천천히 소포를 풀었다. 누런 소포 종이가 바닥으로 떨어지자 보라색 솔잎사 솔이 미숙의 무릎 위로 흘러내렸다.

손끝으로 까칠하고도 폭폭한 털실의 감촉이 전해졌다. 한 코, 한 코를 손으로 어루만지는 미숙의 손이 떨렸다. 우리가 다시 만날 날이 올까? 정말 그런 날이……. 바보 같은 놈. 미숙은 힘없이 웃어 보였다.

그때 노파가 한 손에 보따리를 든 채 곁방 문을 밀고 다리를 절룩거리며 나왔다. 장롱 속 깊이 넣어 두었던 한복에 옥색 양단 두루마기까지 차려입은 노파의 눈빛이 예사롭지 않게 번뜩이고 있었다.

"빨리 가자. 영철이가 좀 기다리겠냐."

한 걸음 내딛을 때마다 가쁜 숨을 몰아쉬며 노파가 미숙 앞으로 힘겹게 걸어왔다.

"엄마, 또 왜 이래, 누가 엄마를 기다린다고. 아무도 엄말 기다리지 않는다구."

그녀가 자리에서 뛰어 일어나 노파 앞을 막아서며 소리쳤다.

"그 따위 거짓말을 내가 믿을 것 같혀? 영철이가 누구냐, 바로 내 아들이여, 네깟 것 열 있어도 안 바꿀 내 아들이여!"

노파가 손에 든 보따리를 깊이 끌어안았다.

"엄마, 정신 좀 차려. 제발."

"지금 병원 앞에서 날 기다리고 있을 겨. 어제 밤에도 꿈속에서 봤는디, 날마다 날 기다리고 있다고 혔어. 널 기다린다고."

"엄마도 다 알잖아, 그러면서 능청부리고 있는 거 다 알아. 그 잘난 아들한테 버림 받은 거라구, 정말 모르는 거야?"

순간 미숙을 노려보던 노파가 힘없이 눈길을 바닥으로 떨어트렸다.

"가야 혀, 영철이가 기다린다고 혔어."

노파가 다리를 절룩거리며 걸어가 유리문을 열어 젖혔다. 열린 문으로 쏟아지듯 차가운 눈보라가 밀려들어 왔다. 재봉틀 위의 옷가지들이 바람에 날렸다. 옥색 양단 치맛자락이 노파의 마른 종아리에 감긴 채 펄럭였다. 노파는 지금 자신이 떠나야 할 때라는 것을 알고 있는 것처럼 보였다.

미숙의 손이 규칙적으로 천을 밀어내기 시작했다. 재봉틀 소리에 맞춰 춤을 추듯 발밑의 보라색 숄이 시멘트 바닥을 몇 바퀴 돌다 유리문 너머로 훌쩍 날아올랐다. 손을 멈추고 열린 문 너머, 눈보라 속으로 얼굴을 돌렸다. 날아간 숄도, 노파의 모습도 보이지 않았다. 미숙은 천천히 자리에서 일어나 밖으로 나왔다. 거리는 텅 빈 도시처럼 적막했다. 고개를 들어 하늘을 올려다보았다. 그녀가 본 것은 눈보라를 뚫고 날아오른 노파의 옥색 치맛자락이었다. 아니, 그것은 한 마리 커다란 새의 날개였다. 새는 그녀에게 마지막 이별을 고하듯 머리 위에서 맴을 돌며 조금씩 멀어져 갔다. 그녀가 중얼거렸다. 안녕, 내 오래된 절망의 축제들이여!

상처로 얼룩진 시간들, 그 기억의 파스텔화

박혜경(문학평론가)

송수경의 소설들에서 들려오는 목소리는 마치 파스텔로 그려진 그림이나 물 위에 번진 수채화 같은 나지막하고 잔잔한 느낌을 준다. 그녀의 소설이 들려주는 이야기들 속에는 마음을 뒤흔드는 격렬한 열정도 절망의 나락으로 달려가는 암울한 고통도 없다. 그렇다고 그녀의 소설들이 삶에 대한 체념 어린 냉소나 달관으로 그와 같은 격정이나 고통에 대해 짐짓 멀찌감치 물러서 있는 듯한 포즈를 취하고 있는 것도 아니다. 파스텔의 입자들이 엷게 번져 있는 듯한, 혹은 수채화 물감으로 희미하게 채색된 듯한 그녀의 그림들

에서 우리가 만나게 되는 것은 오히려 상처받은 기억으로 한껏 웅
크린 듯한 마음의 풍경들이다. 시간의 갈피 속에 깊이 감춰 둔, 그
럼에도 불구하고 어느 순간 현재의 삶 속으로 희미하게 번져나오
는 오래된 고통과 상처의 잔상들. 송수경의 소설들 내부에 희미하
게 번져 있는 파스텔 입자들, 혹은 수채화 물감들이 만들어 내는
얼룩들은 그 오래된 기억의 잔상들이 현재의 시간 위에 드리운 어
둡고 우울한 삶의 무늬들이다.

　우리가 송수경의 소설들에서 만나게 되는 것은 이처럼 상처받
은 과거의 기억들로부터 자유롭지 못한 인물들의 삶이다. 그들이
겪고 있는 현재의 불행 위에는 끊임없이 그들의 내면에서 재생되
는 상처받은 과거의 시간들이 오버랩된다. 그리고 그녀의 소설들
에서 작중인물들의 현재를 사로잡고 있는 그 상처들은 대부분 가
족이라는 삶의 울타리 안에서 형성된 것으로 나타난다. 이를테면
〈섬〉에 등장하는 남자에게 가족이란 상처받은 기억의 흔적으로만
남아 있을 뿐이다. "죽을 때까지 그녀를 그렇게 가슴에 품고 살아
가리라 맹세했었"던 아내가 젊은 투견사와 도망쳐 버린 후 그는
"갈수록 덧나고 근이 끼듯 아파"오는 상처를 끌어안은 채 투견장
주변을 떠돌며 죽음의 시간을 연장해 갈 뿐인 황폐한 삶을 살아가
고 있다. 또한 〈그 겨울의 환각〉에 등장하는 여주인공은 끊임없이
다른 여자의 흔적을 흘리고 다니는 무능하고 이기적인 남편과의
사이에서 갈등을 빚고 있으며, 〈6월의 이야기〉에 등장하는 윤주
또한 애정 없는 남편과 "외제 고급 브랜드의 브래지어와 팬티"에

의해 가까스로 유지되는 불행한 결혼생활을 견디고 있는 것으로 언급된다. 그뿐만 아니라 〈나팔꽃〉에서 뇌성마비라는 장애를 지닌 형석을 둘러싼 어머니와 아버지 사이의 갈등은 형석이 아버지가 다른 여자에게서 낳은 자식이라는 사실에서 비롯된 것이고, 〈레인보우 피시〉에 등장하는 율희와 시현 또한 어른으로 성장한 현재까지도 율희의 엄마와 재혼한 시현의 아버지가 어린 율희에게 가한 성폭행의 기억으로 고통받고 있다.

〈만월〉의 명수는 장의사를 운영하는 아버지의 지시에 따라 전문대학의 장례지도과에 진학했지만, 죽은 사람들을 염하면서 살아야 하는 자신의 미래에 대해 "결국 자신도 아버지와 별반 다르지 않은 삶을 살다가 그럭저럭 늙어갈지도 모른다는 생각"으로 우울해 한다. "언제부턴가 아버지가 살아온 삶이 저승사자처럼 명수의 숨통을 조이고 있었다. 정확히 말하자면 염습을 하면서 시작된 불면증과 밤마다 죽은 자들의 영혼에 가위눌림 당하여 깨어나는 일이 반복되면서부터였다"라는 구절은 명수가 예감하는 불행한 미래가 그의 삶에 드리워진 아버지의 어두운 그늘과 무관하지 않음을 시사한다. 명수와 동거하고 있는 정희 또한 어린 시절 아버지의 재혼으로 인해 가족들로부터 받았던 상처와 자신에게 상처만 안겨 주었던 그 가족의 일원으로 다시 인정받고 싶다는 욕망을 고통스럽게 되새김질하는 삶을 살아가고 있다.

이 가운데 어머니의 재혼과 그로 인해 새롭게 구성된 가족 내부의 갈등과 불화는 송수경의 작품들에서 특히 자주 나타나는 서사적 모티프이다. 특히 어머니와 재혼한 새아버지의 폭군적 이미지는 가족들을 더 큰 고통 속으로 몰아넣음으로써 가족 관계의 균열을 가져오는 결정적 요인이 된다. 〈아버지의 뜰〉에도 아버지의 재혼으로 인해 새롭게 구성된 가족 내부의 갈등이 소설의 중심 서사를 이루고 있다. 수시로 가해지는 아버지의 폭행에 견디다 못한 어머니가 집을 나간 후 작중 화자인 나는 항상 쌀쌀맞고 냉정하기만 했던 언니가 사실은 자신과 배다른 자매였다는 사실을 우연히 알게 된다. "아버지를 비롯하여 언니 오빠 모두가 언제나 내겐 남처럼 낯"선 관계, 그럼에도 불구하고 가족이라는 이름으로 묶인 그 관계는 작품 속에서 "그렇게 낯선 얼굴로 살아가다가 어느 한순간 상대방을 향해 가슴속에 품어 둔 칼날로 여지없이 깊은 상처를 남기고야마는 그런 이상한 관계"로 명명된다. 〈오래된 삽화〉의 미숙이 열 살 이후로 성장이 정지해 버려 초등학생 정도밖에 안되는 키로 살아가는 것 또한 어린 시절 겪었던 아버지의 폭행이 그 원인이다. 어린 시절 새아버지가 휘두른 칼이 그녀의 다리에 치명적인 상처를 입히는 장면은 작품 속에서 마치 미숙의 현재의 삶 속에 무심히 끼어들어 간 삽화처럼 짧게 스쳐 지나가지만, 독자들의 머리 속에 강렬하고도 충격적인 영상으로 각인된다. 뿐만 아니라 전처소생의 아들에 대한 맹목적인 집착에 사로잡힌 채 수시로 이상행동을 벌여 미숙을 괴롭히는 엄마 또한 미숙의 삶에 힘겨운 고통의 중량을 부과한다.

　이처럼 송수경의 작품 속 인물들에게 가족적인 삶의 공간은 가족 밖의 세계로부터 얻은 상처와 고통을 치유하거나 위로받을 수 있는 따뜻하고 안온한 공간이 아니다. 오히려 이들에게 가족이란 이름으로 묶인 관계는 이들이 겪는 상처와 고통의 최초의 발원지로 나타난다. 그러한 고통의 근본 원인은 송수경의 작품에서 자주 나타나는 가족이 부모의 재혼에 의해 발생한 타인들간의 유사가족적인 가족 형태를 지니고 있다는 점보다는, 그 가족 구성원들이 그들에게 절대적인 권위를 행사하는 아버지의 힘에 대한 아무런 저항 능력을 지니고 있지 못하다는 점에서 비롯되는 것으로 보인다. 작품 속에서 독자들이 만나게 되는 것은 다만 아버지라는 가부장의 폭력 앞에 무방비로 노출되어 있는 인물들의 삶일 뿐이며, 아버지의 폭력은 이들이 가족이라는 새로운 관계를 구성하는 데 가장 큰 걸림돌로 작용한다. 따라서 아버지의 폭력 앞에 노출되어 있는 이들의 삶 속에서 가족이라는 이름으로 유통되는 스위트 홈의 신화가 들어설 자리를 찾는 것은 거의 불가능해 보인다. 가족 내에서 아버지가 지닌 독점적인 경제권이 아버지가 누리는 가부장적 권위와 긴밀한 연관을 맺고 있다면, 아버지라는 존재는 가족을 구성하는 힘의 원천인 동시에 가족을 파괴하는 힘의 원천이기도 하다. 특히 송수경의 작품에서 이러한 가부장적 폭력의 직접적인 피해자가 대부분 여성들이라는 점은 남성에 비해 가족이라는 제도적 울타리에 더 폐쇄적으로 갇혀 있을 수밖에 없는 여성들의 삶에 대해 작가가 보다 민감한 자의식을 지니고 있음을 말해 준다.

  기실 가족이 여성들의 삶 속에 부과하는 다양한 억압의 기제들은 사회적 시스템의 안전판으로 기능해 온 가족이 실제로는 사회적 시스템의 근간인 남성적 권력을 영속화하는 주요한 제도적 장치로 기능해 왔음을 의미한다. "가족은 하나의 이데올로기로서도, 사회경제적 시스템으로서도 가부장 제도의 시금석"이라는 한 논자의 말은 이러한 점에서 귀담아 들을 만하다. 가족이라는 사적인 권력 구조 안에서 작동하는 것은 기실 가족 바깥의 보다 근본적인 사회적 권력 구조인 것이다. 그런 의미에서 〈오래된 삽화〉에서 어머니가 앓고 있는 치매 증상 또한 그와 같은 사회적 권력 구조가 여성의 삶에 가한 한 치명적인 폭력의 징후로 받아들여질 수 있다. 딸과 함께 자신의 삶을 희생해 가며 전처소생의 아들을 헌신적으로 키웠지만 결국 그 아들로부터 버림받은 후 정신을 놓아버린, 그러나 치매 증상에 시달리는 와중에도 아들에 대한 맹목적인 집착과 그리움을 버리지 못하는 어머니와, 그 어머니를 철저히 외면한 채 강남에서 의사로 개업 중인 성공한 아들 사이의 뚜렷한 대비는 어머니의 맹목적인 희생이 가져온 것은 결국 아들에게 "철저하게 이용당하고 버려진" 어머니 자신의 파괴된 삶일 뿐임을 극명하게 보여 준다. 남편이 휘두른 칼에 딸의 성장이 멈추고, 아들에 대한 헌신적인 희생의 대가로 아들로부터 버림받은 어머니의 삶 속에서 우리가 발견하게 되는 것은 남편에서 아들로 이어지는 남성적 세계와 어머니에서 딸로 이어지는 여성적 세계 사이에 놓인 화해할 수 없는 거리이다.

  자신의 상처 안에 웅크린 채 살아가는 작중 여성들의 삶 속에 폭력적인 남성의 이미지가 깊숙이 각인되어 있다는 것은 겉으로 보기에 나지막하고 잔잔해 보이는 송수경의 소설들이 기실은 억제된 고통의 흔적들로 얼룩져 있다는 점과 긴밀한 연관을 맺고 있을 것이다. 그런 의미에서 송수경의 소설들에서 울려 나오는 낮은 목소리는 시간의 그늘 속에 깊이 묻어 둔 그 억제된 고통의 흔적들, 다시 말해 사건의 직접적인 현장 속에서 흘러나오는 고통의 목소리가 아니라, 어린 시절 마음속에 각인된 고통을 반추하고 되새김질하는 오랜 삶의 시간을 통과해 온 작중인물들의 억눌린 내면으로부터 흘러나오는 목소리라고 할 수 있을 것이다. 송수경의 소설들이 보여 주는 것은 고통 그 자체라기보다 앞서 말했던 파스텔이나 수채화 물감의 무늬처럼 삶의 시간이라는 화폭 위에 번져 있는 고통스런 마음의 얼룩들인 것이다.

물론 식당 여자가 식당의 부지 매각을 요구하는 남자들에 의해 무자비한 겁탈을 당하는 〈섬〉의 한 장면처럼, 송수경의 소설들에도 여성들에게 가해지는 남성적 폭력의 현장이 그 파스텔 화폭을 찢고 생생한 현장감으로 돌출되어 나오는 경우가 없지는 않다. 그러나 송수경의 소설에서 이러한 폭력적인 상황 설정을 통해 작중인물들의 고통스러운 삶을 들려주는 일보다 작가가 더 관심을 기울이고 있는 소설적 테마는 작중인물들이 그러한 상처를 어떻게 견디고 극복해 나가는가의 문제인 듯하다. 작가는 한편으로 작중인물들에게 씻을 수 없는 상처를 안겨 준 폭력적인 관계의 기원을 더듬어 가면서, 다른 한편으로는 상처받은 사람들이 서로의 상처를 감싸안고 치유할 수 있는 또 다른 관계를 모색해 가는 과정에도 각별한 관심을 드러내 보이는 것이다. 이를테면 〈섬〉의 마지막 장면은 식당 여자가 겁탈당하는 사태를 목격하면서 도망치듯 식당을 빠져나온 남자가 점퍼 주머니 깊숙이 넣고 다니는 칼의 차가운 촉감을 느끼면서 자신이 막 빠져나온 식당으로 되돌아갈 것을 암시하는 내용으로 마무리된다. 남자로 하여금 그러한 행동에 이르게 한 것은 남자가 아끼던 투견의 죽음과 아내의 가출이라는 과거의 격심했던 상처의 기억들이다. "두려움도 공포도 없는 남자의 눈빛이 자신이 걸어온 길을 더듬었다"라는 구절이 말해 주는 것처럼, 남자는 마치 상처로 얼룩진 자신의 과거 속으로 걸어들어가듯이 식당 여자가 겁탈을 당하는 현장 속으로 되돌아가는 것이다. 〈섬〉의 결말 부분에서 남자가 식당 마당의 감나무를 올려다보며 "여자의 등대"라고 생각하는 장면은 폭력적인 세계에서 여자가 가까스로 지키고자 애쓰는 자기만의 고유한 삶의 가치가 남자의 마음속에 자신이 잃어버린 삶의 가치를 되돌아보는 강렬한 환기작용을 불러왔음을 말해 준다.

여자의 눈빛이 다시 유리문 너머로 서성였다. 마당에 떨어진 감나무 잎이 지는 노을 속으로 느리게 날아올랐다. 얼레에서 하염없이 풀어져 나오는 깊고 긴 연줄처럼 여자의 눈빛이 자꾸만 멀어져갔다. 남자는 여자의 눈빛에서 자신이 아끼던 '도끼'를 손수 죽였을 때의 그 절망감을 보았다. 더 이상 투견 노릇을 할 수 없을만큼 늙어버린 '도끼'의 목을 눌러 죽였던 순간 사내는 자신의 몸뚱이 속에서 동굴처럼 뚫린 깊고 깊은 절망의 구멍을 보았다.

위의 구절에서 여자와 남자를 하나로 연결하는 것은 절망의 나락으로 떨어져 가는 각자의 삶에 대한 깊은 회한의 눈빛이다. 여자의 눈빛은 하염없이 아버지를 기다리다 세상을 떠난 어머니의 감나무를 응시하고, 남자는 그 눈빛에서 자신의 삶 속에 깊숙이 뚫린 절망의 구멍을 읽어 낸다. 여자에게 감나무가 세상 속에 외로운 섬처럼 떠있는 그녀의 삶이 의지하는 마지막 생의 가치를 의미하는 것이라면, 남자에게 여자는 세상 속으로 표류하는 자신의 난파당한 생의 가치를 새삼스럽게 일깨워 주는 존재로 다가오는 것이다. 여자가 식당을 팔라는 세상의 요구에 맞서 끝끝내 지키려는 감나무가 여자의 생을 지켜 주는 마지막 등대라면, 남자는 마침내 그 여자를 통해 자신이 잃어버린 생의 등대를 발견하게 되는 것, 그것이 바로 이 작품의 마지막 장면이 담고 있는 의미가 아닐까 한다.

앞서 말했던 것처럼, 송수경의 작품들에 등장하는 상처받은 영혼들은 끊임없이 자신의 상처를 치유해 줄 사람들과의 새로운 관계를 찾아 헤매인다. 그들이 찾아 헤매는 관계란 아마도 상처받은 영혼과 영혼의 만남이 만들어 내는 독특한 산술법, 다시 말해 $1+1=2$가 아니라 $1+1=\frac{1}{2}$이라는 산술이 가능한 관계일 것이다. 타인과의 관계에서 발생한 상처를 또 다른 타인과의 만남이라는 계기를 통해 치유한다는 서사적 설정은 〈섬〉이외에도 〈오래된 삽화〉의 미숙과 규석의 관계, 혹은 〈그 겨울의 환각〉의 여성 화자와 아파트 남자와의 관계 등에서도 찾을 수 있다. 이를테면 〈그 겨울의 환각〉은 남편에 대한 환멸과 마음속의 채워지지 않는 갈증으로 불행한 결혼생활을 이어나가고 있는 여성 화자가 같은 아파트에서 만난 남자에게서 동질감을 느낀 후 함께 겨울 여행을 떠나는 이야기를 들려 준다. 그들이 찾아가는 여행지는 "언제나 커다란 태양이 외계에서 떨어진 운석같은 붉은 산 너머로 솟아 있"고, "한번도 해가 진 적이 없"는 "햇빛이라는 이름의 찻집"이다. 함께 30분만 같이 있어보면 "근본적으로 이 세상 속으로 섞여 들어가 살지 못할 사람"임을 누구라도 알 수 있는 그 남자와 이 작품의 여성 화자를 이어 주는 것은 "그도 나처럼 전생에 뜨거운 모래사막을 달려온 낙타이거나, 어느 아프리카 오지의 태양숭배족의 족장이었음이 분명했다"라는 작품 속의 한 구절이 말해 주는 대로, 그들이 꿈꾸는 세계와 그들이 살아가는 현실 사이에 놓인 깊은 단절에 대한 그들의 절망적 인식이다. 그러나 햇빛에 대한 갈망을 매개로 이어진 그들의 만남은 모든 여행자의 운명이 그러하듯 현실이라는 낯익은 세계로 복귀할 수밖에 없다. 마치 애초부터 존재하지 않았던 것처럼 남자는 여행에서 돌아온 후 흔적 없이 사라져 버리고 여성 화자는 "어디까지가 환상이고 어디서부터가 현실일까"라는 말이 들려주듯, 환상과 현실의 경계 위에서 아득해 한다. 결국 여행의 시간 이후 그녀에게 남겨진 것은 "햇빛 쏟아지는 시간 속에서 새로운 인생을 시작할 수 있다면, 어디서부터 다시 시작해야 할까"라는 물음, 여행 전에는 가져 보지 못했던 그 낯설지만 간절한 의문 부호이다.

〈레인보우 피시〉가 들려주는 것 또한 어린 시절 새아버지에게서 받은 성폭행의 기억을 마음속에 끌어안은 채 성장한 율희가 새아버지의 아들인 시현과의 만남을 통해 마음의 상처를 치유해 가는 이야기이다. 그들이 아버지로부터 받은 상처를 치유해 나가는 것은 서로의 상처를 이해하고 어루만지는 이타적인 공감의 시선을 통해서이다. 그들은 상대방을 통해 자신의 상처를 위로받으려고 하는 대신, 상대방의 상처에 공감함으로써 자신의 상처로부터 자유로워지는 것이다. 작품 속에서 시현이 율희에게 만들어 주려는 "세상에서 단 한 잔밖에 없는 멋진 칵테일"의 이름이기도 하고, "자신의 아름다운 비늘을 다른 물고기에게 다 떼어 주고서야 비로소 세상에서 가장 행복한 물고기가 된" 동화 속의 물고기 이름이기도 한 레인보우 피시는 이타적인 사랑을 통해 자신의 상처를 극복해 나가는 이들의 관계를 암시하는 은유적 장치이다.

이와 달리 〈만월〉의 명수와 정희가 서로의 관계에 대해 겪고 있는 심리적 혼란은 그들이 자신의 상처에만 몰두할 뿐 상대방의 상처 안으로 들어가려고 하지 않는다는 점과 긴밀한 연관이 있는 것으로 나타난다.

정희가 그의 삶 속으로 들어오면서부터 그 모든 것들이 더 심하게 흔들리기 시작했다. 정희를 통해 그의 삶을 위로받을 수 있을 것이라고 생각했던 것이 얼마나 우스운 자기기만이었는지 명수는 똑똑히 깨달았던 것이다. 힘겹게나마 실마리를 찾아내려던 그의 노력들이 정희에 의해 짓뭉개져 쓰레기통에 처박혀 버린 격이 되고 말았다. 어쩌면 정희에게 자신도 그런 존재 이상은 아니었는지 알 수 없는 일이었다. …… 그녀는 자신의 상처를 그 누구도 볼 수 없는 가장 깊은 곳에 꼭꼭 숨긴 채 명수에게조차 드러내지 않았다.

정희를 통해 자신의 상처를 위로받으려는 명수와 누구에게도 자신의 상처를 열어 보이지 않는 정희의 관계는 자기만의 욕망 안에 갇혀 있는, 그 때문에 물 위에 겉도는 기름처럼 함께 살아도 영원히 서로에게 타인일 수밖에 없는 외로운 관계이다. "그녀의 진심을 알려고 하면 할수록 언제나 문 밖의 어둠 속을 응시하고 있는 것처럼 명수는 막막한 기분에 휩싸였다. 정말 우리는 사랑했을까"라는 명수의 말 속에는 서로의 상처에 대한 이타적인 공감 대신에 자신의 상처에 대한 이기적 집착으로 황폐해져 가는 관계, 그리고 그러한 관계가 불러 오는 또 다른 상처에 대한 절망적 인식이 담겨 있다고 할 수 있다. 어쩌면 명수를 더욱 고통스럽게 하는 것은 상처로 얼룩진 자신의 삶 자체가 아니라 그 상처를 아무와도 함께 나눌 수 없다는 외로움일 것이다.

그러나 갈등과 상처의 치유라는 모티프와 관련해서 〈나팔꽃〉이나 〈아버지의 뜰〉에서 제시되는 방식은 이와는 조금 다르다. 이들

작품에서 가족 구성원들 사이의 갈등과 상처의 치유는 가족 구성원들 사이의 화해라는 새로운 관계 설정의 방식으로 나타난다. 〈나팔꽃〉에서 형석을 둘러싼 아버지와 어머니 사이의 갈등은 형석을 목욕시키는 어머니의 대사를 통해 그 화해의 가능성이 암시되고, 〈아버지의 뜰〉에서 어머니의 가출 이후 급격히 나약함을 드러내 보이는 아버지의 변모는 가족 구성원들 사이에서 생겨난 새로운 화해의 무드를 암시한다. 작품은 아버지가 집 마당에 화단을 가꾸는 장면을 통해 어머니의 가출 이후 폭력적인 가부장의 이미지를 벗어던진 아버지의 모습을 보여줌으로써 작품의 도입부에서 이미 그 화해의 길을 열어 놓는다. 아버지의 폭력을 견디다 못해 가출한 어머니에 대한 작중화자의 기다림은 식물적 이미지로 변신한 아버지의 모습과 더불어 "이제 아버지와 내가 함께 견뎌야 할 그 기다림"이 된다. 그러나 〈아버지의 뜰〉이 제시하는 화해적인 결말과 달리, 〈나팔꽃〉의 마지막 장면이 던져 주는 의미는 좀 더 복잡하다. 작가는 이 장면에서 아버지와의 화해를 암시하는 어머니의 말에도 불구하고 이들의 집이 조만간 아파트 부지 조성을 위한 굴삭기의 굉음 속에 삼켜버려질 운명에 처해 있음을 보여 줌으로써, 가족 내부의 갈등이 가족들간의 화해라는 방식으로 치유된다고 해도 그러한 치유는 결국 가족이라는 관계를 떠받치는 허약한 존재 기반 안에서의 결속에 지나지 않음을 날카롭게 보여 주고 있는 것이다. 그렇다면 마치 파스텔화처럼 흐릿해져 버린 기억 속의 오래된 삽화들을 들추어 가면서 풀어내는 이야기들을 통해 송수경은 이 시대에 가족이라는 이름으로 연결된 관계란 마치 굴삭기의 굉음 속으로 흩어져 날리는 나팔꽃처럼 그토록 덧없고 연약한 것이라고 말하고 싶어하는 것일까? 이기적인 욕망들로 복잡하게 뒤얽힌 이 세계에서 타인들과 가족이라는 이름으로 연결되기를, 그리하여 타인과의 만남이 "한치도 부족함이 없이 꽉 찬 만월"같은 충족된 관계에 이르기를 꿈꾸는 인간의 욕망은, 마치 자신의 비늘을 타인에게 다 떼어 주고 나서야 행복한 물고기가 될 수 있는 것처럼 그토록 힘들고 어려운 것이라고 말하고 있는 것일까? 그래서 이 시대에 가족이라는 이름은 그토록 슬프고 안타까운 것이라고 말이다.